COLLECTION SÉRIE NOIRE
Créée par Marcel Duhamel

Parutions du mois

2613. LE ROSAIRE DE LA DOULEUR
(MICHEL EMBARECK)

2614. GO BY GO
(JON A. JACKSON)

2615. TIR AUX PIGEONS
(JAMES CRUMLEY)

2616. LES ROUBIGNOLES DU DESTIN
(JEAN-BERNARD POUY)

JON A. JACKSON

Go By Go

TRADUIT DE L'AMÉRICAIN
PAR JANINE HÉRISSON

nrf

GALLIMARD

Titre original :
GO BY GO

Aux travailleurs du monde.

L'ÉVEIL

J'émerge du sommeil et lentement m'éveille
Et mon destin s'inscrit dans ce que je ne crains pas
J'apprends sur le chemin que le sort m'a tracé.

THEODORE ROETHKE

Prenez le Reading. Si vous allez à la case départ, collectez $ 200.
Allez directement en prison. N'allez pas à la case départ, ne collectez pas $ 200.

Cartes de chance au Monopoly

Billings, Montana
1951

Le vieil homme leva la tête. Quelqu'un venait d'occulter le passage de la lumière, silhouette en contre-jour dans l'embrasure de la porte du garage. Le vieil homme, apeuré, éprouva d'abord un léger pincement au cœur, qui s'évanouit en une seconde pour faire place à un sentiment de contrariété. Ce qu'il craignait le plus maintenant, c'était la curiosité malsaine de ses voisins désœuvrés, inconvénient relativement agréable en comparaison de l'angoisse dont il avait pu se sentir assailli à la simple vue de l'ombre inoffensive d'un piéton apparaissant à l'angle d'un immeuble. Il s'était retiré dans ce faubourg résidentiel précisément pour cette raison, pour mettre un terme à ces réactions idiotes, à ces coups d'aiguille dans le cœur, voire même aux multiples rencontres sans intérêt liées à leur souvenir. Il ne s'inquiéterait plus jamais en voyant l'ombre du facteur sur le pas de sa porte ; ni en entendant le bruissement des pattes d'un corbeau sur le toit. Maintenant, les pincements au cœur se faisaient si rares et si fugaces qu'il en était lui-même surpris.

À ce moment précis, le vieil homme était en train de poncer une chaise de cuisine en bois, dans le but de la revernir. Ce genre d'occupation, qui ne nécessitait aucune implication particulière, mais seulement de la minutie, était pour lui étrangement gratifiante à cette époque. Sa Packard 1947 était garée dans l'ouverture de la porte, pour protéger de la poussière son étincelante carrosserie noire, et pour laisser entrer l'air et la lumière en cette journée de printemps ensoleillée. Il faisait encore frais, mais après un rude hiver dans le Montana, les habitants de Billings sont toujours en bras de chemise.

Bizarrement, ce n'était pas le cas de ce type. Il se tenait près de la Packard, vêtu d'un complet croisé, un chapeau sur la tête, et il portait à la main une sacoche. Un homme corpulent. Un commis voyageur, pensa aussitôt le vieil homme. Un courtier en assurances. Les courtiers en assurances ne l'impressionnaient en fait pas du tout. Personne n'aurait eu l'idée de proposer une assurance à un homme de plus de quatre-vingts ans, même s'il avait la vigueur — et, au demeurant, l'allure — d'un sexagénaire.

Mais le visiteur avança encore d'un pas, et le vieil homme faillit sourire, esquissa une vague grimace qu'on aurait pu au moins interpréter comme l'effet d'une certaine condescendance.

— Tiens, c'est toi ? dit-il. Quel bon vent t'amène ?

— Oh, toujours la même chose, monsieur. Des renseignements, pris à droite et à gauche. Travail d'archives.

— D'archives ! grogna le vieil homme avec mépris. Vous auriez dû les brûler.

— Oh, non, monsieur. Nous ne pouvions nous le permettre. Qu'est-ce qu'il aurait dit, le Vieux ? Il a toujours insisté pour que nous gardions bien ces archives.

— Ridicule, dit le vieil homme, et dangereux, en plus.

— En effet, approuva le visiteur, sans réserve. Elles sont dangereuses. Il y a de quoi faire là-dedans.

Et, sans raison précise, il se mit à brandir sa sacoche et à la secouer, comme pour confirmer ses dires.

— Avec ça, on pourrait envoyer des hommes puissants en prison. C'est une bonne raison pour les conserver, à une condition, bien sûr : c'est que nous restions maîtres de la situation, que nous en gardions le contrôle. Dans ce cas, il y a moins de danger.

Ce sujet ne passionnait apparemment pas le vieil homme. Il haussa les épaules et déclara :

— Allez, entrons à la maison. Je vais faire du café... à moins que tu ne préfères de la bière.

— Un café, c'est très bien, monsieur. Tiens, je vais garer la voiture pour vous.

Le visiteur se dirigea vers la Packard, mais le vieil homme le devança.

— Je m'en occupe, dit-il.

Et il rentra la voiture. L'autre homme attendit qu'il ferme le grand portail du garage, et s'assure que les deux serrures à ressort étaient bien en place. Une fois les portes fermées, il faisait plutôt sombre à l'intérieur ; l'unique ampoule était faible, il n'y avait qu'une petite fenêtre aux vitres poussiéreuses et la porte donnant sur la cour était à peine entrebâillée. Le visiteur, debout dans l'embrasure, déclara alors :

— Tout compte fait, je n'ai pas le temps de boire un café. Il faut que je m'en aille.

— Mais qu'est-ce que tu voulais ? dit le vieil homme.

— Eh bien, monsieur, c'était au sujet de Goodwin Ryder.

Cette réponse déconcerta le vieil homme. Il se souvenait confusément de Ryder, un ancien employé. Mais apparemment, Ryder avait des ennuis et on semblait s'imaginer qu'il était en mesure de l'aider. Il rejeta cette hypothèse : il n'était pas sage de mettre les mains dans ce guêpier. Une discussion suivit. Le vieil homme se montra intraitable. Mais il voyait maintenant que son visiteur était tout aussi obstiné, et qu'il insistait même de façon menaçante. Il se mit soudain à penser que cet homme risquait de devenir violent. En vérité, il commençait à ressentir des coups d'aiguille, de multiples aiguilles très pointues.

Ils étaient seuls. Une après-midi tranquille dans un faubourg désert. La banalité de la situation était terrifiante. La menace se fit encore plus pesante quand l'homme sortit de sa sacoche une paire de gants en cuir et les enfila tout en parlant. C'était inquiétant, mais comment réagir pertinemment ? Ce geste pouvait être parfaitement innocent. Le vieil homme, néanmoins, s'appuya à l'établi derrière lui et, d'un geste aussi détaché que possible, posa sa main tavelée sur un pied-de-biche. L'autre, qui parlait maintenant d'une voix forte, offensive même, sortit soudain de sa grande sacoche un curieux objet. Le vieil homme le regarda fixement. Ce n'était rien moins qu'un rouleau de corde de chanvre, neuve, se terminant à l'une de ses extrémités par un nœud coulant. Le nœud coulant d'un bourreau.

Le vieil homme se dit qu'il devrait hurler. Mais curieusement, il ne pouvait émettre un son.

Ce n'était pas le cas du visiteur. Il s'exprimait dans un débit rapide, presque fou. Le vieil homme entendait à peine ce qu'il disait, toute son attention étant captée par ce nœud coulant. Mais il réussit à saisir tout de même une phrase tout à fait extraordinaire.

— Vous vous imaginiez que vous alliez continuer comme ça, à vous la couler douce ?

Quelle question ridicule !

PREMIÈRE PARTIE

CHAPITRE 1

Butte, Montana

1917

— Biouuuuuu—t' !

Voilà comment le mécanicien avait hurlé le nom de la prochaine station, la nuit dernière, alors que nous venions de franchir le col et que nous amorcions la descente sur Butte. Je reproduisis sa performance devant l'unique convive de la salle à manger du Big Ship, à l'heure du petit-déjeuner.

Le Big Ship était un immeuble en briques, carré, partagé en petites surfaces à louer, qui s'élevait sur trois étages. Mais à cette époque, à Butte, on l'avait dénommé « pension de famille ». Il se trouvait à quelques pâtés de maisons du centre, à Finntown, et je m'y étais pointé tard dans la nuit, la veille, en sortant du Hiawatha de Milwaukee Road. Je suppose que, d'ordinaire, c'était plein de locataires — en majorité des gens de la mine — mais depuis la grève, la clientèle se faisait plus rare. Il n'y avait qu'un seul homme dans la salle à manger lorsque je descendis. Il leva le nez de son bol de porridge et me toisa en émettant un petit sifflement.

— Laisse-moi d'viner, dit-il. Tu fais partie d'la troupe, tu dois être la v'dette.

Je ris, et m'affalai dans le fauteuil le plus proche. Puis j'allumai une cigarette.

— C'est quoi, ça ? demandai-je, faisant allusion à la bouillie qu'il était en train d'avaler goulûment.

— D'l'avoine. C'est bon pour c'que t'as. Ça tient au corps toute la journée.

— On dirait du ciment frais, dis-je. Non, merci. Sans vouloir te vexer. Dis donc, ce « Biouuuu—t' ! », c'est un gag ?

Je lui expliquai d'où ça venait, et il se mit à rire.

— Le mécanicien devait être de Billin's ou d'Hel'na, dit-il. C'est un vieux gag. Un peu comme si on dégueulait, tu vois. Butte, c'est peu à part, dans cet État plein de cow-boys. Alors y font des blagues.

La serveuse, une adolescente robuste et dynamique, avec un visage luisant encadré de nattes, vint me demander si je voulais de la bouillie. Me voyant faire la moue, elle m'indiqua où était la fontaine à café. J'allai m'en remplir une tasse et revins m'asseoir en face du type. Il me dit qu'il s'appelait Dewey.

— Et moi Goodwin, répliquai-je.

— Le p'tit ou le grand ? demanda-t-il.

— Si c'est mon p'tit nom ? Ouais. Goodwin Ryder. On m'appelle souvent Geed.

— Geed ? C'est bon. Alors, qu'est-ce tu viens foutre à Butte, Geed ? Attends, j'vais deviner. T'es flic.

Je ne sais pas comment je réussis mon coup, mais j'arrivai à exploser de rire. Tu vois le truc ? Je débarque à peine, et le premier rustaud du coin me prend en flagrant délit !

— Tu as un sacré sens de l'humour, répliquai-je. J'ai l'air d'un policier ?

Dewey sourit et enfourna une énorme bouchée de l'épaisse bouillie. Il l'avala d'un coup.

— Non. J'te faisais marcher. T'en as trop l'air pour être un vrai flic. Mais alors, si t'es pas acteur, si t'es pas flic, t'es quoi ? T'es sûrement pas un mineur. Y a beaucoup de flics qu'essayent d'avoir l'air de mineurs, bien sûr, mais ils engagent pas des d'mi-portions dans c'te mine.

Avec une certaine perversité, je me sentis un peu déçu de ne pas être convaincant en tant que flic. Dépité, je répliquai :

— En tout cas, toi, t'es sûrement flic.

Dewey se mit à rire.

— Bien vu, mon gars ! J'l'ai eu, mon d'guisement ! Eh ben, j'suis mineur. Mais ça va point durer.

— Pourquoi, qu'est-ce qui se passe ?

— Butte, c'est du *porrzon,* déclara Dewey. L'air, il est *emporzonné*, l'eau, elle est *emporzonnée*, c'est du *porzon*.

— Tu veux dire « persan », peut-être ?

Je poussais le bouchon.

— Tu veux dire qu'il y a beaucoup de Persans par ici ? Butte est envahi par les Persans, hein, c'est ça ?

— Poooarrr-zon ! Dewey rugissait. Il était en train de s'empiffrer de bouillie tout en m'aboyant dessus. L'avoine volait !

— Poison ? Comme les gaz empoisonnés ? Les gaz toxiques ? demandai-je. Ceux qu'on utilise à la guerre ?

J'avais retrouvé mon sang froid, assis là derrière ma table, les jambes croisées, à fumer une cigarette en sirotant mon café... Je me demandais si je ressemblais à Wallace Reid, l'acteur de cinéma.

— C'est ça, dit Dewey. Les gaz. Toxiques.

— Oh, je suis déçu, répliquai-je, de mon ton de voix le plus sophistiqué. J'aurais préféré parler des Persans... Vous comprenez, les fameuses nuits d'Orient, les tapis volants, Sheherazade...

— T'as une sacrée imagination, toi, mon p'tit gars, j'dois le r'connaître.

Je me levai pour aller me poster à la fenêtre et regarder au-dehors. Je n'avais pas vu grand-chose la veille au soir. Butte ne me semblait pas aussi épouvantable que ça, malgré les affirmations de Dewey. Ce n'était pas une ville de conte de fées, mais je la trouvais très colorée. L'Ouest Sauvage ! Un fouillis de baraquements et de bâtis — énormes plates-formes mobiles qui remontaient les hommes et le minerai —, de hauts fourneaux, d'entrepôts, de trains, de grandes demeures fastueuses, d'hôtels, de banques, de tramways, de carrioles à cheval, de voitures... Le tout entassé pêle-mêle sur le flanc d'une énorme montagne.

Tout autour se dressaient d'autres montagnes escarpées — la Continental Divide, longue rangée de crêtes rocheuses au profil déchiqueté à environ huit kilomètres à l'est de la ville — et cette ville un peu dingue, presque une cité en fait — cent mille habitants à peu près, élevée au milieu de nulle part — séparée de la ville la plus proche par huit cents kilomètres d'un no man's land fréquenté uniquement par des vaches et des antilopes. Je trouvais ça plutôt chouette.

J'étais évidemment tout excité parce que c'était pour moi le premier endroit totalement vierge, mon premier boulot. Ma première véritable mission pour l'Agence. J'avais déjà travaillé pour l'Agence à Baltimore, en rendant des petits services au bureau... De temps à autre, on me laissait surveiller une maison, noter qui entrait ou sortait. Un type plus âgé que moi, Jimmy, m'avait montré un ou deux trucs. Il m'avait appris à filer quelqu'un.

— S'il te voit, te bile pas, me disait-il, et n'évite pas de le regarder. Le seul truc, c'est qu'il faut pas croiser son regard.

Jimmy était une légende. Très méthodique, Jimmy. Un vrai professionnel, je dirais.

Là-dessus, un beau jour, le Vieux me convoque et me demande si ça me plairait d'aller au Montana, de faire un petit boulot pour eux. Moi, je ne demandais pas mieux.

En termes non équivoques, il m'annonça qu'il s'agissait de briser une grève. Pas très grisant comme perspective, mais après tout, qu'est-ce que j'en savais ? C'était du vrai travail de détective. Ce serait amusant. Le Vieux, histoire de m'encourager, me raconte une histoire à propos de l'embrigadement des mineurs par les Rouges. Ça se passe en 1917, la guerre s'enlise et les Russes se payent une Révolution. Les gros hommes d'affaires se cassent la figure, pas seulement en Europe mais ici aussi. Les Rouges n'avaient pas encore conquis la Russie, pas encore. Ce n'était pas Octobre, pas encore. Il n'y avait pas d'Internationale Communiste, pas encore. Mais des Rouges, il y en avait, et en pagaille.

Selon le Vieux, une mine de cuivre aurait explosé à Butte, ou aurait été brûlée. Je crois qu'il a parlé de cent soixante morts. La rumeur dit alors que cet événement s'était produit parce que les mines n'étaient pas correctement ventilées, ou quelque chose du même genre. L'Anaconda Copper Compagny engrangeait des tonnes de dollars grâce à la guerre, mais ne réinvestissait plus un sou dans les mines. Après la catastrophe, les mineurs cessèrent le travail. Ils étaient en train de concevoir un syndicat.

J'avais vaguement dans l'idée, je ne sais pas trop pourquoi, que les mineurs s'étaient déjà, à cette époque, organisés en syndicat.

Mais le Vieux disait que non, qu'ils en avaient effectivement déjà formé un, mais que cela faisait trois ans à peu près qu'une dissension était née – les plus extrémistes voulant intégrer les I.W.W* au mouvement, au lieu de se contenter de cette union idyllique et idéaliste — et, qu'en définitive, les radicaux — ou Dieu sait qui — avaient fait sauter les locaux du syndicat. La Garde Nationale était intervenue, les hommes avaient repris le travail et il n'avait plus jamais été question de syndicat pendant trois ans. Et puis maintenant, cet incendie... De toute façon, l'I.W.W. s'activait de nouveau, faisait de l'agitation. Certains réclamaient l'ancien syndicat. Ils allaient organiser un vote.

Pendant que le Vieux exposait son scénario, j'essayais de comprendre quel rôle j'allais jouer là-dedans Je n'arrivais pas à l'imaginer. Briseur de grève ? Ça consistait en quoi, en réalité ? Je pensais être un vrai petit dur, j'avais grandi dans les rues de Baltimore, mais je n'avais pas de dispositions particulières pour me bagarrer avec des mineurs en colère. Surtout s'ils ressemblaient à Dewey. Il n'était pas grand, mais trapu, massif. Évidemment, à ce moment-là, je n'avais pas encore vu Dewey, mais il correspondait bien à l'image que j'avais dans la tête.

Le Vieux me détrompa. Ce que j'étais censé faire, c'était m'infiltrer dans le mouvement, me renseigner sur les fauteurs de trouble, découvrir leurs intentions, savoir quel groupe avait les plus grandes chances de gagner.

M'infiltrer... L'expression me plaisait. Elle évoquait une opération militaire, l'espionnage. Je ne comprenais pas vraiment ce que voulait dire le Vieux, mais je ne voulais pas paraître ignorant. Je ne connaissais rigoureusement rien à tout ça, la mine, les syndicats, mais je pensais pouvoir donner le change le temps de piger l'essentiel.

* Industrial Workers of the World, appelés également les Wobblies, syndicat ouvrier socialiste créé à Chicago en 1905. *(N.d.T.)*

Je jouerais au blanc-bec à la recherche de travail. Autrement dit, j'allais traîner un peu partout, ouvrir grand mes oreilles, rencontrer d'autres gars. On pouvait, si j'avais bien compris, considérer que s'infiltrer, c'était ça.

Mais maintenant, assis ici dans ce Big Ship, ce plan me paraissait absurde. Dewey avait facilement écarté l'idée que je cherchais du travail. Il me fallait faire preuve d'imagination. À titre de plaisanterie, je lui déclarai que je cherchais de l'or.

Dewey éclata de rire, et s'étouffa avec sa bouillie.

— Quel or ? demanda-t-il.

— Tu veux dire qu'il n'y a pas d'or ? Où est-il passé ?

— Ils ont d'jà mis la main d'ssus. Du cuivre, c'est ça qu'on extrait. Sauf que personne extrait quoi qu'ce soit en c'moment. Y a pas d'boulot, mon p'tit. Tu f'rais mieux de r'prendre la route, Butte, c'est malsain en c'moment.

— À cause des Persans, n'est-ce pas ? Des brutes épaisses, n'est-ce pas ?

— Du *poooarzon* ! Eh ben non, j'veux parler d'la grève. Entre la bande des Woblies et les p'tits voyous de la Compagnie, un mineur peut facilement s'faire défoncer le crâne, ou pire encore.

Joignant le geste à la parole, il pointa son index vers moi, menaçant comme une arme à feu.

Un vrai comique, pensai-je, un gars rude, pas beaucoup plus vieux que moi, mais bien plus roué. Il me raconta qu'il se trouvait à Butte depuis plusieurs mois. Des milliers de jeunes gars célibataires vivaient, me dit-il, dans des pensions de famille, et erraient d'un camp de mineurs à un autre. Il en avait ras le bol, de Butte. Il songeait à mettre le cap sur le Colorado, ou peut-être l'Idaho. Certains faisaient les foins à Big Hole et Beaverhead, deux vallées voisines, pour fuir la ville, échapper aux ennuis et se remplumer un peu. Je lui répondis que ça ne me tentait pas.

Dewey trouvait ma façon de m'habiller hilarante, en particulier mes chaussures.

— Génial, pour danser, j'parie. T'es qui, toi, Vernon Castle ou quoi ?

Il m'accompagna au centre-ville pour que je m'équipe correctement. J'achetai des chaussures solides et une casquette souple, mais je refusai la salopette. J'optai plutôt pour un costume en laine noire serrée comme en portaient la plupart des gars et je mis de côté mon confortable costume de tweed. C'était amusant, d'ailleurs, comme un déguisement. Je portais une chemise sans col et des bretelles élastiques. Le pantalon était informe.

L'effet produit enchanta Dewey.

— Ben voilà, comm'ça, t'as quasiment l'air d'un travailleur. Allez, viens donc par ici. Tu vas m'payer un'bière et tout me raconter.

Arrivé derrière le bar, il me demanda :

— T'es prof', pas vrai ? T'essayes de t'faire un peu de pognon en plus pour l'été, hein, c'est ça ?

— Quelque chose comme ça, acquiesçai-je.

Il hocha la tête. Cette version semblait lui convenir. Il me présenta à plusieurs types qui semblaient à peu près tous de notre âge. J'offris avec plaisir une tournée de bière. Tout me paraissait plutôt facile. Je m'infiltrais !

Durant les quelques jours qui suivirent, je traînai dans le coin, parlai avec les mineurs, ramassant des informations un peu partout. Mais, très vite, je commençai à m'angoisser. Tout d'abord, je ne savais pas trop quel type de renseignements j'étais censé devoir enregistrer. Je me disais que l'Agence n'allait pas continuer à me payer indéfiniment, si je ne me mettais pas à produire des résultats concrets. Mais qu'est-ce qu'on attendait de moi ? Et à qui devais-je rendre des comptes ? En plus, l'argent commençait à s'épuiser. Je me trouvais à Butte depuis une semaine, et je n'avais aucun contact. Il ne s'agissait pas tout simplement d'aller faire mon rapport dans un quelconque bureau. Butte regorgeait de détectives, de chez Pinkerton, Burns, et d'une ou deux autres agences, sans compter les agents secrets exclusifs de la Compagnie. On ne savait jamais à qui on avait affaire, putain ! La grosse blague qui circulait en ville, c'était que les salaires des espions permettaient à eux seuls de faire tenir l'équilibre économique de la ville. De toute façon, le Vieux avait dit que quelqu'un me contacterait.

Je tombai un jour sur Sam Hammett, un mec qui avait à peu près mon âge, et que j'avais rencontré une fois à Baltimore. Il travaillait pour une agence concurrente. On a cru crever de rire quand on s'est reconnus. Il était fringué comme je l'étais avant d'avoir rencontré Dewey, et je suppose qu'il devait connaître le même genre de problèmes, mais ni lui ni moi ne pouvions l'admettre. J'espérais ne pas jurer autant que lui dans le décor. Mais Sam était un beau parleur, avec toujours une longueur d'avance sur les autres. Il se lança dans un grand laïus pour m'expliquer qu'il était reporter et qu'il enquêtait pour le compte d'un grand journal de l'Est. Il avait laissé tomber son agence, prétendait-il. Maintenant, il était envoyé spécial, un pisse-copie. C'était génial comme combine, et je regrettais de ne pas y avoir pensé moi-même. Les gars dans le coin m'appelaient « le Prof ». Hammett me paya une bière et, en termes précis, m'annonça qu'il ne me casserait pas la baraque à condition que je m'engage à en faire autant à son égard. Nous n'eûmes même pas besoin de confirmer cet engagement par un quelconque serrement de mains. Je lui déclarai que j'avais également laissé tomber mon boulot. J'étais juste de passage. Je me rendais sur la Côte. J'allais m'engager dans l'Armée.

— T'aurais pu faire ça dans l'Est.

— Ouais, mais j'étais pas sûr d'en avoir envie jusqu'à ce que je me mette en route pour Frisco. Je pensais voir du pays. Mais maintenant, je crois que j'ai envie de me battre.

Bizarrement, cette perspective parut le séduire. On oublia pour un moment qu'on était flics et on passa le reste de la soirée à parler de la guerre. Il brûlait de partir, il était tout feu tout flamme, comme des tas de jeunes que j'avais rencontrés et qui s'engageaient un peu partout. J'avais lancé l'idée en l'air comme ça, mais maintenant, je me prenais à mon propre jeu. Je résolus, s'il ne se passait pas quelque chose ici d'ici peu, de m'engager dans l'armée.

Alors naturellement, le soir même je retournai au Big Ship... et merde, fallait voir les étoiles. Jamais je n'en ai vu autant que cette nuit-là. Des milliards d'étoiles !

— Salut, Ryder, me dit un type

Je me tenais à l'angle de Park et de Wyoming, je crois bien, attendant qu'un tramway arrive. Ce gars, je l'avais jamais vu, mais lui, il me connaissait. Un gars tout à fait banal, portant un complet assez chouette, un chapeau de marque. Et il s'appelait Joe ! Joe Davis, dit-il. Et il enchaîna :

— Le Vieux te donne bien le bonjour.

— Quel vieux ?

— Le Vieux qui se demande si t'as encore un peu de pognon.

— Oh, le Vieux.

— C'est bien ça.

Et il commence à remonter la colline. Je lui laisse prendre dix ou quinze mètres d'avance, et je lui emboîte le pas, exactement comme Jimmy me l'a appris — les mains dans les poches, sans me presser, en faisant du lèche-vitrine. Le truc, c'est que je suis censé vérifier s'il est suivi. Il joue le jeu. Il me laisse le rattraper à Broadway. Il jette un coup d'œil alentour, comme s'il hésitait sur le chemin à prendre.

— Davis, c'est ça, hein ? je dis.

— Je suis ici depuis une semaine, dit-il. Là-haut.

Du menton, il m'indique le cinquième étage du Grand Magasin Hennessey. C'est là que se trouvent les bureaux de la Compagnie. Nous continuons à avancer.

— Ils s'attendent à du grabuge, reprend-il.

— Ça, je m'en doute.

L'atmosphère de la ville était surexcitée. Piquets de grève, groupes d'hommes en pleine discussion, bagarres à tous les coins de rue. Mais à ce moment même, tout était calme. Tous ceux qui n'étaient pas en train de cuver leur cuite dans un bar étaient rentrés chez eux, je pense. Nous entrâmes dans un bar chinois où je n'avais encore jamais mis les pieds, tout en haut d'une grande volée de marches. Un Chinois maigrichon affublé d'un long tablier nous accueille. Il semble connaître Davis. Il nous installe dans un box dont l'entrée est barrée par un rideau de perles et, de son propre chef, apporte une bouteille de rye, vite fait bien fait.

Je me dis, cette fois ça y est. Carton rouge. Prochain arrêt, l'Armée. Mais je lui explique ce que j'ai appris, ce que tout un chacun peut apprendre en lisant le *Miner* de Butte, où j'ai d'ailleurs puisé la majeure partie de mes informations. Davis, silencieux, sirote son verre et écoute.

— C'est tout ? dit-il pour finir.

Je me contentai de l'observer. Ce Davis est vraiment un cas, je vois bien. Mais il a l'air tout à fait banal.

Le plus banal que j'aie jamais vu. La quarantaine, peut-être moins. Je n'avais que vingt-deux ans et toute personne de plus de trente ans me paraissait vieille. Mais Davis était absolument sans couleur. Et sérieux comme un pape. Il pouvait se montrer copain-copain, boire un verre avec vous, mais on le sentait sans arrêt à l'affût.

— Qu'est-ce que tu sais sur Frank Little ? demande-t-il, à brûle pourpoint.

— Je suis assez copain avec deux gars qui le connaissent. Mais je ne l'ai jamais rencontré personnellement. Il est là depuis quelques jours seulement.

— Tu crois que tu peux l'approcher ?

— Sûrement.

J'ai répondu sans réfléchir.

— C'est justement ce que je voulais faire. Mais je ne voulais rien tenter avant d'avoir reçu des instructions. Vous auriez pu avoir déjà quelqu'un sur le coup et je n'aurais fait que brouiller les cartes.

— Non, on a réussi à approcher personne.

Davis me toise du regard, sceptique. Pour finir, il hoche la tête.

— D'accord, établis le contact. Enfin, si tu y arrives.

Il dit ça d'un air plutôt sarcastique, comme s'il était sûr que j'en serai incapable.

— Sans problème.

— Mais pas de trop près, tu piges ?

Je ne pigeais pas, mais j'affirmais le contraire.

— Qu'est-ce que vous voulez savoir ?

— Tout et n'importe quoi, répond Davis. À quelle heure il se lève, qui lave son linge, à quel moment il sort, ce qu'il prend au petit-déjeuner, à qui il parle, ce qu'il a à dire, si son tabouret est dur ou mou.

Ça, c'est sa conception de l'humour, je suppose. Quand il se mit à rire, j'eus l'impression d'entendre des mites chuchoter. Un bruissement poussiéreux. Du genre sec et étouffé. Il me foutait les boules.

Tout ce que je peux dire, c'est qu'après ça, il sort son portefeuille et compte deux cents dollars, comme s'il distribuait une main de gin-rummy et annonce qu'il y en d'autres à venir. Ça me rend nerveux. L'espace d'un instant, je m'attends à trouver un carton rouge dans l'enveloppe avec ma paye.

Et, l'instant d'après, Davis me refile deux gros biffetons. Je suppose que ça corrrespond à des notes de frais et vu la façon dont l'Agence fonctionne, chaque cent doit être justifié en triple exemplaire, pire que dans l'Armée. Mais quand je demande le reçu pour le signer, Davis me dit :

— Laisse tomber.

— Comment ça ?

— Ça ne vient pas de l'Agence, dit Davis. Le Vieux est au courant, mais il veut pas le savoir. Vu ?

Je ne comprends pas, mais je n'ai pas envie de comprendre non plus. Il y a un point sur lequel Le Vieux et Jimmy ont toujours insisté, c'est qu'il fallait garder les mains propres quand on était en pleine action. Ne jamais être mêlé à quoi que ce soit d'illégal.

Et maintenant je me pose la question : qu'est-ce qu'ils voulaient dire exactement, et cet oiseau-là, qu'est-ce qu'il veut dire ? Ne pas enfreindre la loi, je suppose, et ne pas se faire pincer dans un truc qui pourrait compromettre l'Agence. Pourtant, j'avais déjà vu Jimmy entrer chez les gens et fouiller dans leurs affaires sans le moindre mandat de perquisition ni le moindre flic à deux cents mètres à la ronde. Il se faisait même quelquefois passer pour un flic, afin d'obtenir des renseignements. C'était illégal, mais au fond, ce n'était pas très grave. En théorie, si je comprends bien, toute stratégie est bonne, dans la mesure où elle vise à empêcher le crime, ou à coincer un escroc. Il ne s'agit surtout pas de se faire pincer dans le bureau ou la maison d'un gars, en train de fouiller dans ses papiers, ses dossiers ou son coffre, mais dans une chambre d'hôtel... ou dans le compartiment d'un train... ça, c'est différent. Et si en plus vous tombez vraiment sur des preuves, alors là, bingo ! Tout est justifié, mandat de perquisition ou pas. Mais il vaut mieux ne pas se gourer.

Alors, je réfléchis : accepter un dessous-de-table, ça n'a rien d'illégal, que je sache. C'est plutôt la somme qui me met mal à l'aise. Tout ça me traverse l'esprit en un éclair. Et tout ce que je trouve à dire, c'est : « Okey-dokey. » Et j'empoche le fric.

— Ça n'est qu'un début, si tout marche bien, reprend Davis. Tu gardes tout ça pour toi, petit Je veux que t'en parles à personne d'autre. C'est strictement entre toi et moi.

— Et le Vieux, alors ?

— Le Vieux est à l'autre bout du Missouri, dit Davis. Il pourrait aussi bien être sur la lune. Moi, je suis ici. Il a ses méthodes, si c'est à ça que tu penses, et j'ai les miennes. Je suis le seul à qui tu parles. Compris ?

Je répondis que je pensais avoir bien compris.

— Laisse-moi te confier un petit secret, fiston. Les gars ici, ils ont les mains pleines, mais c'est pas ce qu'ils croient. Ces mineurs, c'est pas des Rouges. C'est des ploucs. Dos dur et cervelle molle. Leur unique grief, c'est qu'ils n'aiment pas leurs conditions de travail. Merde, toi ou moi, on n'y serait même pas descendu, dans le Trou, même si c'était là que se tenait l'Exposition Universelle. D'accord ? Alors on se demande ce qu'ils pouvaient bien en attendre. Mais voilà, l'I.W.W. se manifeste et la Compagnie croit que c'est la révolution. Mais c'est pas la révolution.

— C'est quoi ? je demandai, jouant le flic brillant, attentif.

— Les hommes ont la trouille, à cause de Little. Ils croient qu'un gros coup se prépare. Ils sont excités. D'ici peu, y en a qui vont parler de dynamite, si c'est pas déjà fait. Mais ils ont des familles également. Ils n'ont pas vraiment envie de faire péter les mines. Tu fais péter une mine, t'as plus de boulot.

— N'empêche qu'ils haïssent la Compagnie, dis-je. Je crois que ça ne les gênerait pas d'en faire péter une.

Davis se mit à rire, de son rire sinistre.

— Faire sauter une seule mine ! Génial ! Tu es malin, petit. D'accord, ils aimeraient bien faire chier la Compagnie. Mais de toi à moi, va pas t'imaginer que ça la gênerait, la Compagnie.

Alors là, je ne pigeais vraiment pas.

— Jusqu'à présent, expliqua Davis, la Compagnie a adopté des positions modérées et a laissé les gars lâcher un peu de vapeur. Mais si jamais de la dynamite explose, ce sera de la dynamite de la Compagnie et peu importe qui l'aura fait, la Compagnie accusera les mineurs et ils feront rappliquer la Garde Nationale ici plus vite que Frank Little met de temps à cligner de l'œil, exactement comme en 14. Et on ne parlera plus jamais de syndicats et les gars redescendront au fond, doux comme des agneaux. Tu verras.

Je n'avais pas envisagé ça sous cet angle, mais je me dis qu'il avait peut-être bien raison… Pourtant, si c'était aussi simple que ça…

— Pourquoi est-ce que la Compagnie n'a encore jamais fait exploser de dynamite ?

— Bien dit, acquiesça Davis. Très bien. Il y a deux raisons. Ils ne veulent pas détruire leurs propres biens s'ils peuvent l'éviter, naturellement. Et ils ont trop attendu avant de faire appel à moi. En plus, y a tous ces mecs affolés par la peur d'une révolution. Par ailleurs, il y a autour d'eux toute une bande de pédés qui restent froids comme la glace et racontent des conneries du genre : « Oh, les hommes vont bientôt reprendre le travail, ils ne peuvent pas tenir bien longtemps. »

Davis tenta d'émettre un rire aigu, mais sans succès.

– Putain ! s'exclama-t-il. Les hommes ne sont pas en grève. C'est Little qui est en grève. Little ne se fait pas de mouron et les hommes ne retourneront pas au boulot avant qu'il le leur demande.

Je n'en étais pas tellement sûr. Les hommes s'étaient mis en grève avant l'arrivée de Little, n'est-ce pas ? Un tas de gars étaient excités à l'idée de son arrivée, me semblait-il, mais il n'était là que depuis quelques jours et je n'avais pas remarqué de grand changement. Je veux dire, le type n'était pas le czar du monde ouvrier, que je sache. C'était simplement un organisateur, un militant.

Mais, non, Davis était convaincu.

– J'ai déjà vu Little à l'action, dans l'Arizona et avant ça dans l'Idaho. C'est vraiment un dur. Bon sang, il avait réussi à établir autour de chaque camp de bûcherons de l'Idaho un cordon plus serré que le cul d'un Écossais constipé.

De nouveau, son rire sinistre.

– Qu'est-ce qui s'est passé ?

– Je l'ai sorti de là. Ça n'a pas été facile. Un petit mec vraiment coriace, je dois le reconnaître. Mais disons pour simplifier : il lui reste seulement un œil de bon. S'il perdait cet œil-là, eh bien, je pourrais peut-être lui refiler une canne blanche.

Ça me fit froid dans le dos. Je m'envoyai une lampée de whisky et demeurai silencieux.

Davis, néanmoins, savait ce que je pensais.

— Écoute, petit, faut pas prendre ces gars à la légère. Et joue pas les flambeurs avec tout ce pognon. Paye une tournée de bière quand c'est ton tour, mais t'as pas intérêt à ce qu'ils se demandent : « Où est-ce que Ryder trouve tout ce blé ? » Sinon, rideau.

Il se passa un doigt en travers de la gorge, et poursuivit :

— Ces gars sont peut-être des ploucs, mais Little, il est pas né de la dernière pluie. Il connaît la chanson. Crois-moi, il a envoyé pas mal de Pinks un peu trop négligents bouffer des pissenlits par la racine. Tiens, au fait…

Davis se tapota la poitrine. Il y avait là une bosse que je n'avais pas encore remarquée.

— T'as un flingue ?

— Un flingue ? Non, bien sûr.

J'étais choqué. Jimmy n'était jamais armé. Il avait toujours dit que c'était une source d'ennuis.

— Tiens, prends celui-là.

Je n'en revenais pas. Davis sortit un énorme colt automatique, un des nouveaux modèles de l'Armée, et me le tendit en travers de la table.

— Je peux en trouver un autre, dit-il.

Je refusai de le prendre.

— Si j'estime en avoir besoin, je vous le ferai savoir, lui dis-je.

— Okay. C'est d'ailleurs aussi bien. Ça pourrait éveiller les soupçons, encore que la moitié des habitants de la ville soient armés d'un revolver, je l'ai remarqué.

Et puis il passe à autre chose, me donne d'autres tuyaux sur Little, m'explique comment un communiste détruit le tissu même de la société, des trucs dans ce genre.

En fait, je n'ai jamais vraiment eu d'opinion là-dessus. À dire vrai, j'étais plus ou moins convaincu. Après tout, qu'est-ce que je savais de tout ça ? De mon point de vue, on estimait en général que la grève n'était pas une bonne chose. Ça mécontentait tout le monde, et, de toute façon, les hommes n'obtenaient jamais ce qu'ils voulaient, les gosses crevaient de faim et tout compte fait, ça donnait quoi ? La Compagnie avait de quoi tenir le coup plus longtemps que les mineurs. Tout le monde savait qu'elle avait stocké du cuivre en quantité.

Mais Davis me dit que la Compagnie était pressée de régler le problème de la grève, parce que les Alliés avaient besoin de tout le cuivre qu'ils pouvaient extraire. Ils en avaient besoin pour le bronze, pour les obus. Et voilà qui m'alla droit au cœur, bien entendu.

Mon patriotisme avait été exalté par les propos de Sam Hammett.

Je songeais plus que jamais à m'engager. Le recrutement avait commencé et mon nom était enregistré. Je voulais m'engager avant d'être mobilisé. Je voulais bouffer du Boche avant que ça ne se termine.

Oui, bien sûr, autrefois, j'étais un môme assoiffé de sang. Nous le sommes tous. Nous ne sommes pas aussi compliqués que nous le donnons à voir. L'Aventure ! la Guerre ! Botter le cul de l'ennemi ! Bon Dieu, je buvais du petit lait, à jouer les détectives !

Je me croyais invisible dans mon costard informe. L'Homme Invisible ! Il me suffisait de traîner dans les rues de Butte — un endroit formidable — avec du fric plein les poches, à jouer les détectives. L'Aventure ! le Danger ! Il n'y a rien de tel.

La gloire et la guerre m'appelaient, mais j'avais un boulot à faire auparavant.

Et le premier gars que j'irai trouver, ce sera Dewey.

CHAPITRE 2

— Pourquoi qu'tu veux l'rencontrer, Little ? me demanda Dewey.

Je lui rappelai qu'il m'avait dit que, dans le coin, ce n'était pas bon de jouer les jaunes. Je me disais donc qu'il valait mieux m'inscrire à un syndicat, mais quel syndicat ? Je voulais savoir ce que Little avait à dire. Dewey déclara qu'en l'occurrence, l'homme de la situation c'était Sean Paton.

Nous nous trouvions dans un gigantesque saloon, le M & M, bourré de cow-boys et de mineurs. Les mineurs n'avaient pas de travail, et quand ils n'étaient pas en train de s'engueuler et de se bagarrer, ils discutaient entre eux et picolaient. Je n'ai jamais de ma vie vu autant de saloons. Je songe parfois que c'est la fréquentation des bistrots à Butte qui m'a amené à boire comme je bois, mais je ne le regrette pas. J'aimais bien ça. J'aimais l'atmosphère. Je m'y trouvais comme un poisson dans l'eau. On jouait beaucoup aussi au M & M, mais ça ne m'a jamais tenté, si vous voulez savoir…

Le vrai centre d'attraction, c'était le téléscripteur. Un vieux type grisonnant coiffé d'un melon relevait les scores de base-ball sur le ruban, coup par coup, et les affichait sur une grande ardoise où des lignes avaient été peintes pour faire un tableau d'affichage. Il inscrivait les résultats avec une craie qu'il gardait dans un verre d'eau. On pouvait à peine déchiffrer ce qui était écrit, au début, mais bien vite la craie séchait, révélant une écriture appuyée, agréable à lire, très professionnelle, qui semblait presque imprimée. Les parieurs passaient leur temps à lui hurler dessus pour qu'il lise les résultats, mais le vieux ne leur prêtait aucune attention. Ils pariaient aussi bien des pennies que des dollars.

Dewey ne pariait pas, mais c'était un fana des Brooklyn Dodger. On le trouvait presque toujours au M & M, suivant un match de cette équipe, but par but, à mesure qu'ils apparaissaient sur le téléscripteur. Entre les affichages, il imaginait ce qui était en train de se passer, et me décrivait Zack Wheat en train de marquer deux bases pour donner un point à Stengel, ou bien Rube Marquard éliminant les Cubs. Tout ça, c'était avant la radio — Dewey était en avance sur son temps. On était en train de boire une bière et de surveiller le tableau quand Paton s'est pointé.

Paton était un mineur de haute taille, bardé de muscles, avec une tignasse roux clair. De cinq ans peut-être mon aîné, c'était un grand type bon enfant au sourire timide. Il avait l'air d'un gars de la campagne, mais en fait, il venait du pays du cuivre, dans le Michigan. Il y avait eu une grève importante là-bas, quelques années plus tôt, et il s'était inscrit au mouvement des I.W.W., ce qui lui avait valu d'être blackboulé par les compagnies minières.

Dewey me présenta comme...

– Un Loriot d'Baltimore, bon sang de bois ! Il est v'nu dans l'Ouest ramasser d'l'or, comme si c'était des myrtilles ou je n'sais quoi.

– C'est un rigolo, dis-je à Paton. Mais je suis bien content de faire ta connaissance. Il paraît que le syndicat va être noyauté par l'I.W.W., alors je crois que je ferais mieux de m'inscrire.

Paton nourrissait peut-être quelques soupçons à mon égard, mais il était aimable de nature. J'achetai un pichet de bière et nous allâmes nous installer dans un box où nous pourrions bavarder en paix et laisser Dewey fantasmer sur les Dodger. Paton était un drôle de zèbre, je trouvais, à la fois endormi et nerveux. Il avait des cils et des sourcils blond pâle. Un instant il semblait à peine éveillé, et l'instant d'après, il se frottait les mains, se frottait les yeux et jetait alentour un regard anxieux. Il engloutissait sa bière à grandes lampées. « Ma va me tuer », disait-il et il s'envoyait une autre rasade. Quand j'achetai un second pichet, Sean-O était en train de me parler de la statue que les citoyens reconnaissants de Butte allaient un jour ériger à la mémoire de Frank Little.

Un des griefs du syndicat, m'expliqua Paton, c'était le système pipé des cartes. Autrement dit, la méthode qu'utilisait la Compagnie pour avoir barre sur les hommes. Vous étiez obligé d'obtenir une carte du bureau d'embauche et de la présenter à une des mines. Si la Compagnie avait quoi que ce soit sur vous dans ses dossiers, vous n'obteniez pas de carte, et par conséquent pas de boulot. S'ils découvraient que vous apparteniez au I.W.W., ou même que vous étiez seulement un sympathisant, vous pouviez être blackboulé dans toutes les mines de l'Ouest.

— C'est dégueulasse, comme combine, disait Paton. Si tu travailles, les autres gars pensent que tu es un mec de la compagnie, un mouchard, et si tu as une carte du syndicat, les frères commencent à se poser des questions.

— Et toi, alors ? demandai-je. Tu travailles ?

— Je travaillais, jusqu'à la grève. Et j'ai eu droit à un carton rouge. Il se mit à rire et s'enfila une autre lampée de bière.

La dernière, dit-il, mais ça ne l'était pas.

— Comment se fait-il qui tu n'aies pas été mis sur la liste noire ? lui demandai-je.

— Comment savoir ? En tout cas, dès qu'on aura gagné la grève, on retournera tous au travail, et on en aura fini avec ces putains de cartes. Il tendit la main vers le pichet. Juste un dernier.

Il avait les yeux vitreux et vacillait sur son siège.

— Et si vous gagnez pas ? Vous n'avez pas gagné dans le Michigan.

— Là-bas, c'était l'Union des Travailleurs de la Mine, dit Paton. Moyer et sa clique. Ils ne sont pas mal, mais ils ne font pas vraiment le poids. Frank dit qu'au départ, ils jouent un rôle nécessaire, mais qu'ils sont limités... Leurs objectifs sont élémentaires, les salaires par exemple, ou la réglementation du travail, ce genre de trucs, mais ils ne s'attaquent pas au... ah, bon sang, comment on dit déjà ? Des francs-tireurs, voilà.

Je ne savais pas ce qu'il entendait par là, mais je me contentai de répliquer :

— Des francs-tireurs, hein ? C'est ce que dit Frank ?

— Ils n'ont aucune loyauté envers la classe ouvrière, expliqua Paton. Tu vois, c'est pour ça qu'on doit se serrer les coudes. Faut qu'on soit tous solidaires, hein ? On est tous frères, pas vrai ?

— Absolument, frère. Dis donc, j'aimerais bien le rencontrer, Frank.

— Pas de problème ! Il va s'adresser aux gars au stade, chette... zette... c't après-midi.

Paton ingurgita une autre lampée.

— Celle-là, c'est ma dernière...

C'était vrai. Le gros balourd bascula de côté, et sa tête se réfugia dans l'angle du box. Ses paupières s'abaissèrent lentement et sa bouche s'ouvrit. Il se mit à ronfler.

— Non, mais tu vas pas l'croire ! fit Dewey, jaillissant de la foule. Ces putains de Cubs. Et, apercevant Paton :

— Merde alors ! Manquait plus que lui !

— Il est raide, expliquai-je. Il a bu de la bière, c'est tout. Mais il en a éclusé pas mal, je reconnais.

— Sans blague ! Allez, viens, on l'ramèn'chez lui. Ma Paton va piquer une crise, mais faut bien y aller.

Là-dessus, on remet le grand idiot sur pied et on le fait avancer entre nous deux, un bras sur chacune de nos épaules.

— Il habite loin ? m'inquiétai-je, après un parcours pénible d'une centaine de mètres.

— Dans le Carré de Choux. Par là.

De son bras libre, Dewey indiquait, plus bas dans la colline, un groupe de baraques délabrées et de hangars. Quand nous nous engageâmes dans les petites ruelles poussiéreuses et tortueuses, une troupe de mômes morveux surgit en courant et en vociférant :

— Sean-Oh ! Sean-Oh !

Lorsque Sean les entendit, il fut comme possédé. Il planta les talons dans le sol, nous forçant à nous immobiliser. Sans mot dire, il se dégagea, lissa ses cheveux en arrière, fit deux ou trois profondes inspirations et ouvrit tout grand les yeux, comme une chouette au coucher du soleil. Il fit deux pas en avant, les jambes flageolantes, se ressaisit, et commença à avancer à grandes enjambées, complètement dessoûlé, sans prêter la moindre attention aux gamins.

Dewey me flanqua une claque dans le dos et grogna :

— J'savais bien qu'il y arriverait ! Pas croyable, non ?

Juste à ce moment-là, une fille déboula du coin d'une ruelle et s'immobilisa, les mains sur les hanches, bouche bée, les yeux fixés sur Sean. Il ne l'avait pas repérée, mais moi oui. Elle portait une jupe de coton bleue recouverte d'un tablier crasseux, et un corsage blanc décolleté qui pouvait permettre à n'importe quel gars de se faire une assez bonne idée de son artillerie, du gros calibre. Tout d'abord, je lui donnai une vingtaine d'années, mais je me rendis vite compte qu'elle en avait plutôt vingt-huit. Elle avait de très beaux yeux gris et des cheveux d'un roux profond. Elle était coiffée d'un fichu à pois. Je suis sûr qu'un certain nombre de types n'auraient pas cherché plus loin, mais je n'ai jamais été du genre à me laisser abuser par les fringues d'une femme, élégantes ou pas.

Sean vint la frôler et elle poussa un hurlement. Elle prit son élan, et le gifla de toutes ses forces. Elle avait visé la mâchoire, mais Sean est si grand qu'elle l'atteignit à l'épaule. Le coup ne lui fit aucun mal, mais attira son attention. Sean se pencha en avant et se mit à filer vers la maison, la lady à ses trousses. Toutes les voisines sortirent sur leur minuscule perron en bois et se mirent à crier des encouragements. Les mômes hurlaient de joie. Dewey et moi fermions la marche.

Sean se faufila entre deux bicoques effondrées et se précipita dans une petite cour déserte où séchaient des draps. Il s'emmêla dans un drap, le rejeta de côté et plongea dans les cabinets, un appentis tout de guingois dont il referma la porte à la volée.

Les badauds groupés dans la cour, tout excités, surveillaient la scène, tandis que la femme flanquait des coups de pied et de poing dans la porte des chiottes et traitait Sean d'ivrogne, de bon à rien, de soûlard, de feignant, pour ne citer que les termes les plus polis. On entendait la voix étouffée de Sean qui rugissait :

— Va-t'en ! Fous-moi la paix !

Brusquement, la femme s'arrêta et jeta un coup d'œil dans la cour. Les voisines disparurent comme gelée blanche au mois d'août — phénomène bien connu à

Butte. Un des gosses, vêtu seulement d'une chemise tombant sur ses jambes nues, se faufile alors vers la femme et empoigne un bout de sa jupe. Elle s'agenouille pour le moucher avec son tablier. Puis elle se redresse et entreprend de ramasser et de plier sa lessive, y compris le drap que Sean avait lancé sur la palissade en bois.

Pour finir, elle se tourna vers nous. Dewey et moi reculâmes. J'étais prêt à m'en aller, mais elle se contenta de dire, calme et polie comme si elle s'adressait à un prêtre :

— C'est vous que je dois remercier, je suppose, pour avoir ramené cette brute à la maison, Dewey Thacker. Eh bien, je dois dire, vous l'avez bien saoulé. Vous savez qu'il ne peut pas boire. Je ne pensais pas qu'il avait de l'argent.

Pendant un instant, de son regard intense et gris, elle examina la vieille cour misérable, nous invitant à nous rendre à l'évidence... On n'était pas chez des riches.

Dewey et moi, nos casquettes à la main, étions plantés là comme deux abrutis.

— C'est de ma faute, m'dame, dis-je. Je savais vraiment pas qu'il pouvait se saouler si facilement.

— Et qui vous êtes, vous ? demanda-t-elle, en empilant le linge plié sur les bras de Dewey.

Dewey fit les présentations. Lorsqu'il annonça « Ma Paton », je demeurai saisi. C'était donc « Ma » Paton ? J'avais supposé que Sean parlait de sa mère, pas de sa femme. Les trois gosses qui traînaient dans la cour étaient à elle.

— Vous n'avez pas l'air d'un mineur, monsieur Ryder, déclara Ma Paton.

Elle avait une façon caractéristique de se tenir ainsi les mains sur les hanches, fière et hardie, les pieds écartés et fermement plantés dans le sol, telle une solide statue de Vénus. Elle n'était pas vraiment belle, mais se comportait comme si elle l'était et l'effet était le même. Elle n'était que chevelure, hanches et seins épanouis, très imposante.

Elle eut un sourire mélancolique.

— Eh bien, il s'est saoulé et c'est fait. Je vous remercie, messieurs, de l'avoir ramené.

Et elle passa devant nous pour entrer dans la maison.

Je la regardai, sidéré, puis me tournai vers Dewey.

— C'est quelque chose, hein, cette bonne femme ? se contenta-t-il de dire, un grand sourire aux lèvres au-dessus de la pile de linge. Plus tard, il m'expliqua que Ma Paton était une veuve qui avait mis le grappin sur Sean après que son premier mari, saoul perdu, fut tombé dans un puits désaffecté de la Mather B, dans le Michigan. Ce qui expliquait son attitude radicale vis-à-vis de la gnôle.

Dewey posa la lessive devant la porte qui fermait l'arrière de la bicoque et m'emmena jusqu'aux chiottes. Nous frappâmes à la porte.

— Elle est partie ? demanda Sean, nerveux. Il entrebâilla la porte pour jeter un coup d'œil au-dehors. Il nous fallut un moment pour le convaincre qu'elle s'était calmée et était entrée dans la maison. Il finit par sortir avec précaution. Mais les efforts des dix dernières minutes l'avaient lessivé et il nous fallut presque le porter jusqu'à la maison.

Mme Paton se tenait près du poêle où elle avait mis une bouilloire à chauffer et elle nous fit signe de porter Sean sur le lit dans la pièce adjacente. C'était un grand lit avec une armature en cuivre et Sean s'abattit à plat ventre dessus, ses bottes dans le vide. Mme Paton nous expédia dans le salon et entreprit de tirer sur les bottes de son mari.

La maison était minuscule, juste la cuisine, la chambre à coucher et le salon, mais les sols étaient balayés et astiqués. Les paillasses des enfants étaient roulées et empilées dans un coin. Il y avait une table en chêne, lourde et solide, et quelques chaises assorties, une belle nappe en dentelle. Un vase Waterford en verre taillé rempli de quelques fleurs des champs était posé sur un carreau de Delft écorné orné d'un moulin à vent bleu. Un rameau jauni était glissé derrière un crucifix accroché sur le papier peint fané, à côté d'un chromo de Notre-Dame-de-Lourdes.

L'idée me vint que Mme Paton avait réussi à sauver quelques souvenirs datant d'une époque plus prospère. Ce n'était pas un endroit complètement sinistre, malgré la nudité et la pauvreté ; mais Dewey et moi étions mal à l'aise, nerveux, cherchant une excuse pour nous tailler.

Madame Paton revint, portant une théière protégée d'un cache matelassé qu'elle posa sur la table.

— Asseyez-vous, ordonna-t-elle, et elle sortit pour aller chercher des tasses. Nous nous assîmes et elle revint rapidement avec trois tasses et leurs soucoupes en fine porcelaine. Je crois que c'était des Royal Doulton. Il y avait les mêmes dans la famille de ma mère.

Ma Paton avait enlevé son tablier et son foulard. Ses cheveux étaient extraordinaires. Je l'avais entendue leur donner un rapide coup de brosse. Ils s'épanouissaient autour de son visage comme un nuage de cuivre filé. Elle était d'une grande beauté, très impressionnante. Elle s'assit et nous servit le thé, comme une grande dame. Si elle avait eu une robe en taffetas à la place de sa mince jupe en coton et de son corsage, on l'aurait facilement prise pour une duchesse.

Un aimable sourire aux lèvres, elle dit :

— Je suis vraiment désolée que vous nous ayez trouvés

dans cette situation, monsieur Ryder. Il n'en est pas toujours ainsi, je vous assure.

Elle jeta alors un regard noir à Dewey et ajouta :

— Bien que ce soit trop fréquent.

Puis elle m'adressa son sourire de duchesse et demanda :

— Tout le monde vous appelle Goodwin ?

Il y avait plus qu'une cadence irlandaise dans cette voix. Je lui répliquai qu'elle pouvait m'appeler Goody, ou Geed, et, une idée comme ça en passant, ajoutai que j'étais irlandais, du côté de ma mère, de Donegal. Ce n'était pas entièrement vrai, mais j'avais une tante irlandaise qui disait toujours que les hommes de Donegal étaient un mystère pour elle, et j'aimais assez me considérer comme un mystère.

— Donegal, ah bon ? Je suis de Wicklow, moi.

J'inclinai poliment la tête et bus une gorgée de thé. Je détestais le thé, mais pour une fois n'y pris pas garde. Je ne pouvais détacher mes yeux de cette femme. Et elle soutenait tout aussi hardiment mon regard. Ce que ne faisaient pas les femmes à cette époque. Les femmes devaient faire preuve d'humilité.

— Vous ne ressemblez pas à la plupart des ces mineurs, Goody, dit-elle en tournant vers Dewey un regard méprisant.

Je lui affirmai que j'étais simplement un ouvrier, à la recherche de travail, mais elle ne parut pas convaincue.

— Ce serait agréable si Sean avait quelques amis un peu plus raffinés, ajouta-t-elle.

Elle lissa son corsage sur son opulente poitrine et je jetai un coup d'œil anxieux à Dewey. Il nous observait tous les deux avec un mélange d'amusement et de dégoût.

— Goody, dit-il, c'est un Loriot de Baltimore.

— Il plaisante, madame. Il veut dire, simplement, que je viens de Baltimore. Mais je ne suis pas pour autant un vaurien comme certains.

Ma Paton s'épanouit et se pencha en travers de la table pour emplir ma tasse de nouveau, les seins lourds comme un ciel d'orage.

Ce spectacle excitait Dewey, je suppose. Il se leva.

— Merci pour le thé, m'dame, mais moi et Goody, faut qu'on file.

— Où allez-vous ? demanda-t-elle calmement.

Dewey, un instant déconcerté, répondit :

— On va voir Little. Il doit causer aux gars c't'après-midi, au stade.

— Vous n'allez pas emmener ce gentil jeune homme voir ce mécréant d'Indien !

— Ah m'dame, Frank, c'est pas un si mauvais bougre.

Elle se tourna vers moi.

— Frank Little a complètement tourneboulé mon pauvre mari. Remarquez, ajouta-t-elle en jetant un coup d'œil en direction de la chambre où résonnaient de puissants ronflements, ça ne lui a sans doute pas pris une journée de travail. Non que Frank Little ait jamais accompli une seule journée de travail de toute sa vie, ce bon à rien. Mais je ne veux pas vous retenir. Allez donc écouter monsieur Little encourager des hommes à ne pas travailler. J'aimerais savoir si c'est lui qui va payer l'épicerie ou le loyer ou…

Il y avait de la cruauté dans son regard, mais elle se contrôla.

Nous prîmes congé, sans oser le moindre mot avant d'avoir secoué de nos semelles la poussière du Carré de Choux. Dewey s'arrêta alors, plié en deux de rire. Je ne pus m'empêcher d'en faire autant.

— T'as vu, ce sacré Sean ! Il filait comme un lapin.

Il s'essuya les yeux et ajouta :

— Je comprends ça, d'ailleurs !

— Mme Paton, ou « Ma », comme tu l'appelles si joliment, est une sacrée bonne femme !

— Comme tu dis !

Dewey tendit ses mains ouvertes devant lui, soupesant un poids imaginaire, et esquissa un frétillement obscène avec ses hanches.

— Putain de bonne femme !

Je n'appréciai pas.

— C'est l'épouse de Sean !

— Ouais, ouais, acquiesça mollement Dewey. Mais c'est une bonne femme, pas vrai ? C'est p'têt'la femme à Sean, mais c'est une bonne femme pour l'reste du monde. Et puis, qu'est-ce que ça peut foutre ? T'es point marié avec.

Je ne sais pas pourquoi, mais ça m'ennuyait de l'entendre dire ça, alors que d'ordinaire, je ne suis pas du genre à être choqué.

— Mais, pourquoi, bon Dieu, as-tu absolument voulu le ramener chez lui, si tu savais que ça la foutrait en rogne ?

— Quoi ? Tu rigoles ? C'était point du cinoche, ça ? Allez, viens, mon gars, viens donc l'voir, ton Little.

Et il se mit en route pour traverser la ville.

CHAPITRE 3

— Il fait bien trop beau, les gars, pour parler de grèves et de politique. On va parler de mi-temps et de sport.

Frank Little, juché sur une estrade en bois dressée entre la plaque de but et la place du lanceur, apostrophait la foule massée dans la tribune couverte, plus de deux mille hommes, ivres pour la plupart, qui se passaient entre eux des bouteilles de whisky.

C'était un homme mince de taille moyenne, au teint basané, approchant la quarantaine, et je ne lui trouvais rien de sinistre. Il portait un complet informe, une cravate rouge dénouée, et un feutre noir cabossé couvrait ses cheveux noirs et raides. La chaleur était accablante cet après-midi-là, et je m'attendais d'un instant à l'autre à le voir tomber la veste, mais il n'en fit rien. Il avait une voix aiguë, grinçante, avec un accent nasillard de l'Ouest, une voix forte, mais pas vraiment une voix d'orateur, plutôt celle d'un prédicateur. Un prédicateur à ses heures, peut-être, qui travaillait en usine durant la semaine et une fois par mois prononçait le sermon du dimanche soir.

Je me tenais contre la palissade au fond de la tribune avec Dewey, à quinze mètres environ de Little, le long de la limite de hors-jeu. Une demi-douzaine de meneurs de grève, dont Mucky McDonald et Al Wuuri, étaient assis sur l'estrade, installés sur des chaises, en complet veston et chapeau melon, cigares au bec. Deux cents mineurs au moins étaient massés entre l'estrade et la tribune, mais je pouvais voir par-dessus leurs têtes.

Little indiqua son œil gauche, qui était fermé, difforme et comme fripé. Apparemment, il n'y avait pas de globe oculaire sous la paupière et je compris soudain la vanne de Joe Davis et son allusion à la canne blanche.

La voix de Little s'éleva, sur le ton de la plaisanterie :

— Je n'ai jamais été fichu de frapper une balle rapide ou courbe, alors maintenant, quand je vois une douzaine de gars dans un stade, je me dis que c'est l'occasion ou jamais de faire un discours. Mais bon sang, on peut quand même parler de base-ball, pour commencer.

Les hommes eurent un petit rire complice et quelques cris d'encouragement s'élevèrent :

— Vas-y, Frank, on t'écoute ! Mets le paquet, Frank !

Dewey me flanqua un coup de coude dans les côtes :

— Il va les chauffer à blanc, tu vas voir, dit-il.

— Eh bien, on a tous entendu parler de cette nouvelle ligue, la Ligue Fédérale. Y a des tas de gens qui sont plutôt déçus que ça ait foiré. Devinez qui ?

Silence dans la foule. Intéressés, ils attendent la suite.

— Les joueurs, pardi, enchaîna Little. Ça doit être plutôt dur pour un simple ouvrier, surtout s'il est en grève et qu'il voit pas arriver la paye, de sympathiser avec une bande de types qui jouent à des jeux de gamins et sont royalement payés pour ça. Bon sang, on est tous passionné de base-ball — d'un geste large, il indiqua les tribunes, la palissade couverte de panneaux publicitaires vantant le magasin Hennessy, le restaurant Gamer, le saloon M & M, et autres commerces locaux — mais ça paraît quand même bizarre de considérer des joueurs de base-ball comme des ouvriers. Quoiqu'au fond, ce ne soit pas si con que ça.

Je me demandais bien où Little voulait en venir. C'était donc là le prétendu trublion ? L'agitateur qui inquiétait tellement Joe Davis et la Compagnie ? À lire le *Standard,* on aurait pu croire que Little était un croisement entre Billy Sunday et Lénine, mais il ne manquait qu'une moustache à ce gringalet bigleux pour ressembler à Charlie Chaplin. Je me rappelai soudain l'idée de Sean d'ériger des statues à la gloire de Little et je faillis éclater de rire.

— J'ai lu quelque part — enchaîna Little en remuant les mains dans ses poches — que Ty Cobb, y gagne vingt mille dollars par an ! Ça vous dit quelque chose ? Pour jouer à la balle !

Little secoua la tête, l'air mélancolique, et poursuivit :

— Mais, faut le r'connaître, ce Ty Cobb, il cote trois cent quatre-vingt-cinq au classement.

— Trois cent soixante-quinze ! lança quelqu'un. La foule se mit à rire et Little en fit autant.

— D'accord, trois cent soixante-quinze. Mais c'est quand même lui, l'meilleur batteur de la Ligue Américaine ! Vous savez, on dit qu'y en a pas deux comme lui… et c'est tant mieux pour les lanceurs ! Et les propriétaires des Tigers !

Ça lui valut un nouvel éclat de rire et quelques huées contre Cobb, ce sale gosse. Little grimaça un sourire et se mit à esquisser quelques pas de danse burlesques sur l'estrade. Puis il s'arrêta et se campa solidement sur ses pieds.

— Y a qu'un seul et unique Cobb, répéta-t-il d'une voix forte. Mais pour ce qui est des autres gars qui font partie des Tigers… Vous vous êtes déjà d'mandé combien qu'y gagnent, ceux-là ? Ah ! Vous vous l'êtes demandé ?

Eh ben, moi, j'vais vous le dire. Avant que la Ligue Fédérale ait foutu la panique chez tous les patrons de Detroit, Pittsburgh, Chicago, New York et Saint Louie – il se mit à agiter ses mains largement ouvertes, – un joueur ordinaire avait de la veine s'il palpait deux mille cinq cents dollars. Y en a qui trouveront que c'est déjà pas si mal, mais oubliez pas que ces gars jouent seulement pendant quelques années et ensuite, retour à la ferme... dans les hauts fourneaux ou pire, au Neversweat.

Un certain nombre de mineurs qui avaient travaillé au Neversweat se levèrent et protestèrent bruyamment

– D'accord, d'accord, hurla Little, un grand sourire aux lèvres, rien à reprocher au Neversweat. Sauf que certains de ces gars, y sont bons qu'à bloquer le travail. Y se sont jamais servis d'un marteau-piqueur là-bas au fond du trou, jamais fixé des buses dans un haut fourneau. Y en a qui finissent avec des jambes cassées et les genoux bouzillés et des bras qu'y peuvent pas lever plus haut que l'épaule. Y en a qui ont reçu tellement de gnons dans les côtes et sur la tête qu'y sont un peu abrutis. Et maintenant, tout d'un coup, faut qu'y se mettent à apprendre à travailler, à l'âge de vingt-cinq ou trente ans, au lieu d'être des héros. Bon, d'accord... Y en a parmi vous qui trouvent pas ça tellement horrible, mais faut bien reconnaître que ça fait un sacré changement, c'est pas comme de se battre pour la coupe d'or et de gagner un gros paquet de dollars, d'aller au printemps en Floride pour un training, d'avoir sa photo dans les journaux et les gosses qui vous demandent des autographes, de voyager en première classe dans un Pullman... sans parler des jolies p'tit'femmes !

Little sut s'arrêter pour laisser la foule exploser de rire, et je dois dire que je me joignis sans réserve à ces rires et aux applaudissements qui les accompagnaient.

— C'est quand même un sacré changement pour un gars d'être un jour une sorte de môme adulé, et de se retrouver le lendemain en train de titiller des pis de vache plutôt que… enfin, vous voyez ce que je veux dire.

Éclat de rire général. Quand ils se furent calmés, les hommes continuèrent à se répéter la plaisanterie et à l'expliquer aux autres. Little se fit alors plus grave.

— Ces garçons se sont aperçus que leurs salaires avaient doublé, triplé ou même quadruplé, en 14 et en 15, même s'ils n'avaient pas rejoint la Ligue Fédérale — juste pour les empêcher d'y entrer. Un bon attrapeur, disons un gars comme, eh bien, Bobby Veach, touchait dix mille dollars. Parfaitement, dix mille. Mais attendez, vous connaissez pas le reste de la combine. Aujourd'hui, enchaîna-t-il en enflant la voix tel un prédicateur, maintenant que la Ligue Fédérale n'existe plus, le salaire de ce même joueur est retombé à trois ou quatre mille dollars. Et pourquoi ça ? Comment ça se fait ? Qu'est-ce que vous en dites ?

Little mit sa main en pavillon contre son oreille en réponse à un hurlement dans la foule.

— Parce qu'il cote deux cent cinquante ? Ha ha ha ! Little rit avec la foule. Bon, écoutez-moi, les gars. Je vois bien que Veach est le meilleur batteur dans des coups de circuit. Il a marqué son septième hier, justement. Alors ça montre bien qu'il est pas dans les choux, pas vrai ? Foutre non. Mais on sait pourquoi son enveloppe de paye est pas mal réduite depuis quelque temps, pas vrai ?

Little n'attendit pas une réponse.

— Les grands patrons de la Ligue Américaine et de la Ligue Nationale se sont débarrassés de la Ligue Fédérale, et ils ont conclu entre eux un petit accord, la clause de réserve — qui figure dans le contrat de tous les joueurs – stipulant qu'ils n'essaieront pas d'engager les employés de l'autre ligue. La Ligue Fédérale n'a pas respecté la clause de réserve, bien entendu, ce qui a posé de sérieux problèmes et attaqué sérieusement le budget.

Il y eut quelques rires et Little enchaîna :

– Ce qui fait que maintenant, les ligues sont pas obligées de payer Veach dix mille dollars, même s'il marque vingt coups de circuit, parce que de toute façon, il ne peut plus jouer pour personne d'autre. Et puis voyons les choses en face, les gars, même avec vingt coups de circuit, Veach, c'est pas Cobb : si Cobb joue pas, les Tigers gagnent pas, mais si Veach refuse de signer pour ce que lui offrent les Tigers, y a pas de Ligue Fédérale pour lui proposer davantage, et des Veach, à Toledo, il y en a plein, à Toledo ou ailleurs.

Dewey me flanqua un coup de coude dans les côtes et opina du bonnet, l'air sagace, approuvant l'exposé précis de Little sur les réalités économiques du base-ball.

– Je m'demandais comment ça fonctionnait, dit-il.

Je ne pouvais qu'admirer le style de Little. Il avait réussi à convaincre de son génie un type plutôt futé comme Dewey, et Dewey n'avait pourtant rien d'un Rouge.

Little fit les cent pas, tête baissée, comme s'il réfléchissait. Il releva la tête, pour finir, et lança :

– Est-ce qu'y en a qui s'souviennent de la Confrérie des Joueurs ? Non ? Personne ? Little prit un air atterré. Des bons syndicalistes comme vous, vous vous rappelez pas la Confrérie des joueurs ? Évidemment, les chroniqueurs sportifs n'en parlaient pas tellement. Y-z-écrivaient des tas de trucs sur la Ligue Fédérale, pourtant, et comment elle était en train de ruiner le base-ball, et ils parlaient beaucoup des sommes gagnées par Cobb.

Y n'parlaient pas de c'que les patrons s'faisaient su'l'dos des joueurs. Y d'vaient penser, j'suppose, qu'ça regardait qu'les patrons.

Et y s'figuraient qu'personne pouvait s'intéresser à un syndicat de joueurs. Y pensaient même qu'un joueur, ça d'vait pas être dans un syndicat, tout comme certains voient pas pourquoi les mineurs s'raient syndiqués. Y s'figurent peut-être que c'est simplement les joueurs qui osent se liguer contre ces pauvres vieux patrons.

Y a des tas de gens qui n'savent pas c'que ça veut dire, la solidarité, des gens qui, eux-mêmes, n'sont pas syndiqués, et apparemment, ça les fout en rogne quand d'autres gens, des ouvriers, s'unissent pour obtenir justice et un salaire convenable en échange de leur travail.

Le ton de Little s'était fait plus sérieux et je voyais bien que les hommes se penchaient en avant, buvant ses paroles.

— Les joueurs de base-ball ont fondé un syndicat en 1912. Ils voulaient supprimer la règle qui forçait un joueur à jouer indéfiniment dans la même équipe — à moins, bien entendu, qu'il n'y ait un échange, mais ça, c'est encore une autre paire de manches. Et ça, même après que le patron d'un joueur n'a plus envie de l'garder, c'est de ça que je veux parler. L'équipe peut l'empêcher de jouer n'importe où ailleurs. Vous saviez ça ? Eh bien, c'est comme si la Compagnie avait un droit exclusif sur votre travail et que, si vous voulez aller travailler dans une autre boîte, en Idaho disons, ils pourraient peut-être dire « Pas question ! ». Et même si vous travaillez plus pour eux. Ça vous dit rien ?

Little, un petit sourire aux lèvres, approuva d'un signe de tête le chœur de sifflets et les huées qui s'élevèrent de la foule.

— Oh, vous avez entendu parler de salaires de misère ? C'est bien ce que je pensais. Bien, bien. Mais vous n'savez pas tout !

Il fit quelques pas en long et en large pendant que la foule se calmait ; tête baissée, les mains enfouies dans les poches. De temps à autre il reprenait sa petite danse chaplinesque.

Enfin, il poursuivit :

— Naturellement, les ligues refusaient de reconnaître le syndicat. Toujours la même histoire. Rien de nouveau jusque-là. Mais ensuite, l'affaire de la Ligue Fédérale a foutu la trouille aux ligues, quand une équipe a signé un contrat avec des joueurs en dépit de la clause de réserve. Du coup, ils se sont décidés à reconnaître le syndicat des joueurs. Et pourquoi donc ? Et ben, pardi, ils pensaient que le syndicat les aiderait à garder pour eux leurs joueurs. Et ils ont fait quelques concessions minables au syndicat. Et d'après vous, qu'est-ce qui est arrivé au syndicat après que la Ligue Fédérale a bu le bouillon, ou plutôt, je devrais dire, après que les ligues l'ont achetée ? Parfaitement, parfaitement ! Ils ont cessé de reconnaître la Confrérie des Joueurs. Le syndicat avait été brisé.

Little demeura un moment immobile, silencieux, à fixer son public, les mains enfouies au fond de ses poches. Ce fut à ce moment-là, je crois, que malgré ses fringues et ses petits gestes comiques et sa voix de prédicateur à la petite semaine, je commençai à comprendre que Frank Little était peut-être bien ce que Joe Davis et la Compagnie voyaient en lui. Il y avait une sorte de noblesse dans ce type qui se tenait debout devant deux mille hommes endurcis. Et les hommes endurcis se taisaient et l'écoutaient avec attention.

– C'est une leçon à retenir, les gars. La Confrérie des Joueurs n'a pas réussi à tenir contre les ligues une fois la Ligue Fédérale éliminée, parce qu'ils ne possédaient pas de pouvoir réel. Ils étaient éliminés et l'arbitre était engagé par les patrons. Ce qui a joué aussi, c'est que la plupart des adhérents étaient des mômes appartenant à des ligues mineures, des mômes qui ne connaissaient rien à rien et n'espéraient rien d'autre qu'une chance de jouer dans les ligues importantes. Ces mômes-là n'allaient sûrement pas tenir tête aux patrons. Ceux des grandes ligues, le gros de la troupe, voyaient bien qu'ils n'avaient plus le choix, de toute façon. À part Cobb et Tris Speaker, plus quelques autres du même acabit, le joueur moyen se rendait compte qu'il y avait des milliers de gamins à Terre Haute, Birmingham, Butte…

Là, il s'interrompit, pour laisser le calme revenir, après les vociférations de la foule.

– … Prêts à jouer à n'importe quel prix. Pour rien, même ! Des jaunes qu'on avait intérêt à surveiller du coin de l'œil ! Les joueurs moyens étaient obligés de jouer pour les équipes qui en étaient propriétaires, qui les possédaient comme des esclaves, qui les vendaient à d'autres équipes pour cinquante mille dollars, alors qu'eux-mêmes n'en gagnaient qu'vingt-cinq mille. Vous comprenez, c'était c'que pouvait valoir un joueur ordinaire, dans l'esprit des patrons – pas Cobb, bien sûr, mais les autres. Et si l'joueur en question n'était pas d'accord avec les vingt-cinq mille qu'on lui proposait, il pouvait retourner titiller les pis de vache.

Cette dernière phrase était empreinte d'un mépris écrasant, et si quelques hommes se mirent à rire, ce fut d'un rire gêné qui s'éteignit rapidement.

– Les patrons d'clubs disaient qu'un joueur ordinaire valait cinquante mille dollars, mais ils le payaient l'vingtième de c'te somme ! Oh, si y fallait, y-z-étaient prêts à payer Cobb vingt mille dollars, mais en s'plaignant aux journaux que Cobb avait les dents longues. Vous entendez ça ? C'est les ouvriers qui ont les dents longues ! Les gars qui cotent quatre cents points et volent soixante-dix bases ! C'est eux les rapaces. Ceux qui prennent des gnons sur la gueule et des coups de crampons ! Ceux qui s'défoncent, de tout leur cœur, de tous leurs bras ! C'est eux qui ont les dents longues !

La voix de Little s'était enflée, comme celle d'un prédicateur, mais il se taisait maintenant et fixait son public de son œil unique. Lorsqu'il reprit la parole, ce fut d'une voix contenue, presque un chuchotement, mais qui pouvait être entendu dans tout le stade, couvrant la brise de l'après-midi et le bruissement des bouts de papier jetés sous les gradins.

— Maintenant, j'vais vous parler des hommes qui descendent dans le Trou. J'parle pas d'hommes qui jouent comme des gamins. Je parle d'hommes, de vrais hommes. Des hommes qui forent une paroi rocheuse et la voient s'effondrer sur eux. Des hommes qui s'usent les doigts jusqu'à l'os pour essayer de s'extirper d'un éboulement. Des hommes qui r'montent pas par le monte-charge à l'heure de la fermeture. Des hommes qui r'montent jamais. Des hommes qui sont toujours là en dessous — vos copains, vos voisins, vos frères, ensev'lis à jamais sous des tonnes de rochers. Et je parle des familles, des jeunes garçons. Des mômes qu'ont rien à bouffer. Des épouses qui s'endorment le soir à force de pleurer, parce que leur homme n'est pas r'monté d'la mine. C'est vot'travail, vot'sueur et vot'sang qui font ces mines formidables !

D'un geste théâtral, il indiqua les collines derrière eux, avec les cheminées éteintes de ses hauts fourneaux et ses monte-charges silencieux. Certains allèrent même jusqu'à se tordre le cou pour regarder ce qu'ils avaient vu chaque jour de leur vie de travail.

— Le Capitaliste méprise votre sueur et votre sang ! s'exclama l'organisateur. Il estime que vous devriez lui être reconnaissant d'avoir un boulot, pour n'importe quel salaire. Mais donnez-lui une pelle, et vous verrez s'il est heureux à quinze cents mètres sous terre dans le Trou, courbé en deux pendant huit heures par trente-huit degrés ! Vous verrez s'il est heureux à manger un casse-croûte froid dans la poussière et dans la crasse ! Et vous verrez s'il trouve toujours que c'est une dépense inutile de prévoir des ouvertures de secours dans les cloisons !

Coupant court d'un geste impatient aux acclamations, Little enchaîna avec une ferveur intense :

— Certains d'entre vous m'ont probablement entendu l'autre jour raconter qu'à Bisbee, en Arizona, le shérif et ses gorilles avaient ramassé tous les syndicalistes, surtout ceux de l'I.W.W., et nous avaient entassés dans des parcs à bestiaux, avec l'aide de l'armée. Ils ont fait ça sans mandat et sans aucune autorité juridique. Et les bonnes gens de Bisbee sont restés plantés là et les ont laissés faire, et pourtant ils connaissaient tous les gars, avaient travaillé à leur côté, étaient allés à l'église avec eux, avaient leurs mômes dans la même école qu'eux... Mais ils les ont laissés faire. Comment vous expliquez ça ?

Little, les bras ballants, jeta un regard circulaire sur l'estrade. Les hommes soutenaient son regard, attendant qu'il en dise plus long.

— Ils ont laissé leurs camarades du syndicat s'faire arrêter. Certains ont été assommés dans la rue à coups d'crosse de fusil par les soldats. Les journaux ici ont fait tout un foin parc'que j'ai dit que les soldats n'étaient qu'des malfrats en uniforme. En fait, vous m'avez entendu les traiter de pire que ça, mais y pouvaient pas l'imprimer.

Il y eut quelques rires embarrassés et Little poursuivit :

— Les journaux ont raconté qu'les citoyens de Bisbee avaient chassé les syndicalistes. Foutu mensonge ! Les bons citoyens de Bisbee n'sont pas tombés aussi bas quand même. Mais ils sont restés là à regarder.

Little demeura un instant silencieux, l'air abattu. Puis il leva le menton et lança :

— Je pense pas qu'ça pourrait arriver à Butte.

Un chœur de vocifération s'éleva des gradins :

— Ah ben ça non ! Jamais de la vie ! Y a pas de danger !

— Parce que... reprit Little en appuyant sur les mots, comme un prédicateur, parce que Butte, c'est une ville où on sait c'que c'est, la fraternité !

— Ouais ! Et comment ! Tu l'as dit, frère ! hurlait-on sur les gradins. Même Dewey vociférait et brandissait le poing.

— Et tout compte fait, reprit Little, le syndicalisme, c'est pas autre chose ! Pas vrai ? Pas vrai ? Et comment qu'c'est vrai, bon Dieu ! conclut-il d'une voix tonnante.

Les hommes étaient debout et leurs hurlements déferlaient des gradins. Little se tenait là, savourant l'instant... Même moi je vociférais maintenant.

Lorsque le calme revint, Little reprit la parole d'une voix plus mesurée, mais plus affirmée, comme s'il s'était nourri des acclamations des hommes.

— Mais c'est la peur qui a empêché les bonnes gens de Bisbee d'venir en aide à leurs frères, déclara-t-il. La peur du Grand Patron, la peur de perdre de l'argent, la peur de quelque chose de nouveau. Et ils n'avaient pas ce sentiment de fraternité qui a toujours animé Butte...

Il leva une main pour couper court à une autre vague d'acclamations.

— Les gens sont différents là-bas, en Arizona, j'suppose, ou alors c'est qu'le brûlant soleil du désert leur a rôti la cervelle. J'sais pas. Moi même, j'ai failli avoir un coup de bambou, j'crois bien. Y sont pas comme les gens d'Butte. Y sont beaucoup plus racistes, étroits d'esprit. Là-bas, y a pas, comme ici, pas, comme vous, un tas d'Finlandais et d'Irlandais, de Ritals, de Hongrois, d'Anglais, tous mélangés, qui s'aident les uns les autres.

Ce discours fut assez bien accueilli, bien qu'au début j'aie cru sentir une certaine distance, jusqu'à ce les hommes saisissent la subtilité.

— C'était la peur, les gars. Peur du Patron et peur du syndicat. Y sont pas habitués aux syndicats, aux vrais syndicats. Et c'est d'un vrai syndicat qu'on parle maintenant.

Il commença à s'engager ensuite sur des généralités, me sembla-t-il. On aurait dit un discours qu'il avait déjà prononcé de nombreuses fois, truffé de phrases conventionnelles. Il parla des maux inhérents au système capitaliste, des crimes des patrons, et de la prétendue noblesse du travailleur. Les hommes semblaient suspendus à ses lèvres, mais il me sembla que l'ennui les gagnait ou alors qu'ils étaient un peu déçus. Je l'étais en tout cas. Mais peut-être étais-je le seul.

Little changea alors de vitesse et embraya sur la Guerre, qui, disait-il, n'était qu'un monstrueux complot capitaliste inspiré par des rapaces pour maintenir les ouvriers en esclavage, complot élaboré par les Grands Intérêts — parmi lesquels il incluait absolument la Compagnie et les fabricants de munitions — et ce afin de tirer profit de leur travail.

J'étais stupéfait. Cela frôlait la trahison. Je n'avais jamais rien entendu de pareil. Mais bon Dieu, c'était le Kaiser qui avait déclenché la guerre, non ?

Mon dégoût ne fit que s'accroître, ainsi que ma méfiance, même lorsque Little fit remarquer que le prix du cuivre avait augmenté de près de cinquante pour cent depuis le début de la guerre — le cuivre étant un élément essentiel pour la fabrication des obus d'artillerie —, alors que les salaires des ouvriers n'avaient pas augmenté du tout. Les conditions étaient même plutôt pires, car la Compagnie s'efforçait d'augmenter la production sans améliorer les conditions de travail. C'était, déclara Little, ce qui avait provoqué la tragédie de Speculator, un mois plus tôt, où cent soixante-cinq hommes avaient péri.

Si certains commençaient à s'ennuyer, cette allusion ranima leur attention. Je me prenais moi-même à espérer, bizarrement, que Little allait continuer dans cette veine. Mais l'agitateur se lança plutôt dans une rhapsodie sur le grand combat que livraient nos frères en Russie, et qu'ils allaient gagner. Et tous les travailleurs en Europe, même dans l'Allemagne du Kaiser, allaient bientôt se dresser pour rejoindre les rangs des courageux communistes.

Ce genre de discours m'était par trop étranger. Je suppose que les mineurs, nombreux à venir du Vieux Continent, réagissaient différemment, mais je n'arrivais pas à considérer les Allemands et les Russes comme des frères. Je ne voyais en eux que des étrangers, des races différentes, jalousement hostiles à ce que je savais être la nation la plus pure et plus noble du monde — l'Amérique ! Si seulement Little pouvait s'en tenir uniquement à l'Amérique, il serait plus convaincant, pensai-je.

Et apparemment, Little sentit que son public lui échappait, car il revint brusquement à la Guerre et à la Compagnie.

— Ils vous bourrent le mou avec toutes ces conneries sur les Boches, ils brandissent le drapeau et vous exhortent à être fidèles à votre pays. Mais ils s'en foutent pas mal, du pays ! En ce moment même, ils vendent du cuivre aux Boches ! Parfaitement ! Ils le vendent à des gens qui eux s'empressent de le revendre aux Boches, et ils le savent ! Et les Boches s'en servent pour fabriquer des obus d'artillerie qu'ils tirent sur nos jeunes !

J'étais choqué. Était-ce vrai ? Little oserait-il inventer une histoire aussi audacieuse ?

— Vous ne me croyez pas ? hurla Little. Il me regardait droit dans les yeux. Je crus qu'il s'adressait personnellement à moi. Gêné, je jetai un coup d'œil alentour, mais je vis que tous les autres, même Dewey, semblaient éprouver la même sensation.

— Mais bon Dieu, les Patrons sont de la même espèce que les Boches ! Ils possèdent des actions dans leurs compagnies, ils commercent ensemble, ils appartiennent au même club, enchaîna Little. Mais c'est vous qui combattez dans leur guerre. C'est vous qui crevez sur les champs de bataille, dans les tranchées, ou encore… — il observa une pause — dans les mines, dont ils refusent d'améliorer la ventilation. Et si vous protestez, vous êtes des lâches ou des traîtres ! Vous freinez l'effort de guerre ! Mais ce sont eux les vrais traîtres. Ils se fichent pas mal de ce pays, ils se fichent de vous ou d'vos familles. Ils se servent de cette guerre comme prétexte pour briser les syndicats et arracher aux ouvriers davantage de travail pour des salaires réduits.

Il changea brusquement de tactique :

— Qu'est-ce qu'on peut faire ? Comment sortir de ce cauchemar ? Les Patrons sont trop coriaces pour nous ? Dites-moi, les gars, vous êtes des abrutis ? Des mauviettes ?

Ils hurlèrent tous comme un seul homme :

— Non, bordel !

— Parfaitement ! On n'est pas des poules mouillées, bon Dieu ! Mais faut se serrer les coudes. Ça d'abord. Et faut s'organiser. S'agit pas de créer un petit syndicat à la con qui fasse copain-copain avec la compagnie, qui soit toujours aimable et poli.

Little esquissa quelques pas de danse, mimant un type efféminé, sous les sifflets du public, puis brusquement il pivota sur lui-même, et gronda :

— Je parle d'un vrai syndicat, pour de vrais hommes ! Un syndicat avec des couilles !

Little tenait devant son bas-ventre son poing à demi ouvert, comme s'il avait empoigné ses propres testicules et les brandissait.

— Y nous font pas peur, ces putains de Boches ! Donnez-nous des flingues, et on leur bottera le cul en un après-midi, dès qu'on aura fini de botter le cul des capitalistes !

Les hommes hurlèrent. Little se mit à marcher en long et en large, tête baissée, les mains enfouies dans les poches de son pantalon informe. Il réfléchissait, les laissant se calmer. Quand il reprit la parole, sa voix était modérée.

— J'ai rien contre les Allemands — je veux dire le peuple allemand, pas le Kaiser.

Il se mit à rire.

— Non, les Allemands sont des ouvriers eux aussi. Bon sang, j'déteste même pas les Anglais.

Il dut observer une pause tandis que vociféraient les nombreux Irlandais. Little se mit à rire.

— D'accord, beaucoup d'entre eux sont des salauds, mais ils ont les mêmes problèmes que nous. Ils ont des patrons tout comme nous. Les même patrons, en fait. La classe dirigeante qui envoie la troupe en Irlande est la même classe, dirigeante, qui pressure l'ouvrier et s'la coule douce grâce à la sueur de votre front. Les patrons, qui dressent un frère contre son frère pour leurs propres profits.

Je ne trouvais guère convaincant ce genre de laïus familier, mais il aborda soudain un thème qui me touchait d'un peu trop près.

— C'est toujours la même combine, dit-il, comme pour mettre les hommes en garde. Je comprends pas pourquoi ça marche si bien, mais les patrons, on dirait qu'ils se nourrissent de nos propres soupçons. Faut qu'on se fasse confiance les uns les autres, faut qu'on soit frères, sinon y a pas d'syndicat, mais il y aura toujours les Judas qui s'laissent arroser par les patrons tout en prétendant être des nôtres. Ces faux j'tons ont détruit votre dernier syndicat en 14. Ils vous ont trahis !

Ce genre de propos, naturellement, me mettait mal à l'aise, mais il avait, semblait-il, commis une erreur et manqué de tact. Le vieux syndicat, de toute évidence, avait encore de nombreux et loyaux supporters. Des cris de protestation s'élevèrent, et un certain remue-ménage se fit dans les gradins. Certains s'exclamèrent que la dynamite était un excellent remède.

— Arrêtez ! hurla Little. en agitant les mains au-dessus de sa tête. Les hommes se figèrent sur place, le regard fixé sur la mince silhouette en face d'eux.

— Bande d'idiots ! Vous voulez savoir pourquoi vous avez pas d'syndicat ? Mais r'gardez-vous donc ! Je parle de solidarité et vous, vous êtes prêts à démarrer sur les chapeaux de roue !

Il se mit à rire

— Vous me faites l'effet d'une bande de macaques !

Les hommes avaient l'air penauds. Little sourit, agita la main d'un geste nonchalant, en disant :

— Oh, et puis merde ! Vous êtes tous à cran maintenant, remontés comme…

— Comme quoi ? lança quelqu'un.

— Comme les seins d'une vieille pute ! répliqua Little aussi sec.

J'éclatai de rire et flanquai à Dewey une grande claque dans le dos parce que j'étais soulagé, je suppose.

— Aucun homme n'est une île, enchaîna Little. Aucun homme ne tient debout tout seul. Les gars là-haut, mes frères, ce sont pas des p'tits rigolos.

Il pointait le doigt en direction des collines.

— Ils veulent votre sang. Ils se contenteront d'rien d'autre. C'est leur balle et leur batte. Voilà la simple vérité. Le seul problème, c'est qu'y se retrouveront le bec dans l'eau, si vous voulez pas jouer. Ils peuvent reprendre leur putain d'balle et leur batte et rentrer chez eux, mais y peuvent pas jouer tout seuls. Sans vous, tout ce qu'ils ont, c'est une balle et une batte.

Les hommes rugirent d'enthousiasme.

— Y peuvent pas jouer sans vous, hurla Little. Y vous méprisent, y vous chient d'ssus, y font comme si vous existiez pas. Pour eux, vous êtes au plus bas de l'échelle. Y laissent pas leurs mômes aller à l'école avec les vôtres, leurs femmes vont pas prendre le thé avec les vôtres, vos femmes et vos filles, ils les veulent comme boniches et comme maîtresses ! Vous êtes juste un rouage de la machine. Mais le fait est qu'y peuvent rien faire sans vous. Sans vous, bon Dieu, y aurait même pas de match !

La voix de Little s'enflait maintenant, âpre, lourde d'amertume.

— Vous êtes des hommes ? glapit-il. Vous êtes des hommes ? Si vous êtes des hommes, les laissez plus établir les règles. Il est temps que vous les établissiez, les règles. Cette fois…

Il s'interrompit pour laisser les clameurs grandir, puis décroître…

— Cette fois, on choisit l'arbitre ! Cette fois, on va gagner !

Les clameurs déferlaient du haut des gradins, les hommes debout tapaient des pieds et hurlaient :

— On va gagner ! On va gagner !

Little tendit les bras au-dessus de sa tête, poings serrés, la mâchoire agressive, son œil unique, ardent, braqué sur le public qui l'acclamait. Puis il laissa enfin retomber ses bras, tandis que le bruit s'apaisait. Un grand sourire illumina son visage et il murmura :

— C'est tout ce que j'avais à dire.

Mais brusquement, il s'empoigna la gorge à deux mains, fit mine de s'étrangler, la langue pendante et il s'exclama :

— Merde alors ! Ça donn'soif, ce boulot ! Allez, on va s'taper une bière !

Il sauta en bas de l'estrade et disparut dans la foule.

Je me frayai aussitôt un chemin dans sa direction, essayant de m'approcher de lui, mais c'était impossible. Il était noyé dans une masse de supporters enthousiastes. Je renonçai finalement et fis demi-tour. Dewey m'attendait. Comme nous retournions vers le centre, je déclarai :

— Ce Little, c'est un sacré orateur, tu trouves pas ?

Mais Dewey, le blasé, le cynique, n'allait pas avouer être impressionné par Little.

— J'ai entendu mieux, dit-il. Mais Sean, ce cinglé, pour lui, ce mec, c'est le nouveau Jésus ! conclut-il en secouant la tête.

Je comprenais ça, mais je me gardai bien de le dire à Dewey. Little me rappelait un prédicateur rural que j'avais vu en Alabama, quand j'allais visiter la famille de mon père. J'estimais que c'était un nouveau Billy Sunday, avec en plus son discours sur le base-ball. Je demandai à Dewey si Paton, d'après lui, pourrait me présenter à Little.

— Demande-lui. Il l'a connu dans le Michigan.

En ville, tout le monde parlait du discours de Little, mais malgré une virée dans les divers saloons, on ne trouva pas trace de l'orateur. Je dépensai une partie du fric de Davis, offris des bières, me tapai moi-même quelques whiskies. Pour finir, je laissai Dewey au M & M en train de vérifier les scores des matchs, et rentrai à pied au Big Ship. Je me sentais en pleine forme. Butte était un endroit formidable. La nuit était tombée et je vis une foule d'étoiles filantes, plus nombreuses que je ne l'aurais jamais imaginé.

CHAPITRE 4

Au matin, la montagne, que Butte s'acharnait à piller, enfouissait sa tête dans un plafond d'épais nuages noirs. Et la pluie que ces nuages déversaient sur la ville charriait les résidus de la mine jusque dans les rues, transformant les terrains vagues en nappes d'eau graisseuse, tandis que les caniveaux dégorgeaient des torrents de crasse. Ma chambre au Big Ship était au dernier étage. Je m'enveloppai plus étroitement dans ma couverture trop légère, et j'écoutai la pluie crépiter sur la terrasse goudronnée, gargouiller dans les gouttières. Elle finit par s'infiltrer dans le plafond, dessinant une auréole humide qui progressait lentement, depuis l'angle situé à ma gauche, et qui rejoignait doucement les traces encore visibles laissées par une pluie antérieure.

J'avais besoin de pisser, mais je n'avais aucune envie de me lever. Putain de froid pour un mois d'août. Je me consolai avec ma couverture et écoutai les voix des autres hommes à travers les minces cloisons. Au bout du couloir, un homme racontait l'histoire de ses voyages. On pouvait imaginer qu'ils s'étaient réunis à plusieurs dans cette chambre en attendant que la pluie cesse, pour éviter d'avoir à traverser la ville. La voix du conteur était une voix du grand Sud, le Mississipi peut-être. Elle avait de douces modulations, au bord du chant, auxquelles s'ajoutèrent des tonalités d'émerveillement et d'effarement quand le conteur parla de son voyage au Grand Lac Salé, dans lequel, disait-il, un homme ne pourrait pas se noyer, même s'il en avait envie... Et puis des geysers et des étangs d'eau bouillante dans Yellowstone Park, où les élans et les buffles vous approchaient, où les grizzlis saluaient votre passage d'un mouvement de patte, et se remettaient tranquillement à grignoter leurs baies. C'était bien mieux qu'une émission de radio, mais, naturellement, il n'y avait pas de radio à l'époque. En outre, il se dégageait de ce récit une atmosphère d'un autre temps, une atmosphère chaleureuse de tribu, une vraie leçon de dignité pour faire face aux éléments. Je m'endormais à moitié au son de cette voix mélodieuse.

Comme d'habitude, je commençai à rêvasser à deux filles que je connaissais au pays, mais à leurs visages se substituait sans cesse celui de Ma Paton. Je repoussai cette image, pendant une minute je crois, puis je commençai à rêver à la courbe de ses hanches sous la mince jupe en coton, la surprenante finesse de sa taille et — comment l'éviter — aux rondeurs de sa poitrine. J'imaginai avec une étonnante précision son ventre ferme et blanc, s'arrondissant légèrement au-dessus de la paroi musculaire. C'était trop perturbant, surtout avec mon envie de pisser. Je m'efforçai donc de penser plutôt à Frank Little.

Le souvenir du discours de Little se confondait avec la voix chantante du conteur au bout du couloir. Au bout d'un moment, la teneur de ses propos, ses histoires de base-ball, de Russes, de Kaiser, se noyèrent dans la mélodie de cette voix, et je ne me souvenais plus vraiment de quoi il avait parlé... Je le voyais en train de danser au sommet de l'estrade et de chanter sous la pluie. Je finis par sombrer dans le sommeil, durant quelques minutes en tout cas.

Lorsque je me réveillai, le conteur psalmodiait toujours ses histoires. Étendu sur le dos, les mains sous la tête, je récapitulai avec soin tout ce que Little avait dit. Son attitude m'intriguait. C'était tellement différent de tout ce que je connaissais. Il n'approuvait pas ce que la majorité des gens approuvaient, et pourtant, il semblait si sûr de lui. Pour la première fois de ma vie, je regrettais de ne pas avoir été plus assidu en classe d'histoire. J'aurais voulu en savoir davantage en géographie et en philosophie. J'avais laissé tomber le collège un an avant la fin de mes études, mais j'avais toujours aimé lire ; en fait, dans ma famille, tout le monde disait que je lisais trop. Pour je ne sais quelle raison, j'avais commencé tard. Je n'avais appris à lire qu'en huitième et je m'étais mis dans la tête, je suppose, qu'il fallait que je rattrape tous les autres. En tout cas, je lisais constamment... magazines illustrés, journaux, romans et histoires de cowboys, et même des trucs bien — Dickens, Thackeray et Mark Twain. J'essayai de lire Dostoïevski, mais c'était trop dense et j'y renonçai. Une des rares fois où je commençai un livre sans le finir. Quant aux livres de Tolstoï, ils étaient trop volumineux pour que je songe même à m'y engager.

L'image de Ma Paton réapparut dans mes rêveries.

— C'est comme un poison dans le sang, fredonnait le conteur.

Je crus un instant qu'il chantait exprès pour moi tant sa voix me semblait proche. Mais il faisait allusion à sa soif de voyage, qu'il considérait comme un poison, et, plus particulièrement dans son cas, le vice précoce de la bourlingue.

— J'étais planté là sous la pluie, à Birmingham,

Alabama, modulait le chanteur, arrivant de chez Miss Grace Obera, où je m'étais empiffré de poulet et de biscuits — on avait l'intention de se marier — et v'là que s'amène en cahotant un train de marchandises. J'ai entendu ce coup de sifflet mélancolique — whooo-wooo — c'était ce vieux démon qui m'appelait, et j'ai vu un wagon ouvert. Eh bien, les gars, j'y suis allé, tout simplement…

Et les voilà repartis, cette fois pour un endroit appelé Shinbone Valley, où les gens ne savaient même pas que la guerre était finie.

Je n'avais qu'une envie, me pelotonner dans mon lit et écouter la voix du chanteur, mais ma vessie ne voulait rien savoir. Je me levai et m'habillai. Au bout du couloir, je passai devant la chambre du chanteur d'histoires et m'arrêtai devant la porte ouverte. Les hommes, qui fumaient des cigarettes, assis çà et là, levèrent la tête vers moi, en attente. Leurs visages, sous leurs casquettes, étaient pâles et mornes, évoquant des fleurs fanées, flétries. Rien d'hostile dans leur expression, seulement de la curiosité, mais j'eus l'impression d'être un intrus. Le chanteur d'histoires, assis sur le lit, me tournait le dos. Il se retourna et sourit, exhibant quelques dents jaunies, irrégulières. Il avait des yeux bleus comme un ciel d'été. Gêné, je m'enfuis dans le couloir, escorté par des rires discrets.

Dewey n'était pas dans sa chambre et il était trop tard pour le petit-déjeuner. La serveuse, une fille gaie, pleine d'entrain, m'annonça que Dewey était sans doute allé dans le centre-ville. Quand je sortis, la pluie avait cessé et les nuages se dissipaient rapidement. Lorsque j'arrivai à la maison de Sean Paton, le soleil brillait, éclatant, et les gosses étaient sortis pour patauger dans les flaques d'eau luisantes, irisées de produits chimiques.

Durant un moment, je n'arrivai pas à comprendre ce que je faisais là. Je ne m'étais pas rendu compte que j'avais pris cette direction plutôt que de gagner le centre de la ville. Puis je me rappelai que Sean était susceptible de me présenter à Little et je frappai à la porte.

— Salut, fit Paton. Il ne parut pas me reconnaître au début, puis son étonnement céda la place à un sourire gêné.

— Oh, salut ! Entre donc.

Il portait une salopette, mais il était pieds nus et décoiffé. De toute évidence, il venait de se lever.

Il me conduisit dans le salon. Mme Paton apparut à l'entrée de la cuisine, en train de s'essuyer les mains sur son tablier. La lumière était faible, mais il me parut qu'elle portait la même jupe et le même corsage que la veille. Elle était éclairée par-derrière, et je ne distinguais pas clairement les traits de son visage. Sa silhouette se détachait en contre-jour dans l'embrasure de la porte. Je sentis un petit pincement au creux de l'estomac. Le poison, pensai-je, et je faillis me mettre à rire.

— Ma, je te présente...

Paton se tourna vers moi.

— Euh, Gordon, hein ?

— Goodwin, rectifia fermement Ma Paton. Goody Ryder.

— Oh. Vous vous êtes rencontrés hier, dit Paton, l'air penaud.

— Oui. Nous nous sommes rencontrés, dit-elle, et elle disparut.

— Assieds-toi, assieds-toi, dit Sean.

Je m'installai sur la chaise en bois que j'avais occupée la veille et Sean en tira une de l'autre côté de la table en face de moi. La maison me parut froide et humide.

— Alors, quoi de neuf ?

Paton passa les doigts dans sa chevelure rousse hirsute et demanda, gêné :

— T'aurais pas une clope, par hasard ?

— Si, bien sûr.

Je sortis un paquet de Caporal et le lui tendis après m'être servi moi-même. Nos deux cigarettes furent vite allumées.

— Je voulais juste voir comment tu allais, dis-je. Tu te sentais pas trop bien quand je suis parti.

— Il ne sentait rien du tout, corrigea Mme Paton, qui entrait, portant une théière enveloppée dans son cozy matelassé. Elle la posa sur la table et ressortit pour aller chercher tasses et soucoupes.

Dés qu'elle eut quitté la pièce, Sean se lança dans une mimique mystérieuse la concernant et posa un doigt sur ses lèvres, en un silencieux appel à la discrétion. J'opinai du bonnet.

— Faut qu'on file d'ici, murmura-t-il.

— D'accord, je vais trouver une excuse.

Mme Paton revint avec les tasses et un sucrier.

— Qu'est-ce que vous chuchotez ? demanda-t-elle, d'un petit ton supérieur et amusé.

— Oh, je demandais simplement à Sean s'il se sentait mieux, M'am.

— Je ne suis pas votre M'am, répliqua-t-elle, aimable, et elle s'assit pour servir le thé.

— En fait, je me demandais si Sean pourrait m'accompagner jusqu'aux bureaux de la Compagnie, pour essayer d'obtenir une carte.

— Il y a la grève, au cas où vous ne seriez pas au courant. Évidemment, quelques hommes travaillent encore.

Elle jeta à son mari un coup d'œil ironique.

— Ceux qui ne sont pas à la remorque de Frank Little, comme des moutons.

— Des larbins de la Compagnie, commenta Paton, amer.

— J'suis pas un larbin, dis-je, sirotant le thé plutôt faiblard, mais j'ai besoin de boulot.

Je reposai ma tasse. Je déteste le thé. Sean haussa les épaules.

— J'peux t'emmener si tu veux, mais y a des piquets. On va pas s'marrer.

— J'aimerais juste jeter un coup d'œil, dis-je. Mais si tu trouves que c'est pas une bonne idée, eh bien...

— Bon, tant pis pour ta pomme, dit Paton. Mais j'veux pas être vu avec toi, si jamais tu fais le jaune. On peut quand même marcher ensemble jusqu'au centre, je suppose.

— Parfait, dis-je.

Paton inclina la tête et passa à côté pour prendre ses chaussures.

Une lourde tension envahit alors la pièce. J'essayais de ne pas regarder cette femme en face de moi, mais ça n'était pas possible. Sa luxuriante chevelure rousse auréolait son beau visage aux traits fermes. Elle soutenait hardiment mon regard, comme la veille. Je détournai le mien.

— Je ne pensais pas vous revoir, dit-elle calmement. Après ce qui s'est passé hier.

Elle sourit.

— Je n'ai pas dû vous faire une très bonne impression. Vous devez penser que je suis une sorte de virago irlandaise.

— Oh non. Certainement pas.

Elle lissa le devant de son corsage, et le tissu moula sa poitrine de façon provocante.

— Je suis contente, dit-elle. Contente que vous n'ayez pas une trop mauvaise opinion de... de nous. J'aime bien voir les amis de Sean, c'est vrai, vous savez, mais la plupart d'entre eux semblent tellement coriaces. Vous ne me paraissez pas coriace.

Je ne pus m'empêcher de sourire.

— Non, M'am. Je ne suis pas coriace.

— Ah, voilà que vous recommencez, dit-elle, et son sourire s'adoucit. À m'appeler M'am.

— Je suis désolé.

— Vous êtes de l'Est, reprit-elle en remplissant nos tasses.

— Oui, M'am, Baltimore. Oh, excusez-moi. Madame Paton.

— Seigneur, vous voulez vraiment que je me sente vieille et mariée, Goodwin ! Mais vous dites que votre famille est de Galway, à l'origine ?

— C'est bien ça, dis-je, et je bus une gorgée de ce thé insipide.

— Ou bien Donegal, non ?

— Je voulais dire Donegal, c'est ça.

— Je savais que c'était quelque part dans l'Ouest. Je suis moi-même de Dublin.

— Vous êtes bien loin de votre pays, dis-je. Il vous manque ?

— Oh oui, l'Irlande est magnifique, vous savez. Pas comme l'Amérique, bien sûr. C'est tellement différent. Mais il n'y a pas beaucoup de débouchés, là-bas. Non pas que je me sois tellement bien débrouillée ici.

D'un geste, elle indiqua le décor où elle vivait.

— Remarquez, je ne me plains pas. Je sais que les Américains sont furieux quand les étrangers se plaignent.

— Vous ne me faites pas l'effet d'une étrangère. Vous me semblez parfaitement à votre place ici.

— Oh, je suis citoyenne à part entière maintenant, mais je vous remercie. Et j'estime ne pas avoir utilisé toutes mes possibilités.

Elle avait un sourire éblouissant. Et un visage qui aurait fait merveille au cinéma... et que Johnny Huston aurait adoré. Un joli visage, ouvert, séduisant sans être vraiment beau. Un menton volontaire sans être en galoche, des pommettes pas trop saillantes, un front large mais pas trop intellectuel. De grands yeux gris fumé. C'était un visage avenant, irlando-américain. L'ossature et les cheveux, toutefois, sortaient de l'ordinaire !

— Et à quelles possibilités songez-vous ? demandai-je d'un petit ton désinvolte.

Elle croisa les bras sur sa poitrine.

— J'accueille à bras ouverts, dit-elle, toutes les possibilités.

Elle me regardait droit dans les yeux et je me sentis, pendant un instant, incapable d'articuler un mot.

Elle jeta alors un coup d'œil par-dessus mon épaule, en direction de la chambre à coucher où son mari émettait des grognements en enfilant à grand-peine ses bottes. Elle sembla réfléchir un instant, puis elle fit une profonde inspiration et se tourna de nouveau vers moi.

— Goodwin, il faut que je vous parle... en tête à tête.

Elle s'exprimait à voix basse, d'un ton pressant.

— Il s'agit de Sean-O.

Elle baissa les yeux.

— Je me fais beaucoup de souci pour lui.

Je n'avais, bien entendu, rien à dire.

— Où habitez-vous ?

Après ma réponse, elle ajouta :

— Je vous enverrai un des garçons. D'ici peu.

Ses yeux semblaient embués et elle tendit une main vers la mienne. Je la regardai, pétrifié comme un oisillon à l'approche d'un serpent. Sa main se posa sur la mienne. Elle était fraîche. Elle me serra les doigts doucement et demanda :

— Vous êtes d'accord ?

— Euh... oui... bien sûr.

Elle me tapota la main, comme pour me réconforter.

— Tant mieux... Goody. Au fait, moi, je m'appelle Sheila.

Sheila ! Je faillis me mettre à rire. Un prénom qui lui allait presque trop bien. Mais très joli. Je détournai mon regard extasié à l'arrivée de Sean, dégageai brusquement ma main de la sienne et me levai précipitamment.

— Alors, Sean, tu ne vas pas refaire des bêtises, hein ?

Sean réussit à émettre un petit rire gêné et glissa un bras autour de la taille fine de sa femme.

— Bien sûr que non, Ma. Allez, faut qu'on y aille.

Mme Paton nous suivit jusqu'à la porte d'entrée, en disant :

— Vous êtes responsable, Goodwin Ryder !

— Oh, Ma, fit Sean.

Je restai silencieux.

Dans les bureaux de la Compagnie, il y avait au moins deux douzaines de types qui traînaient le long des bâtiments, certains brandissant des pancartes « Dehors, les Jaunes ! » ou « Soutenez notre syndicat ! ». Sean et moi nous arrêtâmes à environ cinquante mètres.

— Tout ça ne me plaît guère, dis-je. Je devrais peut-être réfléchir avant.

Sean eut un large sourire.

— Alors, où on va ? demanda-t-il, plein d'espoir.

J'illuminai sa journée en indiquant le saloon le plus proche, La Chambre de Commerce. Après une ou deux bières, qui firent merveille pour calmer les nerfs de Sean en ce lendemain de cuite, je laissai entendre que je devrais m'inscrire au syndicat, plutôt que de demander une de ces cartes truquées.

— Merde, j'ai pas envie de traverser un piquet de grève pour aller travailler, dis-je. J'ai mis quelque dollars de côté et je crois que je peux tenir encore une quinzaine de jours. À mon avis, le syndicat va sûrement gagner cette grève, comme tu le dis. Je serais vraiment une poire de commencer maintenant, contre les hommes et non avec eux.

Sean était parfaitement d'accord là-dessus.

— Bientôt, y aura plus de boulot pour les jaunes.

— Combien de temps ça va prendre, d'après toi ? Avant que la grève fasse céder la Compagnie, je veux dire ?

— Ça peut arriver d'un jour à l'autre, répondit Sean. Frank dit que le prix du cuivre cesse pas de grimper, à cause de la guerre et tout le reste. La Compagnie voudra profiter du boom. Ils vont bientôt se décider à négocier.

— C'est exactement comme ça que je vois la chose, dis-je. Ça tombe sous le sens, non ?

— C'est ce que j'essaye d'expliquer à Ma, dit Sean, mais elle veut rien comprendre.

— Dis donc, je suis allé au stade hier avec Dewey écouter Frank. C'était pas rien !

— Tu y es allé ? Il est sensationnel, hein ? s'enthousiasma Sean. Mon vieux, quand la grève sera terminée, y va y en avoir des changements dans cette ville et tout ça, ça sera dû à Frank, je dirais.

— C'est un des orateurs les plus exaltants que j'aie jamais entendus. Dis donc, tu crois que je pourrais faire sa connaissance ? C'est un de tes copains, non ?

— Si, bien sûr, acquiesça Sean. Enfin, je veux dire, je le connais comme je connais tous les gars. C'est pas le genre bêcheur, Frank. Y s'conduit pas du tout comme un gros bonnet. Enfin, tu l'as vu…

— Tu pourrais nous présenter ? dis-je, insistant discrètement. Je voudrais seulement lui dire à quel point j'ai apprécié son laïus.

Sean se fit tirer l'oreille un moment, par prudence, mais après deux autres bières, il accepta de me piloter dans la ville, à la recherche de Frank.

— On peut pas savoir où il se trouve en ce moment, expliqua-t-il. Il a pris son petit-déjeuner chez Harrington et il a discuté le bout de gras avec Campbell et Wuuri et d'autres gars d'ici, mais ils ont tous dû partir maintenant. Après ça, il se balade en général dans la ville, parle aux gars, essaye de maintenir le moral des troupes.

Nous entreprîmes de visiter les tavernes de Butte, et dans chacune d'elles, nous bûmes une bière, que j'offris joyeusement. Nous finîmes par repérer Little chez Cassidy, en train de parler à une dizaine de types dans la salle de jeux. Sean et moi restâmes légèrement en retrait à écouter tandis que Little exhortait les hommes à se serrer les coudes avec leurs frères et leur affirmait que le monde entier assistait à leur lutte pour la justice et l'équité. Lorsque cette petite réunion improvisée se termina et comme Little s'apprêtait à poursuivre son édifiante tournée, je poussai Sean en avant, en murmurant :

— Parle-lui.

— Tiens, salut, Sean, dit Frank en levant son œil unique vers le grand gaillard. Comment ça va, petit ?

— Oh, pas trop fort, Frank, dit Sean, puis il sourit largement. Mais on fait aller, pas vrai ?

— C'est bien, ça. Bravo.

— Dis donc, Frank, je te présente mon copain, Goody Ryder. Y vient de débarquer et il aimerait bien faire ta connaissance.

Little me serra chaleureusement la main et me souhaita la bienvenue à Butte.

— C’est plutôt duraille en ce moment, jeune homme, mais reste dans le coin. Ça va s’arranger.

De près, Little était moins impressionnant que la veille sur l’estrade. Mais il était d’un abord amical, rassurant. C’était un de ces zèbres, néanmoins, qui gardent votre paluche un peu trop longtemps dans la leur, et je dus pratiquement me dégager.

— J’ai beaucoup aimé votre discours hier, monsieur Little, dis-je, en m’efforçant de paraître beaucoup plus calme que je ne l’étais. Toutes les mises en garde de Joe Davis me revenaient. Je n’avais pas peur, mais je me sentais nerveux. J’étais un peu plus grand de taille que le syndicaliste, ce qui, je ne sais pourquoi, me rassurait.

— Appelle-moi Frank. Alors, tu es mineur, Goody ? demanda Little qui me dévisageait d’un regard attentif.

— Eh bien, pas encore, monsieur.

J’espérais surtout qu’il ne se rendrait pas compte à quel point il me rendait nerveux.

— J’aimerais bien tenter le coup, mais j’me vois pas en train de traverser un piquet de grève alors que des gars comme Sean par exemple ne travaillent pas.

— T’as bien raison. Écoute, te décourage pas, Goody. On va être en plein boom d’ici peu. Plus tôt même qu’on l’croit. Peut-être même demain. Tiens bon la rampe, jeune homme. Et toi aussi, Sean-Oh.

Little fit mine de s’éloigner, mais je bredouillai :

— J’espérais pouvoir vous parler un peu, Frank.

— De quoi ?

Little s’immobilisa et mit les mains dans ses poches. Il semblait un peu méfiant.

— De votre discours, lâchai-je à tout hasard.

— Oui, et alors ? Tu as dit que tu avais bien aimé.

— Oh, c’est sûr. Mais, vous voyez… J’ai remarqué qu’il y avait des hauts et des bas.

Je soulignai mes affirmations avec mes mains, en les agitant de haut en bas.

— Des hauts et des bas ? Ça veut dire quoi au juste ?

Little eut un petit sourire condescendant et jeta un coup d'œil aux autres gars qui écoutaient.

— Tu t'y connais mieux que moi ?

— Oh non, monsieur. C'est simplement... eh bien, quand vous vous êtes mis à parler de la Russie et de tout ça... J'ai remarqué que les hommes commençaient à s'agiter...

Little me dévisagea, essayant de me jauger.

— Eh bien, dit-il enfin, c'est très intéressant. À part ça ?

— Le coup du base-ball, c'était génial, enchaînai-je rapidement. J'ai bien vu que les gars étaient ravis. Mais vous avez laissé tomber et vous avez commencé à parler de la Russie, des communistes, de la fraternité internationale. C'est très bien aussi, tout ça, bien sûr, mais j'ai eu l'impression qu'ils s'en fichaient un peu. Vous comprenez, il me semble que c'est plutôt difficile pour un travailleur américain de s'inquiéter vraiment pour des trucs à l'étranger. Je sais qu'on a beaucoup d'étrangers ici, mais ils sont américains maintenant ! Ils ont quitté l'Europe, l'ont laissée derrière eux. Je ne voudrais pas critiquer, mais...

— Oh, si, tu veux critiquer, Goody, coupa Little d'un ton aimable, et tu fais du très bon boulot. Et tu ne dois pas avoir peur de critiquer. C'est ça l'ennui, par ici.

Il avait commencé à hausser la voix, incluant les quelques types qui s'étaient attardés et se rapprochaient maintenant pour mieux entendre Little.

— Il n'y a aucun mal à critiquer. Un homme peut accepter des critiques. C'est la Compagnie qui n'peut pas. Ils veulent rien entendre et ils entendront rien.

Il poursuivit dans la même veine pendant quelques minutes, conclut son laïus, puis m'empoignant par le coude, m'entraîna dans un box à proximité.

— Il faut que je parle à ce jeune homme, les gars.

Il fit un signe de tête à Sean, lui donnant congé.

Je n'en revenais pas de ma veine. Je m'étais mis à déconner, parce que je ne savais pas trop quoi dire, et voilà que j'avais éveillé l'intérêt de Little. Little commanda des bières, mais j'insistai pour payer.

— Alors, tu es un nouveau venu dans la ville, dit Little. D'où tu es, exactement ?

Little, semblait-il, connaissait Baltimore. Il mentionna quelques rues et des hôtels, que je reconnus, et le nom de quelques hommes, que je ne connaissais pas. Il me demanda si j'étais pour les Orioles ou pour les Terrapins. Je répondis que j'avais toujours soutenu les Orioles, mais que je n'étais pas vraiment un mordu du base-ball, comme certains.

— Moi, j'aime bien, dit Little. Ça a pas plus d'importance qu'un pet dans une tornade, mais c'est ça le hic, justement. Ça distrait un gars de ses problèmes, quand il se demande si son équipe va gagner. Mais ça t'a plu, ce que j'ai dit au stade ?

— Oh, absolument. C'était formidable. Je n'y avais jamais pensé avant, mais vous nous avez bien montré que le base-ball, c'était en fait comme la vie.

— En fait, c'est plus important que la vie, on pourrait dire. Pas le jeu lui-même exactement, mais tout le reste, le prestige des joueurs et la façon dont les propriétaires de clubs les traitent. Tous les petits drames de la vie, y en a des tas qui sont joués pour nous sur le terrain de base-ball. Comme la lutte ouvrière, par exemple. Mais t'as pas aimé le reste, les Russes ? Ça t'a dérangé, mis mal à l'aise ?

— Oui, monsieur. Je pense que c'est ça. J'avais vraiment envie que vous arrêtiez d'en parler.

— C'est justement le problème, Goody. Les journaux en parlent tous les jours, mais les gens ont pas vraiment envie d'en discuter, bien que ce soit tellement important pour leur vie, bien plus qu'ils croient. Ça les rend nerveux, parce qu'ils savent pas quoi en penser. Mais c'est surtout parce qu'ils ont pas l'habitude. Pareil pour des tas de trucs. Comme les gens de Bisbee dont je parlais. Ils savaient pas quoi penser, alors ils ont laissé quelqu'un d'autre penser à leur place. Et c'est comme ça également pour quelque chose d'aussi courant que le sexe. Les gens aiment pas en parler, sauf d'une certaine façon, qui soit acceptée.

Little avait parfaitement raison sur ce point, pensai-je. À l'époque, je n'aimais même pas entendre le mot « sexe ». Ça me mettait mal à l'aise. Ce n'était pas un mot que moi-même ou n'importe quelle personne de ma connaissance prononçait jamais. En fait, j'aurais de loin préféré que Little laisse tomber le sujet. Mais il n'en fit rien.

— Les gens aiment pas parler ouvertement de sexualité, alors ça reste mystérieux, reprit Little. Les gars, y-z-aiment bien raconter des histoires cochonnes. J'en ai moi-même glissé une ou deux dans mon speech, histoire de détendre l'atmosphère — mais on en reste là. Comme ça, on n'a pas à parler vraiment de ce que c'est en réalité.

L'air pensif, il sirota sa bière.

— Mais on aime tous ça, c'est sûr ? Pas vrai ? conclut-il avec un large sourire.

J'eus un rire gêné.

— Oh, si, monsieur. Mais...

— Continue.

Little était assis là, très calme, et il écoutait. Il me rendait nerveux et je n'arrivais pas à savoir si c'était intentionnel ou pas.

— Il me semble que ça débouche sur autre chose, tout ce discours sur la révolution, je veux dire.

— Mais oui, bien sûr. Ça suffit pas d'habituer les gens à cette idée. Tu as raison. Mais la première étape, c'est de les amener à en parler et à réfléchir à ce qui provoque une révolution. Les Russes, y-z-en bavent salement en ce moment, mais ça fait des centaines d'années que ça dure. C'est pas leur première révolution, tu sais. Pour nous, c'était plutôt facile. On a fait notre révolution il y a plus de cent ans, et après les choses ont suivi leur cours, ça s'est même plutôt amélioré, mais la révolution américaine, c'est pas ce qu'on appelle une véritable révolution.

— Ah bon ? fis-je, déconcerté.

— Pas comme la Révolution française ou certaines des révoltes en Europe et en Angleterre. C'était les gens ordinaires qui s'en prenaient à un système d'oppression. Chez nous, c'était plutôt comme une bande d'hommes d'affaires qui voulaient s'tirer d'un cartel peu rentable. Mais c'est pas ça qu'on nous a appris à l'école, hein ? Notre révolution a d'ailleurs apporté pas mal à l'homme du peuple, ça c'est sûr, mais on dirait maint'nant qu'elle a reçu un coup d'poignard dans le dos. La situation a dérapé. Les Gros Intérêts contrôlent tout. On s'en aperçoit pas parce que ça s'est fait progressivement. Mais si Jefferson et ces gars-là vivaient encore, je parie qu'ils seraient vraiment ulcérés de voir c'qu'est d'venue leur révolution en deux générations à peine. Maint'nant, on peut même pas faire allusion à la révolution sans être tabassé et foutu en taule... ou sans qu'des jeunes gens comme toi soient contrariés.

Little sourit, pour suggérer qu'il plaisantait.

— Hé ! Tu dois t'dire, ça y est, il est remonté ! enchaîna Little. Écoute, je reprendrai cette discussion une autre fois, si vraiment ça t'intéresse. Tu me fais l'effet d'un type éduqué. T'es allé au collège ?

J'étais flatté, mais je répondis par la négative.

— Mais j'ai beaucoup lu.

— T'as jamais lu Marx ? Karl Marx ? Ou Engels ? Non ? Tu devrais, tu sais. Un homme est pas éduqué tant qu'il a pas lu Marx. J'ai quelques livres. Tu pourrais passer à ma chambre, un jour, si ça t'intéresse. J'habite chez Mme Byrne, sur North Wyoming, 316, chambre 32. J'suis pas toujours là, mais tu pourrais essayer un jour, tu risques de me trouver.

Je répondis que ça me ferait plaisir, mais pour je ne sais quelle raison, je ne suggérai pas de date. Je préférais laisser courir, pour le moment.

Little parut se détendre, mais soudain, à brûle-pourpoint, il demanda calmement :

— Tu s'rais pas un Pinkerton, par hasard, fiston ?

Je fus atterré. Je restai bouche bée, incapable d'articuler. Litttle me dévisageait calmement, un maigre sourire aux lèvres.

Je réussis enfin à bégayer :

— Non, Seigneur Dieu, non, monsieur Little. Vous pouvez demander à Sean, ou à Dewey Thacker.

— Ils ne savent rien de toi, Goody, et en fait, j'les connais pas plus que toi. Tu viens de débarquer en ville, tu m'as dit ? Tu connais quelqu'un d'autre à Butte ? Quelqu'un qui pourrait se porter garant pour toi ?

Je déglutis et hochai la tête. Les gens qui pouvaient se porter garant pour moi à Butte n'étaient pas exactement les potes de Frank Little.

— Enfin, tu es peut-être un Pinkerton et peut-être pas, Goody. Ça fait pas grande différence.

Little se pencha en avant et me gratifia d'un sourire amical.

— T'as une sèche ?

Il prit une de mes Caporal et l'alluma avec une allumette de cuisine qu'il gratta d'une seule main sur son pouce, soufflant lentement la fumée.

— Ce que je veux dire, c'est que ça change rien pour moi, Goody. Mais ça fait une sacrée différence pour toi.

Little me considérait à travers la fumée.

— C'est important pour un jeune homme de savoir qui il veut suivre — la lie de l'humanité ou les gens bien. Ces types là-bas — il indiquait le bar — ils boivent un peu de bière et y en a peut-être dans l'tas qui trompent leurs femmes avec les filles de Venus Alley, et ils jurent, y chiquent du tabac, y parient sur les matchs de baseball, et la plupart vont pas à l'église autant qu'ils le devraient… Mais ils sont pas la lie de l'humanité, Goody. Ils sont le sel de la terre.

De nouveau, il fit un geste, vers le haut cette fois, pour indiquer la Colline et il reprit :

— La lie, elle est là-haut, Goody. On dit que la crème remonte à la surface, mais la lie aussi.

Little sourit.

— Nombre d'entre eux sont vraiment les piliers de la Communauté, des hommes importants, des diacres… Mais ils sont prêts à baiser leur prochain plus vite qu'une grenouille gobe une mouche. Et ils s'imaginent en plus qu'ils le font au nom des principes. C'est peut-être le cas, mais alors, c'est qu'ils ont des principes drôlement élastiques.

Son œil unique brillait.

— Pour moi, ça change rien, Goody, mais faudrait que tu saches où est ton avantage — si tu es l'un d'entre eux. J'dis pas qu'ce soit l'cas. Mais ces hommes-là aiment pas les Pinks. Les Pinks ont tendance à disparaître, ni vu ni connu. J'suis pas un homme violent, moi. Mais Mirabeau a dit : « On ne peut pas faire une révolution avec de l'eau de rose. » Moi, en tout cas, je préfère l'eau de feu !

J'ignorais totalement qui était Mirabeau, mais me gardai bien de le dire. Je me contentai de prendre un air de dignité offensée.

— Eh bien, je ne suis pas un Pink, dis-je.

— En tout cas, c'qui est sûr, c'est qu't'es pas un mineur, Goody. À quoi tu joues ?

— À quoi je joue ? Eh bien…

Réfléchissant à toute allure, je me penchai en travers de la table et baissai le ton.

— À dire vrai, monsieur Little, je suis reporter.

— Reporter ?

Little fronça les sourcils, l'air sceptique.

— J'écris un article pour le *Smart Set.*

— Le torchon de Mencken ?

— C'est bien ça. Je ne voulais rien dire à Sean, ou aux autres. Ils ne comprendraient pas et, de toute façon, l'idée, c'est d'obtenir un tableau exact de la situation, du point de vue du travailleur.

— Heu… heu… Et c'est pour ça que tu m'l'as dit, commenta Little.

— En fait, vous m'avez percé à jour. L'idée ne me serait jamais venue, je suppose, qu'on pouvait me prendre pour un Pink.

Little me scruta longuement du regard, puis haussa les épaules.

— Ça n'a pas d'importance.

— Moi, je pense que si. Vous ne pourriez pas aller bien loin avec votre révolution si vous étiez environnés de Pinks.

— Tu crois ça ? J'me d'mande. Dans le temps, j'aurais plutôt été d'ton avis, Goody, mais maintenant je n'sais pas. À quoi ça sert une révolution si on peut pas convaincre les incrédules, hein ? On peut pas faire disparaître tous les Pinks. Ce qu'y faut, c'est les convaincre. Ils doivent faire partie d'la révolution, eux aussi. De toute façon, ça sert à rien d'se cacher. Il faudra bien un jour ou l'autre sortir de l'ombre pour faire la révolution. Le révolutionnaire doit s'lever et gueuler.

— Même s'il se fait tabasser ?

— Même s'il se fait tabasser en long et en large, Goody. On est expédié au tapis, mais on s'relève et on s'bat.

— C'est c'que vous faites ?

— C'est c'que je fais.

Il se leva.

— Si t'es vraiment un reporter, viens m'voir, quand tu as le temps. J'ai beaucoup à dire, si vraiment ça intéresse le *Smart Set.* Tu pourras p't-êt'me donner quelques conseils pour mes discours.

— Monsieur Little, dis-je, Frank… Est-ce que vous pourriez ne pas dire que je suis un reporter ?

Little cligna de son œil unique.

— Ce sera notre secret.

Je poussai un soupir de soulagement. Et je le jure, c'est la seule chose que j'ai jamais volée à Sam Hammett.

CHAPITRE 5

Je ne me rappelle pas vraiment la première fois dans tous les détails. Je sais seulement que c'est arrivé. Je suis à peu près sûr que c'était dans les jardins de Columbia, un grand parc d'attractions à proximité de Butte. Il fallait prendre un tramway spécial. C'est un Roi du Cuivre qui avait créé ce parc. Il y avait un lac artificiel, un pavillon, des montagnes russes, une fête foraine avec des manèges et des tas d'attractions.

Nous ne nous sommes pas retrouvés au centre de la fête foraine, mais à flanc de montagne. Il y avait un petit sentier au-delà du lac. De toute évidence, beaucoup d'amoureux avaient déjà emprunté cette voie pour trouver la tranquillité. Elle m'avait indiqué, dans le message qu'elle avait envoyé au Big Ship, remis par la dynamique serveuse, à quel endroit précis je devais l'attendre.

— Qui a apporté ça ? avais-je demandé à la fille.

— Un gamin. Un Paton, je crois bien. Devvy, c'est ça.

Les Paton ? Ah, je compris alors. C'était un mot de Sheila. Ma Paton.

Je n'étais pas vierge. J'avais vingt ans, j'avais grandi à Baltimore, dans les quartiers mal famés de la ville. Ma première expérience, je l'avais eue dans une ruelle, derrière une palissade en bois, entre deux baraques. On aurait pu s'y abriter, dans l'une de ces baraques, mais l'effraction nous faisait peur. Pourquoi donc est-ce que je tremblais en descendant du tramway et en fendant la foule, peu intense en ce milieu de semaine, de la fête foraine, à la recherche du lac et du sentier ? Eh bien, jamais je n'avais reçu semblable invitation, je n'avais jamais été aussi hardiment convié par une femme, carte à l'appui.

Je ne savais pas trop jusqu'où je devrais remonter le sentier. Je me trouvais déjà bien au-dessus du parc d'attractions, avec une belle vue de la ville au loin et des montagnes bleuâtres au-delà. Je m'arrêtai près d'un gros rocher le long du sentier et allumai une Caporal. Tout en laissant traîner mon regard sur l'admirable paysage, je me demandais ce que je faisais là.

Une voix retentit alors au-dessus de moi. Une voix colorée d'impatience.

— Venez donc !

Je levai la tête. Elle se tenait à l'orée d'une pinède composée d'arbres rabougris. Je me souviens de leur parfum, maintenant, lorsque nous nous avançâmes sous les arbres, foulant les aiguilles de pin. Le bois n'était pas très touffu, en effet, mais le soleil chauffait. Elle m'entraîna à sa suite, me tenant par la main. Lorsque nous trouvâmes une petite clairière ensoleillée, nous nous arrêtâmes, et je restai planté là, regardant autour de moi, ne sachant trop comment m'y prendre. La clairière formait comme un patio, au-delà duquel s'étendait le vaste monde... Les montagnes, la ville au loin, une partie du parc en bas, et le ciel bleu où flottaient, lointains, quelques nuages. L'air était immobile, empli d'un silence seulement interrompu, de temps à autre, par le cri strident d'une pie ou d'un geai. C'était un instant chargé d'espoir... Mais malgré cela, j'étais pétrifié.

Et elle restait là, souriante. Elle attendait.

Finalement, en désespoir de cause, je me mis à parler des nuages. Je me rappelle qu'elle évoqua les châteaux de nuages qu'elle construisait quand elle était petite et qu'elle marchait sur la plage, à Dublin, je crois.

— Le long de la côte, disait-elle. Elle imaginait toutes sortes de choses.

— Quel genre de choses ? demandai-je.

— Oh, rien d'original… des chevaliers et des belles dames, des tentes avec des oriflammes qui claquaient dans le vent… des châteaux dans le ciel. Et vous, qu'est-ce que vous voyez ?

Je réfléchis un moment. Ces nuages-là, il était difficile d'en faire des châteaux. Ces nuages-là évoquaient des poissons. On en voit en montagne et nulle part ailleurs. Leurs limites étaient précises. Ils étaient un peu trop réels, et je le lui dis.

— Réels ?

Sheila rit doucement.

— Viens, assieds-toi là.

Nous nous installâmes sur un grand rocher plat chauffé par le soleil, mais relativement frais grâce à l'ombre de quelques trembles qui grandissaient à côté. À cette heure de la journée, les trembles prodiguaient une ombre verte et mouchetée. C'était exactement comme un énorme divan surmonté d'un baldaquin diaphane, et étrangement doux au toucher.

— Oui, réels. Ça ne me gêne pas. Ils ne vous inspirent rien qui ne puisse exister. Je voulais dire simplement que ce n'était pas le genre de nuages avec lesquels on peut bâtir des châteaux.

— Tu es un étrange garçon.

— Ne dites pas ça. Je déteste qu'on me dise ça. Je suis désolé, ajoutai-je pour m'excuser en voyant son visage se fermer. Je ne voulais pas dire… Je ne sais pas ce que je veux dire. J'en ai marre simplement que les choses ne soient pas vraies.

Sheila fronça les sourcils.

— Qu'est-ce que tu entends par là ?

— C'est plus difficile à expliquer que les nuages. Regardez. Vous voyez ces tramways là-bas ? Ils sont réels. Et cette colline est réelle, et nous sommes réellement assis ici. Mais quand on redescendra cette colline et qu'on reprendra le tramway pour rentrer, eh bien, plus nous nous rapprocherons de la ville, moins les choses seront réelles. Des problèmes surgiront… Tout est un problème, en un sens. Écoutez, je sais que ça n'a pas grand sens…

— Continue, dit-elle.

Elle se pencha en arrière, appuyée sur un bras et tourna légèrement les hanches vers moi. Ce geste fit glisser ses seins sur le côté, et ce mouvement imperceptible, leur équilibre instable, si fragile sous la blouse, fit naître en moi une tension paralysante. Dans une brusque et folle envolée d'imagination, je vis ses seins comme des pendules, qui oscillaient dans un sens et dans l'autre… Étaient-ils vraiment au repos ? Ou bien est-ce que le tissu allait céder et leur permettre de parfaire leur arc de cercle, mus par la pesanteur ? J'arrachai mon regard et m'efforçai de réfléchir à ce que j'avais essayé de dire. Il s'agissait de la réalité des choses et de la façon dont elle pouvait être fluctuante par en dessous. Au fait, portait-elle des dessous ?

— Est-ce que la mer vous manque ? Je disais n'importe quoi, tout ce qui me passait par la tête.

— La mer ? Tu veux dire la mer d'Irlande ? Oh oui. Elle est si belle. Mais les montagnes ici ont aussi cette même beauté, évidemment.

Je ne comprenais pas, mais j'étais content de l'entendre parler d'un sujet qui ne m'excitait pas. Elle poursuivit, me plongeant de nouveau dans la confusion.

— Tous deux sont si magnifiques, vastes, pourrait-on dire, et naturels. Oui, c'est ça. Tous deux ont un pouvoir et une beauté naturels, une sorte de splendeur enchantée.

Magnifiques, pensai-je. Et naturels. Et une splendeur enchantée. Puis je me rendis compte alors qu'elle parlait de la mer et des montagnes.

— Ah oui, acquiesçai-je. Et... c'est un peu comme ce que j'essayais de dire, tout à l'heure. Des choses naturelles, comme les montagnes ou les nuages... ou même les tramways... ils possèdent une certaine réalité. Mais les gens...

J'agitai une main, frustré de pouvoir trouver les mots.

— Le boulot... et ce qu'on doit faire et ce qu'on se dit les uns aux autres, quand on est tous ensemble en ville... ça n'a pas le même genre de réalité. Ça y ressemble, mais ça n'est pas tout à fait ça. On en approche, mais on n'en est pas encore assez près.

Nous restâmes assis là un long moment, me sembla-t-il, sans rien dire. Tous ces propos confus sur les nuages et sur le « réel »... jusqu'à ce que je me décide à dire enfin :

— Nous ne devrions pas être ici, je suppose.

— Non, bien sûr, répliqua Sheila, comme si ça allait de soi, ajoutant, optimiste :

— Mais puisque nous y sommes...

— Vous vous inquiétez sans doute pour les gosses, dis-je.

— Les gosses ne risquent rien. Je ne les vois pas pendant des heures quand je suis à la maison. Ils filent le matin et reviennent quand ils ont faim. Quelquefois, je… Écoute, je ne suis vraiment pas venue ici pour parler des gosses.

Elle me tendait la perche. J'aurais dû dire : « Tu es venue ici pour quoi ? » Mais je loupai le coche. Je me contentai de contempler la vallée, la ville de Butte, si propre, si nette vue de loin. Même les mines avaient bonne allure, des zones nues, à flanc de montagne, encadrées de petites bâtisses habilement disposées et de petites structures semblables à des jouets.

D'un revers de main, elle fit sauter ma casquette.

Surpris, je me tournai vers elle :

— Mais bon sang…

Elle m'empoigna par les cheveux, y planta les doigts et me secoua la tête. Ça me faisait mal, mais elle riait. Je dus lui faire lâcher prise. Nous luttâmes un instant. Et puis, je ne sais comment, nous nous embrassâmes et nous enlaçâmes sous le pâle ombrage argenté des trembles. Je sentais son ventre, tel que je l'avais imaginé, chaud et féminin, contre le mien. Ses seins étaient fermes et élastiques contre ma poitrine.

Elle embrassait merveilleusement. Sa bouche était à la fois fraîche et brûlante, tendre et cruelle, douce et mordante. Le contact de son corps dans mes bras me comblait.

Je suppose que je devais lui paraître aussi farouche qu'un jeune chevreuil, mais elle ne se plaignit pas. Elle ne cessait de passer ses mains sur mes flancs, sur mes cuisses, les glissait sous ma veste pour me caresser. Je faisais de même, et j'adorais le contact de cette chair douce et ferme sous sa jupe mince et son corsage.

Nous continuâmes ainsi un certain temps, à nous embrasser et nous caresser, et puis, comment dire, cela dura trop longtemps, sans progresser, sans accéder à l'événement « réel ». Une sorte de prudence mortelle commença à s'infiltrer dans nos caresses. Elle fut fatale. Nous nous séparâmes pour finir, bien qu'à contrecœur.

– Eh bien, dit Sheila en se relevant. Elle rajusta son corsage et sa jupe, tapota et lissa ses cheveux ébouriffés. Elle se refaisait une beauté.

Je me sentais embarrassé. Je savais que je n'avais pas été à la hauteur. Pourquoi n'avais-je pas touché ses seins, son sexe ? Il était trop tard. Je me raclai la gorge, époussetai d'une poussière imaginaire mes cheveux et mes vêtements. Je m'écartai d'elle. Naturellement, je sortis une cigarette et l'allumai.

Une cigarette, c'est génial dans des moments comme celui-là, quand on ne peut rien dire de vraiment utile. On fume sa cigarette, le temps passe, et le moment difficile est oublié.

Je me sentais soudain terriblement exposé. J'avais l'impression que toute la ville de Butte – sans parler des gens dans les Jardins – pouvaient lever la tête et nous voir tous les deux, assis sur la colline. Je ne me sentais plus tellement protégé par le mince rideau de pins rabougris. Nous ne faisions rien, mais nous n'étions pas innocents non plus. La situation était insupportable. Nous ne pouvions rien faire d'autre que de partir, ce qui nous amenait à nous demander : Pourquoi sommes-nous venus ?

Nous nous levâmes, échangeâmes des politesses, et j'essayai de trouver quelque chose d'amusant à dire, mais rien ne vint. Nous fîmes mine de nous débarrasser mutuellement de feuilles ou d'aiguilles de pin, prenant soin de n'avoir aucun geste équivoque – ce qui était bien pire que si nous nous étions touchés. Et pour finir, nous commençâmes à descendre le sentier escarpé. Il débouchait sur une promenade qui longeait les jardins de fleurs et aboutissait au lac où se trouvaient les barques en forme de cygne. Nous ne nous aventurâmes pas vers le centre... Le Théâtre Électrique, le Château Katzenjammer... les gens... trop de gens, bien que ce fût un jour de semaine. Butte n'était pas une assez grande ville pour que nous puissions espérer passer inaperçus dans la foule. J'étais sûr que quelqu'un allait nous voir et le dire à Sean. Je ne me sentais plus du tout le détective invisible à ce moment-là. En fait, je n'avais jamais eu aussi peur, même quand je pistais un malfrat éventuel.

Mais Sheila était aussi calme qu'une brebis broutant dans une prairie. Elle avait un châle et s'était drapée dedans, tenant ses coudes dans ses mains. Nous nous dirigeâmes lentement vers l'arrêt du tram, côte à côte, plus ou moins, mais faisant mine de ne pas être ensemble.

Sheila me demanda cinq cents. Ce qui me surprit. Elle était venue ici sans avoir pris d'aller retour ! Le conducteur était descendu de la voiture pour fumer sa pipe. Nous payâmes séparément et montâmes à bord. La voiture était vide et Sheila choisit habilement un des sièges latéraux à l'avant, si bien que je pouvais m'asseoir dans la première rangée, tout près mais pas forcément « avec » elle. Nerveux, nous attendîmes pendant que plusieurs autres passagers montaient, mais il n'y avait aucune figure de connaissance parmi eux et nous n'eûmes pas droit au moindre regard.

Le conducteur enfin consulta sa montre à gousset, fit tomber les cendres fumantes de sa pipe, et monta à bord. Il jeta un bref coup d'œil aux passagers, comme pour les compter, et s'assit. Il manœuvra la poignée d'un coup sec et le tramway amorça sa descente vers la ville, nous brinquebalant dans un tohu-bohu qui nous arrangeait bien.

— Il va falloir nous trouver un endroit, dit Sheila, souriante, comme si elle parlait à une personne rencontrée par hasard. Un voisin, peut-être, qui se trouvait avec elle dans le tram.

– Où ?

Ce fut tout ce que je trouvai à dire. J'étais furieux contre moi-même, maintenant, d'avoir laissé passer cette chance sans avoir sauté le pas. Il était hors de question d'aller chez elle ou au Big Ship. À part le parc d'attractions, où aller ? Je ne voulais pas suggérer un hôtel, bien qu'il y ait eu, je suppose, des hôtels pour ce genre de rencontres, il y en a toujours. Butte ne me paraissait pas assez important pour contenir ce genre d'établissement. Et de toute façon, aller dans un hôtel me semblait avilissant.

– Je trouverai quelque chose, ajouta Sheila. Puis elle ajouta, d'une voix plus sonore, destinée aux oreilles indiscrètes :

– C'est tellement reposant de pouvoir s'échapper une heure ou deux.

Lorsque le tram approcha de Clark Park, elle se leva et alla attendre près de la porte. Se serrant plus étroitement dans son châle, elle descendit, ses lourdes chaussures résonnant sur le marchepied. Des chaussures sans grâce, remarquai-je, des chaussures d'homme. Elle portait des bas noirs, et la même jupe bleue que la veille.

Elle n'est pas vraiment vêtue pour un après-midi dans les Jardins de Columbia, pensai-je. Peut-être n'a-t-elle rien d'autre à se mettre. Mais par ailleurs, comment aurait-elle pu s'habiller pour aller à un rendez vous ? Toutes les ménagères du Carré de Choux l'auraient remarqué. J'avais honte de ne pas en avoir pris conscience avant et j'espérais qu'elle ne s'était pas sentie gênée. Puis je me rendis compte que c'était le genre de femme à ne jamais se sentir embarrassée. Elle savait qui elle était.

Le tram redémarra et je vis son visage, énergique et courageux, tellement ravissant, auréolé de cheveux cuivrés. Elle s'attarda à regarder filer le tram. Une femme adultère, forte, courageuse. Je me détournai sans plus regarder derrière moi.

CHAPITRE 6

Le soir même, Sean Paton vint me trouver au M & M et me dit :

– Vous aut'les profs, vous êtes des baratineurs de première, je parie. Qu'est-ce que t'as fait à ma bonne femme ?

Je fus pris tout à fait au dépourvu. Je scrutai le visage de Sean-O, mais il avait l'air de plaisanter.

Paton se mit à rire.

– Tremble pas comme ça, mon gars. T'es pas exactement Wallace Reid, tu sais. Mais tu dois avoir quelque chose. Ma a dit que t'étais passé, que tu m'cherchais. Et elle m'a dit de te dire d'apporter ton linge à laver d'main.

– Mon linge ? répétai-je, sidéré.

– Ouais. Elle dit que vous aut's jeunots, vous savez pas vous occuper de vot'linge. Elle le lavera avec celui des gosses.

– Dis donc, c'est vraiment gentil de sa part, répliquai-je en lui adressant un petit clin d'œil, mais je donne mes fringues chez le Chinetoque, vers Mercury. Ils font du bon travail et ça coûte pratiquement rien.

Sean me rendit mon clin d'œil.

– Et en plus, ça t'donne une bonne excuse pour passer devant les putes à Venus Alley, hein ? Oh, les joies du célibat ! Mais écoute, tu f'rais mieux de n'pas contrarier Ma. Si elle dit que t'apportes ton linge, tu l'apportes !

— Mais bon Dieu, je tiens pas à ce que ta femme fourre le nez dans mes caleçons, protestai-je, irrité. De toute façon, je peux pas lui donner plus que ce que je donne au Chinetoque, et ça serait pas juste.

— Oh, écoute, petit, tu pourras toujours me payer une bière ou deux et on s'ra quittes, suggéra Sean, plein d'optimisme.

Je commandai un pichet de bière.

— D'ailleurs où étais-tu aujourd'hui, toi ? demandai-je. Je cherchais quelqu'un pour tailler une bavette. Je sais pas ce qu'est devenu Dewey.

— Je suis allé au petit stade de Dublin Gulch, écouter Frank. Dis donc, tu lui as fait bonne impression, à Frank, l'aut'jour, dit Sean en essuyant la mousse de bière sur son menton. Il m'a demandé d'tes nouvelles. M'a dit de t'dire de passer chez lui si t'avais l'occasion.

Il semblait impressionné.

— De quoi vous avez bien pu causer si longtemps, tous les deux ?

— De la révolution, dis-je.

— J'savais pas que t'étais renseigné sur ce truc-là, dit Sean. Dis-moi, tu sors du collège, toi, pas vrai ?

— Je peux pas dire que je suis diplômé, en fait. Tu as entendu parler de Johns Hopkins ?

— C'est quoi, ça, une nouvelle marque de salopette ? fit Sean en riant.

— C'est un collège, crétin ! Et il a une très bonne réputation, en plus. C'est surtout une école de médecine, mais on peut y suivre tous les cursus.

Sean fut impressionné par le mot « cursus », ça sautait aux yeux.

— Tu sais quoi ? dit-il. Je vais t'appeler Doc. Ça te va parfaitement, en un sens. T'es bien le genre, tu sais, t'as la classe.

— Doc, ça fait plutôt penser à un flambeur. Frank a dit à quelle heure je devais passer ?

— Frank ? Non. Il est chez Walker, en ce moment. J'viens de tomber sur Tommie Dowd, qui l'avait vu là-bas. T'y vas ? Moi, je vais finir c'pichet et puis j'mets les bouts. Ma est de bonne humeur et j'vais veiller à ce qu'elle le reste.

L'idée de Sheila attendant dans ce triste taudis que Sean vienne la rejoindre dans son lit était plus que je ne pouvais supporter. Je le laissai à son pichet et contournai le pâté de maisons jusqu'à la taverne Walker.

Le saloon était presque vide. Un vieux bonhomme étrange, enveloppé dans un manteau fermé par des épingles de nourrice, longeait le bar en sautant à cloche-pied, pour boire le fond des chopes de bière abandonnées sur le comptoir.

— Mais il n'y personne ici ! Où y sont passés, bon sang de bonsoir ? hurlai-je. Il n'y avait même pas de serveur pour surveiller la caisse.

Le vieux nigaud sursauta, terrorisé, puis indiqua le fond de la salle en pointant un doigt décharné. Je vis des chaises et des chopes de bière renversées. Le dos large d'un homme barrait l'entrée de la porte du fond. Des vociférations retentissaient de l'autre côté de cette porte et je perçus une certaine agitation. Je me hâtai dans cette direction et tendis le cou pour voir par-dessus les épaules robustes du barman.

La ruelle derrière le bar était envahie par une foule d'hommes, des mineurs pour la plupart, ainsi que quelques cow-boys et des gens de la ville, tous en train de vociférer comme des forcenés. Au milieu de cette confusion s'éleva un tourbillon de poussière, difficile à percer du regard, mais où se dessina soudain la silhouette d'un grand cow-boy qui décrivait des moulinets avec ses bras. Le cow-boy était coiffé d'un énorme sombrero blanc et poussait des cris frénétiques.

Vacillant en arrière, le cow-boy se rattrapa contre le mur de brique de l'étroite ruelle. Les spectateurs se dispersèrent pour l'éviter. Il se précipita alors, grâce à la brèche ouverte dans la foule, vers un tas d'ordures, arracha son énorme chapeau et l'agita au-dessus de sa tête en rugissant comme un malade :

— Yahoo ! Je vais lui faire sa fête !

Il se plaqua son chapeau sur la tête et chargea dans la foule, ses poings fermés, gros comme une tête de bébé, se balançant au bout de ses longs bras noueux.

La foule s'écarta et je vis alors un type efflanqué, à moitié accroupi, le visage en sang, titubant mais brandissant orgueilleusement ses poings serrés, comme s'il voulait vraiment tenir tête à ce moulin à vent déchaîné. Et, en fait, comme le cow-boy se rapprochait, son minable adversaire lui décocha un violent coup de poing en plein dans le bas-ventre.

Le cow-boy se plia en deux en poussant un cri étouffé, suivi de près par un gémissement de vive souffrance. La foule gronda pour manifester sa sympathie et plusieurs hurlèrent : « C'est honteux ! » et « Coup bas ! » et « Espèce de lâche ! ». Mais le lutteur décharné n'hésita pas. Il avança au plus près et se mit à marteler furieusement les épaules et la tête du cow-boy, maintenant à son niveau, expédiant à terre le sombrero.

Cette attaque n'eut pas l'effet escompté. Le cow-boy du coup oublia sa douleur, se traîna comme un fou, à quatre pattes, à la recherche de son chapeau, le trouva, le fourra sur son crâne et repartit avec ardeur au combat.

Quelques instants après, le gringalet se pliait en deux et se couvrait la tête avec les bras pour se protéger des coups meurtriers qui pleuvaient sur lui.

— Seigneur Dieu, c'est Frank ! hurlai-je, reconnaissant soudain la victime du cow-boy. Je réussis à me faufiler sous l'épaule du barman pour me précipiter dans la foule. Aussitôt une main puissante m'empoigna par le col, m'étranglant à demi, et me projeta contre le mur de brique. Le barman m'y maintint plaqué, l'avant-bras brutalement refermé sur mon cou.

— Hé, minute ! Pas question ! C'est un combat loyal ! Un contre un ! aboya le barman.

— Loyal ? m'étranglai-je.

— Un contre un, insista le barman.

Mais il intervenait trop tard. Les mineurs soudain se ressaisirent, se rendant compte que c'était tout sauf un combat loyal et que dans leur soif d'assister à une rixe, n'importe quelle rixe, ils s'étaient aveuglés sur le fait que c'était l'un des leurs qui était durement malmené.

— C'est Frank ! hurlèrent-ils. Il tabasse Frank !

Et une énorme vague s'abattit sur le cow-boy qui s'écroula sous une avalanche de bras et de poings qui frappaient dans tous les sens, de bottes qui martelaient sa chair.

Libéré de son assaillant, Frank Little releva la tête, puis jeta un coup d'œil autour de lui pour voir ce qui s'était passé. C'était presque comique. Quand il vit la meute qui s'acharnait sur le cow-boy, il se fraya un chemin parmi les hommes, les écartant brutalement.

— Hé ! Hé ! Arrêtez, les gars ! Arrêtez ! hurlait-il, sans résultat au début. Pour finir, il eut recours à la vieille ruse classique : Les flics ! cria-t-il. V'là les flics !

Les hommes cessèrent aussitôt de cogner sur le cowboy pour s'écarter de lui. Pressés de retourner dans le saloon avant d'avoir été coincés par la police fantôme, ils se ruèrent sur la porte, nous bousculant au passage, le barman et moi, et je faillis étouffer dans la cohue. En quelques secondes, il n'en restait plus que quelques-uns, regardant, par-dessus l'épaule de Frank, le cow-boy couché en chien de fusil, s'abritant la tête sous ses bras repliés, comme tout à l'heure Frank avait dû le faire.

Après avoir vérifié que le cow-boy n'était pas sérieusement amoché, Frank enjamba le sombrero piétiné et se baissa pour le ramasser. Mais il se ravisa et se contenta de flanquer dans le chapeau un violent coup de pied qui l'envoya valdinguer dans l'obscurité. Puis il se détourna et entra dans le bar, défiant au passage de son œil unique le barman qui me tenait encore coincé contre le mur.

Le barman me relâcha Je glissai le long du mur, presque inconscient, mais il me remit sur pied et m'asséna une violente claque dans le dos, me disloquant presque la nuque, avant de me pousser brutalement dans le saloon. Et il ferma la porte à la volée, laissant le cow-boy affalé sur le tas d'ordures.

Frank se tenait au bar, en train de boire cul sec l'une des nombreuses bières que les mineurs poussaient vers lui, tout en essuyant avec un chiffon trouvé sur le comptoir le sang qui maculait son visage. Il se retourna, me vit et déclara, avec un grand geste du bras :

— Eh ben, v'là le gars qui m'a sauvé la mise. Sans le jeune Ryder, bande de cloches, vous auriez laissé ce cinglé bousiller mon seul œil !

La remarque était faite sur le ton de la plaisanterie, comme pour montrer que Frank n'en voulait pas vraiment aux gars, qu'il était simplement un peu irrité. Soulagés, plusieurs d'entre eux se précipitèrent pour m'offrir une bière. Mais Frank les écarta, empoigna sur le comptoir deux chopes pleines et m'entraîna dans un box.

D'un geste, il chassa les hommes, les apostrophant d'une voix grinçante :

— Foutez le camp, bandes de bons à rien !

Les mineurs reculèrent, nous laissant en tête à tête. Ils en vinrent très vite à se raconter les uns aux autres la bataille royale.

Little sourit, du mieux qu'il put, et se pencha vers moi.

— Je plaisantais pas, Goody. Sans toi, on peut pas savoir jusqu'où serait allé ce cow-boy cinglé. Il avait pété les plombs !

Il tâta une de ses dents, descellée, et fit la grimace.

J'avalai une lampe de bière et haletai :

— Qu'est-ce qui c'est passé, bon Dieu ?

— Oh, c'était de ma faute. C'gros lourdaud était bourré comme un œuf, il a appris qui j'étais et a commencé à s'foutre de ma gueule, à m'traiter de Rouge, et à m'demander pourquoi j'me trouvais pas un boulot honnête. Tout ça, bon sang, j'ai l'habitude. Mais j'en ai eu ras le cul, pour une fois, et j'ai dit qu'moi, si j'pouvais pas trouver mieux comme boulot que d'garder les vaches, je préférais encore me branler.

Je poussai un gémissement et secouai la tête.

Little eut un sourire mélancolique et tâta son visage tuméfié, qui commençait déjà à enfler et à bleuir.

— C'était pas une bonne idée, admit-il. Je crois que j'ai deux dents de foutues. J'en ai déjà pas de trop ! Mais toi !

Little plaqua sa main sur la mienne.

— Tu m'as sauvé la peau tout à l'heure.

Il souriait, radieux, oubliant ses maux et ses douleurs.

— Tu t'es vraiment conduit comme un frère, dit-il. C'était formidable de ta part.

Je me sentais gêné.

— Mais non, Frank. Je suis entré par hasard, il n'y avait personne dans la salle, je suis allé vers le fond et quand j'ai vu que t'étais mal barré, eh bien…

En réalité, je n'avais rien pu faire. Je bus ma bière pour cacher ma confusion. Little tenait toujours ma main fermement, dans les deux siennes maintenant.

— J'aurais fait la même chose pour n'importe qui, poursuivis-je et j'étais sincère. Je n'ai jamais supporté de voir un homme se faire tabasser, que ce soit justifié ou pas.

Je retirai doucement ma main de celles de Frank.

— Évidemment, quand j'ai vu que c'était vous… Mais, franchement, Frank, j'aurais fait la même chose pour pratiquement n'importe qui.

— Je sais, je sais, dit Frank. T'es un type bien, Goody. Je sais qu'tu l'aurais fait pour n'import'qui d'autre, mais encore plus pour un frère, pas vrai ?

Son visage violacé, tuméfié, enflait de plus en plus. Il aurait sûrement l'œil au beurre noir.

Je haussai les épaules.

— Je suppose, oui.

— Je l'savais !

Little se pencha en travers de la table pour me fixer de son œil unique.

— Tu as l'sens d'la solidarité, Goodwin. N'est-ce pas ?

Il se rassit alors, ajoutant d'un ton moins intense :

— Je crois pas m'tromper là-dessus.

Il leva ensuite son verre pour porter un toast.

— À ta santé, Goody ! Au fait, où t'as pêché un nom pareil ?

— Goodwin, c'est un nom de famille, du côté de ma mère. Chez moi, on m'appelle Geed.

— Eh bien, Geed, l'autre jour, on disait qu'il fallait rester debout et s'battre, tu t'rappelles ? Mais j'pensais pas que je devrais m'attaquer à un piqueur de bœuf de deux mètres de haut !

Nous éclatâmes de rire, d'un rire presque hystérique, l'excitation de la bagarre en train de s'estomper, et nous portâmes un toast de nouveau. Une fois calmé, Frank reprit :

— Merci encore, Geed. T'as été un frère pour moi,

Et de nouveau il me tapota la main doucement, une ou deux fois seulement.

Encore une occasion qui appelait la cigarette. J'avais décidé de fumer des Fatima maintenant et je tendis le paquet à Frank, qui en prit une. Il poussa ensuite un coup de gueule et obtint des mineurs deux autres bières. Nous restâmes là à fumer en échangeant des sourires.

— Eh ben, maintenant, dit Frank, j'tiens absolument à t'garder dans les parages. Faut qu'tu passes chez moi, je t'filerai des trucs à lire, peut-être même que je t'ferai un petit cours à deux dollars sur Karl Marx. J'vais faire de toi un vrai révolutionnaire à plein temps !

Je me mis à rire.

— Moi ? Un révolutionnaire ? Ça m'ferait mal ! Je veux bien écrire sur ce sujet, mais je vais pas me laisser embringuer là-dedans.

— Merde, tu y es déjà. Tu sais, les Chinois disent que si un homme te sauve la vie, il est responsable de toi après, et tu m'as sauvé la vie, Geed, faut pas déconner. Cet abruti était bien parti pour me massacrer.

Je ne voulais pas en entendre parler.

— De toute façon, dis-je, j'y crois pas trop, à cette histoire de révolution.

— Ben, si on y croit pas, on y croit pas. Et personne peut rien y faire, sinon montrer l'chemin. Mais je sens quelque chose chez toi, Geed. Tu as l'étoffe nécessaire. Pour ça, faut être un homme, tu sais, un vrai. Poules mouillées s'abstenir. Un homme qui reste fidèle à ses frères, ça, c'est un homme. Et tu n'es pas idiot, non plus. Non, Geed, hoche pas la tête. Je sais ce que je ressens et j'me trompe jamais dans ces cas là.

Nous continuâmes à parler en éclusant plusieurs bières et pour finir, j'acceptai de passer le voir, bientôt, d'ici un jour ou deux. Les supporters de Frank voulaient maintenant l'avoir pour eux et il se fondit dans leur groupe.

Je m'aventurai dans la nuit et remis le cap sur le Big Ship. J'étais plutôt euphorique. Toute cette excitation avait pas mal écarté Sheila de mon esprit, ce qui valait mieux, j'en étais sûr, et m'avait fourni une formidable occasion de me rapprocher de Frank. Je me sentais à nouveau dans la peau d'un détective.

CHAPITRE 7

Elle ne voulait pas me laisser entrer. J'étais stupéfait.

— Sean m'a dit d'apporter mon linge, insistai-je. J'ai attendu qu'il soit parti.

Elle me laissa planté sur le minuscule perron. Avec un sourire commercial, elle prit mon linge en disant :

— Espèce de grand nigaud, cette idée de traîner au coin de la rue toute la matinée… Tu t'imagines que les voisins sont aveugles ?

— Oh… Eh bien, si je revenais plus tard, quand il fera nuit ?

D'exaspération, elle grinçait des dents.

— Mais quoi, bon Dieu ?

— Va au 825 Quartz Street, vers deux heures, cet après-midi. Passe par-derrière. Si quelqu'un d'autre ouvre la porte, dis que tu cherches Jim Tracy et va-t'en.

— Hein ?

— Votre lessive sera prête demain, monsieur Ryder, dit-elle d'une voix sonore. Merci — et elle referma la porte.

Dérouté, je m'attardai un instant avant de m'éloigner. J'avais été si aveuglé par le désir, je suppose, que je n'avais pas vraiment réfléchi aux conséquences possibles, dans le cas où une femme mariée laisserait entrer un célibataire dans sa maison en l'absence de son mari.

Dans un endroit comme le Carré de Choux, aucune intimité n'est possible. Les maisons ne sont guère plus que des cabanes. Il suffit de descendre la rue pour entendre les gens parler et marcher à l'intérieur.

Je me rendis dans le centre à la bibliothèque Carnegie et tuai le temps durant quelques heures en lisant un roman de Frank Norris sur les producteurs de blé en Californie. J'étais tellement absorbé par l'histoire que je faillis laisser passer l'heure. Je me hâtai alors de grimper la colline jusqu'à Quartz Street et trouvai au numéro 825 une solide maison en brique toute neuve. À mon grand soulagement, ce fut Sheila qui ouvrit lorsque je frappai à la porte de derrière.

– Entre, dit-elle, me tirant à l'intérieur avec son bras surgissant de l'ouverture de la porte. Dans le vestibule sombre, elle noua ses bras autour de moi et m'embrassa avec passion. Quel changement ! Aucune gêne, aucune tension entre nous maintenant ! Et dans une maison étrangère ! Je lui rendis avec ardeur ses baisers, me disant qu'elle devait savoir qu'on ne risquait rien.

– Ne t'inquiète pas, dit-elle, la vieille est sortie. Mais on n'a pas beaucoup de temps. Pourquoi t'arrives si tard ?

Elle n'attendit pas de réponse. Me prenant par la main, elle m'entraîna dans la cuisine, puis à travers la salle à manger avec sa table en chêne massif, les chaises suspendues à des crochets sur le mur. Elle me fit traverser un salon avec des fauteuils fantaisie festonnés de pompons, de lourdes draperies, un prétentieux lustre de cristal étincelant et une cheminée en carreaux de faïence ; un escalier nous amena ensuite à la chambre à coucher principale. Elle se mit alors fébrilement à dégrafer ses vêtements, me pressant de faire vite.

Je n'avais pas besoin d'encouragement, mais tout en me dévêtant précipitamment, je me demandais bien à qui pouvait appartenir la maison et si elle se rendait compte de ce qu'on était en train de faire.

— Oh, dépêche-toi donc, dit Sheila. Elle portait une simple chemise en toile fine qui la faisait paraître plus nue que si elle l'avait ôtée. Elle commença à tirailler sur ma ceinture et mon pantalon et je me retrouvai bientôt en chaussettes et caleçon. Elle se rua alors hors de la chambre et revint aussitôt avec une grande serviette de bain qu'elle étala sur le couvre-lit en crochet. Agenouillée sur le lit, elle se débarrassa prestement de sa chemise et attendit, les mains sur les cuisses, en disant :

— Viens, pour l'amour du ciel !

Je fus frappé par la masse de poils roux, cuivrés entre ses cuisses. Elle n'était pas aussi mince que je l'avais cru et son ventre n'avait guère de rapport avec le ventre juvénile, légèrement bombé que j'avais imaginé, rêvassant dans mon lit. C'était une femme au corps épanoui, encore plus voluptueux et sensuel que je ne l'avais imaginé. Il m'excitait terriblement. Mon sexe en érection me gênait pour enlever mon caleçon. Cela fit rire Sheila.

L'instant d'après, nous étions frénétiquement enlacés sur le haut lit à colonnes. Sheila était fort expérimentée, je découvris. L'acte dura à peine trois ou quatre minutes.

— Mais tu n'as pas déjà joui, quand même ? s'exclama Sheila avec angoisse. Elle entreprit aussitôt de me rendre ma vigueur et y parvint rapidement. Cette fois, nous y mîmes moins de fureur, plus de rythme, et y trouvâmes pour finir une plus grande satisfaction.

— Oh, c'était merveilleux ! souffla-t-elle lorsque nous eûmes tous deux atteint le but désiré. Non, non, ne bouge pas. Je veux sentir ton poids sur moi, insista-t-elle. Tu ne pèses rien, pour un homme. Ah oui, c'est tellement bon. Reste contre moi. Tu es tellement, tellement délicat.

Et elle me plaqua contre elle de ses jambes puissantes, repliées sur mes propres jambes maigrichonnes.

Assez vite, néanmoins, elle se dégagea en me basculant sur le côté, me fit lever, lissa le couvre-lit et mit la serviette souillée avec le linge à laver. Nous nous retrouvâmes tous deux vêtus et de retour dans la cuisine, tirés à quatre épingles, innocents comme Paul et Virginie. Elle entreprit de faire l'argenterie tout en bavardant avec moi, parfaitement détendue. Elle m'expliqua qu'elle s'était mise à faire des ménages pour nourrir les gosses, maintenant que Sean ne travaillait plus.

Elle avait l'oreille aux aguets et lorsque nous entendîmes la porte d'entrée s'ouvrir, elle me fit aussitôt filer par la porte de derrière en disant :

— Viens chercher ta lessive demain matin, avant neuf heures.

Je regagnai tranquillement la bibliothèque, en sifflotant, mains dans les poches. L'air était limpide et la température estivale agréable, chaude mais pas étouffante. Je me sentais aussi en forme que peut l'être un jeune homme. Un peu fatigué peut-être, mais il est des moments où une certaine lassitude dans les reins est extrêmement plaisante.

Je venais à peine de m'installer pour reprendre où je l'avais laissée la lecture du livre de Norris lorsqu'une main se posa sur mon épaule et une voix demanda :

— Comment ça s'fait qu'tu sois pas en train d'faire les foins ou d'pêcher ?

Je levai les yeux, surpris, puis horrifié. C'était Frank et son visage était grotesquement enflé et violacé. Il n'avait pas simplement un œil poché, il évoquait les viscères d'un mouton éventré qu'on aurait laissés pourrir au soleil. Je m'attendais presque à voir des mouches sur son visage.

Little, voyant mon choc, eut un petit haussement d'épaules.

— J'ai une dent branlante, en plus.

Il glissa deux doigts dans sa bouche et remua une canine.

— Elle va tomber toute seule, c'est sûr… Bon sang, j'peux pas me payer le luxe de partir comme ça en brioche, pas vrai ?

Son rire fut interrompu net par une grimace douloureuse. Je pouvais à peine le regarder.

— Bon sang, ce cow-boy a fait du plus sale boulot encore que je pensais. J'espère que c'est moins douloureux que ça en a l'air. Mince alors !

— Non, c'est à peu près pareil.

Il essaya de rire de nouveau et grimaça.

Je jetai un coup d'œil alentour.

— Où est votre cohorte ? demandai-je. J'avais l'habitude de voir Little au milieu des piquets de grève ou du moins accompagné de mineurs qui avaient besoin d'être harangués, mais il était seul.

— Qu'est-ce que vous faites ici ?

— Est-ce qu'on a pas l'droit, même si on est socialiste, de profiter d'la charité de m'sieur Carnegie ? C'est mon coin favori, figure-toi. Un gars comme moi peut pas s'trimballer avec sa bibliothèque, tu sais, et à peu près partout où le train s'arrête, on trouve ce genre d'établissements. C'est incroyable. J'en viens à me demander si m'sieur Carnegie savait c'qu'y faisait, en permettant au public d'apprendre par lui-même la vérité dans les livres. Je parie qu'il piquerait une crise si y savait c'qui s'passe ici — c'est l'berceau d'la révolution.

Il eut un geste grandiose de la main et réussit encore un de ses sourires douloureux.

— D'toute façon, c'est un bon endroit où s'planquer pour échapper à ses supporters, quand on a pas trop envie de se démener.

Il indiqua vaguement son visage tuméfié, trop horrible, vraiment, à regarder.

— C'est quoi, ça ? demanda Little en prenant mon livre. Un roman ? Hé, Norris, c'est pas mal, hein — au moins, il est de l'Ouest, pas comme certains abrutis du genre Henry James, qui se baguenaude en Europe et prend le thé dans les salons. Donne-moi un vrai écrivain, comme Jack London. Un socialiste, en plus.

Il rejeta le livre sur la table et reprit :

— Allez viens, on va profiter d'ce beau soleil et faire un peu d'exercice.

Nous remontâmes la colline, en direction de certaines des mines les plus importantes. Quand des passants jetaient un coup d'œil à Little, ils en restaient bouche bée et se hâtaient de regarder ailleurs. Mais bientôt, comme nous approchions des carreaux de mine, protégés par des palissades, les piétons se firent plus rares. Il y avait là des piquets de grève et les mineurs saluèrent et apostrophèrent Little, certains lui demandant ironiquement si j'étais son garde du corps. Ils ne prenaient pas trop au sérieux son visage tuméfié ; ils étaient trop habitués à voir des gens blessés ou défigurés.

Little s'arrêta pour bavarder un instant avec ces hommes, pour les encourager, aborder brièvement les sujets habituels — la patience, la fraternité, la solidarité. Puis nous poursuivîmes notre chemin jusqu'à la mine suivante, où la même comédie se répéta, et ainsi de suite jusqu'à Walkerville, quartier sinistre coincé entre les chevalements des puits de mine. D'un geste de la main, Little salua gaiement au passage un prêtre qui parlait à un mineur devant une église.

— J'ai pensé à m'faire prêtre dans le temps, dit-il tandis que nous continuions à grimper dans la colline.

— J'ai bien trouvé que vous parliez un peu comme un prédicateur l'autre jour, au stade.

Little se mit à rire.

— Ça m'vient tout naturellement. Ma vieille, elle s'est mise à la religion tout d'un coup, et elle allait assister à des meetings sous la tente. Elle me traînait toujours après elle. Mais après, elle s'est mise en ménage avec un gars ; je m'entendais pas avec lui, ou peut-être qu'il m'aimait pas tout simplement — ça se passait à Spokane — et ils m'ont envoyé vivre chez ma grand-mère, dans la réserve.

— La réserve ?

— Tu sais, la réserve d'Indiens. Ma grand-mère, c'était une Shoshone, presque à cent pour cent. Elle vivait dans la réserve, près de St Ignatius, dans le Flathead. Ce sont des Salish — des gens formidables — et elle avait épousé un Salish, mais il était mort à l'époque. De toute façon, ils étaient tous catholiques. Il y avait un très bon prêtre, le Père Michel. J'ai beaucoup appris avec lui.

Nous avions dépassé Walkerville, pendant que Little me parlait de la vie dans la réserve. Elle devait être très plaisante pour un petit garçon, bien qu'ils fussent horriblement pauvres. Nous débouchâmes brusquement dans l'arrière-pays, une région rude bordée au nord par d'autres chaînes de montagnes. En dessous de nous vers le sud s'étendait la profonde et large vallée de Silver Bow, aux flancs couturés par les mines et dont le fond verdoyant butait au sud sur des montagnes couvertes de forêts, sauf l'une, une façade nue de couleur rougeâtre. À l'Est, se dressait la haute muraille du Continental Divide. Je distinguai dans cette direction le lac et les pavillons des Jardins de Columbia, au flanc de la montagne. Au-delà, on voyait la fumée de deux locomotives tirant un long train qui venait de franchir Homestake Pass. Les énormes machines avaient l'air de jouets d'enfant vues de notre lointain poste d'observation.

— Mince ! C'est quelque chose, quand même, dit Little en acceptant une cigarette. Tous les royaumes du monde, dans toute leur gloire… et les petits tas de merde de l'homme.

Il eut un petit rire, et secoua la tête d'un air mélancolique.

— Les petits tas de merde, répétai-je en écho. C'est vraiment moche.

— On est une bande de zigotos vachement entreprenants, quand même ! dit Little. D'un large geste de la main, il indiqua les massives chaînes montagneuses et l'immense vallée en dessous.

— Tout ça, ça fait un sacré territoire, mais partout où on regarde, y a d'la fumée.

C'était vrai, comme je le vis, même si la fumée provenait seulement de la cheminée du petit wagon d'un gardien de moutons au loin. Au-delà de la ville, à nos pieds, s'étendait un vaste panorama, désert, semblait-il, avec pourtant une maison et une grange isolées ici, un haut fourneau ou une mine abandonnés là… quelques signes du passage de l'homme çà et là, miniaturisés par l'immensité du paysage, certes, mais bien présents et certainement prêts à s'étendre.

— C'est quelque chose de voir ça, dis-je.

— L'homme est très occupé à l'exploiter, fit tristement observer Little. Et pas seulement la terre, mais les autres êtres humains. On pourrait croire qu'y a suffisamment d'espace pour tout l'monde, pas vrai ? Alors pourquoi on s'entre-tue ?

— Je suppose qu'on est tous mauvais, par nature, dis-je.

— Tu crois ? C'était pas l'avis des Indiens. Pas ceux qu'je connaissais.

— Je croyais qu'ils étaient toujours sur le sentier de la guerre, entre eux ou avec les colons.

— Les colons, c'est une autre histoire, dit Little, mais entre eux, ils étaient pas tellement agressifs, à l'époque où j'étais avec eux. Évidemment, ça a changé. Ils se sont plus ou moins fourré dans la tête les mêmes idées qu'les Blancs, c'est-à-dire que les Indiens sont tous les mêmes. Ils se figuraient que les vrais hommes, c'était les Salish ; et puis il y avait tous les autres, les Blackfoot et les Shoshone, et même les Blancs. Il leur a fallu beaucoup de temps pour comprendre que tous les Blancs étaient pas pareils, que certains étaient les ennemis d'autres Blancs.

— Et voilà, c'est bien ce que je disais, les humains sont naturellement mauvais.

— Mais les Indiens ne traitent pas les leurs aussi mal que le font les Blancs. Ils les font pas descendre au fond des mines pour ensuite les payer des salaires de misère et les tuer s'ils se plaignent. C'était pas du tout leur genre.

Je laissai entendre qu'il en rajoutait un peu. Les mineurs n'étaient pas hostiles à la mine, d'après ce que j'avais vu, mais seulement au salaire et aux conditions de travail. Little admit que j'avais en partie raison.

— Quelquefois, l'Indien chez moi l'emporte sur le marxiste, dit Little. Quelquefois, Marx me fait l'effet d'être simplement un autre Blanc, plus semblable à Carnegie, ou aux hommes qui dirigent la Compagnie, Kelley ou Ryan, qu'au Chef Joseph ou à Victor Charlo.

Ces noms ne m'étaient pas familiers. Little déclara qu'il n'en était pas surpris.

— Il existe deux types d'hommes en ce bas monde, enchaîna-t-il. Ceux qui n'sont que trop contents de grimper sur le dos de leurs semblables pour les exploiter, et ceux qui s'y r'fusent. Le vieux Charlo appartient à la deuxième catégorie. Comme la plupart des hommes, je crois. Mais ceux d'la première catégorie, ils font assez de dégâts pour que nous autres soyons occupés à temps plein à essayer d'les déloger d'not'dos. L'ennui, c'est qu'un jeune gars comme toi a bien du mal à distinguer les uns des autres. T'as pas l'expérience de la vie et un homme riche, il t'en fiche plein la vue. Il s'habille bien, a sans doute une voiture et une belle maison et ses femmes sont belles comme des anges.

Je répondis que tout ça me paraissait bien compliqué. Beaucoup de gens, je le supposais, pouvaient soutenir le contraire. Frank admit que c'était exact, mais qu'en général, il était assez facile de voir qui était du bon côté.

— Si un homme est riche, que ses gosses ont plein à bouffer, que sa femme a l'temps d'aller à des thés ou des trucs de c'genre, et que pourtant il se plaint des pauvres, dont les gosses crèvent de faim, et surtout s'il dit que les pauvres ont les dents longues… Bon, écoute, je vois bien que je t'ennuie. On y reviendra, une autre fois, et je te parlerai de Marx. Laisse-moi t'poser une question, maintenant que j't'ai amené jusqu'ici. Qu'est-ce que tu préfères ? Les richesses ou la renommée ?

D'un geste, il indiquait le grandiose paysage devant nous.

— Vous me donnez le choix ? dis-je et je me mis à rire. Oh, je n'ai pas beaucoup réfléchi à tout ça, Frank.

— Mais si, bien sûr. Tout le monde y pense. Et maintenant tout ça est étalé devant toi. Il y a là en dessous des richesses et la renommée. Qu'est-ce que tu préfères ?

Je ne pris guère le temps de réfléchir.

— J'aime dépenser de l'argent, dis-je, mais je n'ai jamais couru après.

Frank sourit.

— Alors à toi la renommée ! dit-il avec emphase.

— La renommée ? dis-je. Je ne sais pas vraiment ce que ça pourrait être.

Je me rappelai alors avoir contemplé Butte de l'autre côté, depuis les Jardins de Columbia, avec Sheila.

— Rien de tout ça ne me semble vraiment réel. L'endroit d'où je viens est si loin d'ici. Qu'est-ce qui est réel, là, devant nous ?

Frank me dévisagea d'un regard étrange, avant de dire :

— Y a pas de différence, Goody. Les Indiens s'demandent pas c'qui est réel. Tout est réel, les rêves et les histoires et la bouffe quotidienne. Tout est réel.

— Vous croyez ? demandai-je.

Frank eut un rire un peu mélancolique.

— Moi-même, j'suis plus tell'ment sûr de savoir. Je suis loin des Indiens depuis trop longtemps, à m'casser la tête avec Marx. Mais j'vais quand même te laisser un sujet de réflexion : quelle est la valeur d'une livre de cuivre ? Réfléchis bien et tu me diras, la prochaine fois. Maintenant, foutons le camp de cette saloperie de colline, avant qu'elle s'effondre sous nos pas.

Little s'attarda un instant, néanmoins, à contempler le panorama. L'air avait fraîchi et un vent léger ébouriffait ses cheveux noirs. Je le voyais presque comme un chef indien, malgré son œil unique et son visage tuméfié, violacé. Toute réflexion faite, il ressemblait davantage à un pirate.

Little rit sous cape et marmonna :

— L'homme est un zigoto entreprenant, pas de doute. Tiens… Un des gars a vu le cow-boy quitter la ville ce matin par le Northern Pacific.

— Quel cow-boy ? Oh, vous voulez dire celui qui…

— Ouais.

Little effleura avec précaution son menton.

— Le gars qui l'a vu a dit qu'il parlait avec un Pink.

— Sans blague ? Comment il savait que le type était un Pinkerton ? demandai-je d'un ton négligent.

— Il l'a r'connu. Selon le gars, c'était McParland, celui qui a essayé de coincer Big Bill Haywood, il y a quelques années.

Je n'étais pas très au courant de cette affaire. Little me raconta l'histoire tandis que nous retraversions Walkerville pour descendre ensuite Excelsior Street. En 1906, l'ex-gouverneur de l'Idaho, Frank Steunenberg, avait été tué par une bombe fixée au portail de sa maison. Un nommé Harry Orchard fut arrêté. Un détective de chez Pinkerton, James McParland, avait été autorisé à interroger le prisonnier durant plusieurs jours, au cours desquels Orchard avait avoué le meurtre de Steunenberg, ainsi que deux douzaines d'autres, en impliquant en outre cinq dirigeants et membres de la Western Federation of Miners, qui, selon ses dires, l'avaient engagé pour commettre ce crime. Bill Haywood, le trésorier, et Charles Moyer, alors président du syndicat, étaient les cibles maîtresses désignées par Orchard dans ses accusations.

— Bill, évidemment, fait partie du I.W.W. maintenant, fit remarquer Little. Ils s'en sont tous tirés. Ils avaient eu la bonne idée de choisir Clarence Darrow comme avocat. C'est une affaire qui a fait un sacré bruit. Je m'étonne que tu n'en aies jamais entendu parler, toi qui es journaliste et t'intéresses au I.W.W.

— En 1906, je crois que j'étais encore lycéen, dis-je. À quoi il ressemble, ce McParland, au fait ?

— Oh, un gars tout à fait ordinaire. Difficile à décrire, mais l'type qui l'a vu l'a bien r'connu, en tout cas.

— Et McParland travaillait avec la police ?

— Bien sûr. Les Pinks s'entendent très bien avec les flics. Mais ce Mc Parland, c't'un salopard. On peut pas tomber plus bas qu'ce type-là. Il dit qu'il est détective et il doit penser qu'il est un héros, ou quelque chose dans ce goût-là. D'ailleurs, maintenant qu'j'y pense, les Pinkerton ne se désignent pas comme détectives, c'est les journaux qui les appellent comme ça. Entre eux, ils se disent enquêteurs. Leur vrai boulot, c'est pas d'enquêter. Leur vrai boulot, c'est la trahison. Ils se livrent à des enquêtes pour leurs clients, les patrons. Enquêteur, ça fait plus sérieux. Et ça n'évoque pas Judas, pas vrai. Ce McParland, il s'est fait un nom dans l'Est, au moment des grèves dans les mines de charbon. En fait, il a commencé dans ton coin, en Pennsylvanie. Il s'est inscrit au syndicat. Il a prêté serment de fraternité. Il a rencontré les frères tous les jours, mangé à leur table, bu avec eux dans les saloons, joué avec leurs gamins, bon Dieu ! Et là-dessus, il tourne casaque, témoigne contre eux, et dix-neuf d'entre eux finissent au bout d'une corde ! Ah, il a fait du bon boulot, celui-là !

Je n'avais rien à répliquer. Je continuai à avancer, soudain glacé. Mais Little n'en avait pas fini avec Mc Parland.

— Tu imagines un gars dont toute la vie se passe à manœuvrer, espionner, trahir ! C'est quoi, une vie comme ça ? Il fallait qu'il la passe à regarder derrière son épaule. Darrow avait trouvé la bonne formule. Il a dit qu'un détective n'était pas un menteur, il était un mensonge incarné.

— Enfin, ils avaient quand même tué le gouverneur, non ?

— Qui ? Haywood et Moyer ? Non, bien sûr. Ils étaient dans le Colorado, à l'époque. C'est Harry Orchard qui l'a tué. Il a aussi prétendu avoir tué vingt ou trente autres gars. Tu parles d'une confession ! On a retrouvé vivantes certaines de ses prétendues victimes. Non, Orchard avait le cerveau dérangé. Je n'vois pas comment quelqu'un pouvait prendre ses aveux au sérieux, et heureusement pour Big Bill, le jury n'y a pas cru. C'qui m'sidère, c'est que quelqu'un ait pu croire pour commencer que le syndicat voulait tuer Steunenberg. Il avait été lui-même syndicaliste. C'est vrai qu'il avait fait appel à la milice pour briser une grève à Cœur d'Alene une fois en fonction. Mais beaucoup d'eau avait coulé sous les ponts depuis. Il n'était plus gouverneur. Les syndicats n'perdent pas leur temps à s'occuper de gars comme ça.

— Pourquoi a-t-il été tué alors ?

— Qui sait ? Il savait peut-être des trucs sur les propriétaires des mines et ils avaient peur qu'il les balance, maintenant qu'il n'était plus en fonction. Ou peut-être qu'Orchard ne pouvait pas l'blairer, et après l'avoir liquidé, les patrons ont vu là une occasion de mettre le meurtre sur le dos du syndicat. Orchard était complètement barjo. Le plus drôle, c'est qu'il vit encore, dans un bâtiment spécial de la prison de l'Idaho. C'est quelque chose, ça, quand même !

Je dus reconnaître que c'était, en effet, quelque chose !

Nous revenions maintenant vers la ville et nous fîmes une pause devant une maison tarabiscotée avec tourelles et parapets. Little m'annonça que c'était un authentique château français que l'un des fils de W. A. Clark, le Roi du Cuivre qui avait créé les Jardins de Columbia, avait importé brique par brique et avait fait reconstruire sur ce site.

— Jolie baraque, hein ? Y en a pas beaucoup comme ça dans le Carré de Choux, pas vrai ?

CHAPITRE 8

On peut échapper à la punition d'un péché durant un certain temps, et c'est déjà pas mal. Parfois, si on se montre prudent, quand on finit par être démasqué, ça n'a plus guère d'importance. Mais pas toujours. Et bien entendu, parfois, ça n'est tout simplement pas possible. Le pire quand on est démasqué, c'est que, quelquefois, ce n'était pas de votre faute. Vous n'aviez commis aucune erreur grave, quelqu'un d'autre en était responsable.

Sheila s'était mise à faire des ménages depuis que Sean était sans travail : entretenir les sols, laver le linge, faire l'argenterie, cirer les meubles dans les demeures des nantis. Ils payaient des clopinettes, bien entendu, mais ça suffisait pour le pain et le lait nécessaires aux enfants. Mais de mon point de vue, ce qui était formidable, c'était que grâce à ces boulots, nous avions un endroit où... disons, où nous rencontrer. Et Dieu sait que nous nous sommes rencontrés ! Le lundi, nous utilisions le lit à colonnes de la veuve dans Quartz Street ; le mardi, c'était chez le propriétaire d'un grand magasin, dans Park Street. Puis, le mercredi... voyons un peu... c'était la lingerie, dans la maison d'un docteur. Nous nous y prenions de toutes les façons possibles, et à peu près chaque jour de la semaine. Je me rappelle qu'un jour, je la tenais courbée sur un fauteuil tapissé de brocart, tout en surveillant la rue au cas où la maîtresse de maison arriverait. Une autre fois, c'était sur un beau tapis persan... Ce n'était plus qu'une question de temps, semblait-il, avant que nous nous fassions surprendre, ou que Sean soit au courant. Et naturellement, nous rêvions d'une rencontre plus prolongée, plus détendue, d'une nuit entière. Nous mijotâmes donc un projet : nous rendre dans une station balnéaire, Hot Springs, à vingt-cinq kilomètres environ de la ville.

Elle raconta à Sean qu'un de ses employeurs, un avocat je crois, voulait qu'elle les accompagne, lui et sa famille, à Hot Springs, pour qu'elle s'occupe des gosses et que sa femme et lui aient un peu de temps libre. Ça marcha très bien, au début. Je pris même le train en avance pour aller explorer les lieux et jeter un coup d'œil au personnel de l'hôtel au cas où il y aurait eu quelques visages familiers. Quelques-unes des femmes de chambre étaient de Butte, mais Sheila affirmait qu'elle n'en connaissait aucune et elle était à peu près sûre de ne pas être reconnue. Ce fut une merveilleuse sortie. Muni de ses mensurations, je m'étais rendu dans le centre pour lui acheter quelques vêtements corrects, qu'elle endossa dans les toilettes du train. J'ai dans l'idée que se parer pour l'occasion fut peut-être pour Sheila le plaisir le plus durable, mais ce week-end nous procura à tous les deux les plus vives satisfactions. Nous nous enfermâmes à clef dans la chambre d'hôtel et nous nous payâmes vraiment du bon temps. Elle inventa même quelques variantes que nous n'avions encore jamais essayées. Le plus formidable, c'était l'absence de tension, le sentiment qu'on pouvait enfin se relaxer et se faire plaisir.

Le sexe, ça paraît toujours l'essentiel, mais, pour finir, on peut y consacrer un nombre d'heures limité. Nous finîmes par nous sentir impatients, pleins d'audace. Nous avions envie d'afficher notre idylle en public. Ce qui nous manquait, je suppose, c'était la tension que nous avions connue. C'était dingue, mais nous étions des mômes. Il nous fallait nous afficher, ou peut-être Sheila avait-elle tout simplement envie d'exhiber ses nouvelles fringues. Nous essayâmes pour commencer la salle à manger. Nous dévorâmes un poulet rôti entier, farci, accompagné de purée. Très chic. Je prenais plaisir à dépenser de l'argent. Après ça, nous allâmes nous balader le long d'une piste cavalière. Les chevaux étaient superbes et les gens qui les montaient très élégants. Sheila déclara qu'elle aimerait beaucoup faire du cheval un jour et je répondis que ce n'était pas mon cas. Il y avait un orchestre de danse dans le pavillon. J'étais un assez bon danseur à cette époque.

Enfin, les deux jours suivants, nous essayâmes les bains chauds et les promenades en barque sur le lac. Mais notre principale distraction, ce fut le sexe, répétitif, frénétique, avec toutes les variantes que nous pouvions imaginer.

C'était formidable de se réveiller au lit côte à côte. Sheila était au désespoir de devoir partir. Je dus renoncer à mon projet de voyager séparément. Nous n'arrivions pas à nous arracher l'un à l'autre. Je déclarai pour plaisanter qu'il faudrait peut-être que quelqu'un balance sur nous un seau d'eau froide. Sheila ne trouva pas ça drôle.

— Ça me rend malade de remettre ces vieilles nippes, dit-elle. Mais elle les remit.

Nous ne pûmes même pas nous séparer à la gare de Butte. Je réussis à me persuader qu'il n'y avait pas grand danger à marcher dans la rue en sa compagnie. Après tout, nous nous connaissions, pas vrai ? Personne ne pouvait imaginer que nous rentrions d'un week-end au lit à Hot Springs – même s'il suffisait de jeter un coup d'œil à nos visages pour voir que nous émergions à peine, encore tout échauffés, de draps poisseux. Mais personne ne parut remarquer quoi que ce soit.

Je laissai Sheila aux environs du Carré de Choux. Elle essayait de refouler ses larmes. Je suppose que ce bref intermède de luxe lui rendait le Carré de Choux insupportable.

Je gagnai le centre et bus une bière au M & M. Certains me demandèrent où j'avais bien pu passer. Je répondis que j'étais allé à Hot Springs pour le week-end, mais que finalement, je m'étais plutôt rasé. J'appliquai la maxime de mon mentor, Jimmy, selon laquelle mieux valait mentir le moins possible. Je n'imaginais pas que ça pouvait avoir la moindre importance.

Ce que nous ne savions pas, c'était que Sean était tombé le samedi sur l'avocat – celui dont Sheila était censée garder les enfants. Un pur hasard. Ils ne se connaissaient pas, bien entendu, au point d'engager une conversation, mais le gars était censé se trouver à Hot Springs. Sean s'était donc précipité dans le quartier de l'avocat et, comme de bien entendu, avait vu ses gosses qui jouaient dans la cour. Ne sachant quoi penser, il était allé droit au M & M, à ma recherche, pour me demander mon avis, je suppose, mais personne ne m'avait vu depuis un jour ou deux. Il avait donc passé au Big Ship et appris que j'avais quitté la ville. Il avait dû trouver ça plutôt bizarre, mais n'en avait tiré aucune conclusion.

En rentrant le dimanche, Sheila trouva Sean assis dans la maison, parfaitement à jeun, en compagnie des gamins qui pleuraient. Et il lui demanda, bille en tête :

– Le week-end avec madame Jones et tous ces gosses, ça a pas été trop dur ?

À son expression et au ton de sa voix, elle comprit aussitôt qu'il y avait anguille sous roche. Et il n'y avait qu'une explication, conclut-elle. Aussi répondit-elle :

— Non. J'ai passé un week-end très agréable avec mon amie, Cora Monger. Les Jones ne se sont jamais manifestés et j'ai bien l'intention de leur demander pourquoi dès demain matin.

— Cora ? Mais Cora habite au diable, à Deer Lodge.

Sheila, comme contrariée, expliqua que, ne voyant pas arriver les Jones comme prévu, elle avait échangé le billet aller-retour qu'ils lui avaient donné contre un billet pour Deer Lodge et qu'elle avait emprunté de l'argent à Cora pour rentrer.

— Mais je me ferai rembourser par madame Jones, dit-elle, furieuse. Ils s'imaginent quand même pas que j'allais passer tout mon week-end là-bas à les attendre. J'en avais tellement marre, enchaîna-t-elle sur un ton de vertueuse indignation, de te voir traîner complètement saoul depuis ses semaines, pendant que je me crevais jour après jour pour nourrir les gosses. Et par-dessus le marché, les Jones qui me font faux bond ! Je me suis dit : « Eh bien, ma petite, tu vas pas te laisser traiter comme ça ! Tu vas te payer des vacances, et Mister Paton, il n'a qu'à s'occuper des gosses et rester à la maison pour changer. » Et voilà !

Sean se montra aussitôt contrit. Il n'avait pas eu le culot, ou peut-être la présence d'esprit, d'interroger les Jones sur cette excursion du week-end, et maintenant, il acceptait volontiers les explications résolues de Sheila. Il se répandit en excuses, en particulier pour avoir laissé le petit Alex attraper des coups de soleil. Sheila alla examiner le gosse et explosa de fureur en voyant le petit derrière couvert de cloques du gamin. Apparemment, Sean l'avait laissé courir partout, nu comme un ver, pendant presque tout le week-end, qui avait été particulièrement torride.

Sheila sortit pour aller chercher une pommade chez une voisine et réussit à me faire transmettre un message au Big Ship, me prévenant que Sean se doutait de quelque chose et qu'elle avait prétendu être allée voir une amie à Deer Lodge.

En ville, j'étais déjà tombé sur Dewey au M & M. Il me raconta que lui aussi était parti pêcher dans la vallée de Big Hole avec d'autres mineurs. Il était rentré tôt, pressé de savoir quel score avaient fait ses potes.

— T'en reviendrais pas, petit. Y a pas de journaux, pas de résultats sportifs, rien de rien ! Y s'couchent avec le soleil, ou même avant, parce qui faut qu'y s'lèvent aux aurores pour pêcher ! Les chouettes ululent toute la nuit, les coqs chantent au milieu d'la nuit, et les grenouilles coassent, les vaches meuglent... j'ai pas fermé l'œil avec tout ce raffut !

— Et la pêche ? demandai-je. Il paraît que c'est formidable là-bas.

— La pêche ? Tu rigoles, non ? Ces mecs, y-z-y connaissent rien à la pêche. Y a pas de lacs, y a pas d'océan, y a même pas de bassin — juste la rivière — et la rivière, elle est vachement rapide et glacée ; en plus, ça grouille d'énormes serpents à sonnettes ! Moi, j'me suis même pas approché !

Il m'informa que Sean était passé voir si j'étais là et qu'il avait l'air dans tous ses états à cause de sa bonne femme. Je ne savais quoi penser. Lorsque je regagnai le Big Ship, je trouvai le message de Sheila, qui ne m'apprit pas grand-chose.

Le lendemain, Sean me trouva au M & M et dès que je lui eus offert une bière, il demanda :

— T'as vu Ma à Hot Springs ?

— Mais bon Dieu, qu'est-ce que tu veux dire par là ?

Sean se hâta de me rassurer en précisant qu'il ne suggérait rien du tout. Mais simplement, il avait entendu dire que j'étais allé à Hot Springs et Sheila était censée y être allée elle aussi. Il se demandait simplement si on s'était rencontrés par hasard.

Et qu'est-ce que je pouvais bien dire ? Je ne savais rien de cette amie de Deer Lodge et j'étais bien obligé de conclure que quelqu'un nous avait vus à Hot Springs.

— Oui, bien sûr, je l'ai vue, dis-je. Mais je voulais pas que tu te mettes martel en tête.

— Je sais pas quoi penser, dit-il. Elle me raconte pour commencer qu'elle va à Hot Springs pour aider les Jones et s'occuper de leurs gosses. Là-dessus, je tombe sur Jones. Tout compte fait, y sont pas du tout allés à Hot Springs. Et maintenant, cette putain me dit qu'elle est allée voir une copine. J'me dis qu'elle a peut-être passé le week-end avec un faisan quelconque.

— Ah ! La dame avec qui je l'ai vue devait être son amie.

— Oh, elle était avec une dame ? À quoi elle ressemblait, cette dame ?

Sean avait pris un petit air rusé. Lorsque je répondis que je ne me rappelais pas comment était cette dame, il reprit :

— Eh ben, elle était jeune ou vieille ?

Je réfléchis quelques secondes avant de répondre :

— Jeune.

— Jeune, hein ? Ben, ça devait être Cora Munger. Plutôt petite, mais bien roulée ?

— Ouais, c'est ça.

Sean secoua la tête et me sourit, tristement.

— Quoi ? demandai-je.

— Cora a près de quarante berges et elle est moche

comme un pou. Doc, ça me ferait mal au ventre de te voir embringué dans un truc pareil.

— Qu'est-ce que tu veux dire ? demandai-je, circonspect. J'avais soudain conscience de la taille des mains calleuses de Sean. Ses poings, quand il les fermait, évoquaient presque des jambonneaux. Heureusement, pour le moment, ils n'étaient pas crispés.

— Elle était avec un homme, pas vrai ? demanda Sean sur un ton de calme résignation.

— Non, non, pas du tout, protestai-je.

— Ça fait rien, m'affirma Sean. T'es pas obligé d'la couvrir. De toute façon, je le saurai.

Il crispa les poings.

— Va falloir que j'lui file une rouste pour qu'elle l'admette, mais ça serait pas la première fois. Elle commence toujours par nier, au début. Mais pour finir, elle se met à table.

Il haussa les épaules.

— Je sais que tu dois trouver ça vraiment moche, Doc, mais j'ai l'habitude, tu sais.

— Tu veux dire que c'est déjà arrivé ? Souvent ?

— Souvent, je sais pas. Trois ou quatre fois ? Merde, elle était mariée quand elle a commencé à fricoter avec moi. J'aurais dû me méfier, à l'époque. Mais, faut bien le dire, c'est une sacrée bonne femme. Qu'est-ce que tu veux, faut se faire une raison… une bonne femme comme ça… aucun homme pourrait lui suffire.

— Bon Dieu, je savais pas, déclarai-je, sincèrement estomaqué. Je veux dire, comment j'aurais pu être au courant ?

— Je sais, je sais, dit Sean. Elle a l'air d'un ange. Et c'est une si bonne mère ! Elle adore ses mômes, elle tuerait pour eux. Elle les aime plus que moi, conclut-il, mélancolique.

Nous restâmes là un long moment, à secouer tristement la tête en songeant au mystère et à la perfidie de la Femme. Sean demanda une autre bière, à mes frais, et la lampa rapidement. Il soupira, l'air lugubre, et s'apprêta à partir.

— C'est une merveilleuse mère, y a pas de doute, dit-il, avec un nouveau soupir, mais faut qu'elle paye.

— Oh, non. Tu peux pas faire ça. Écoute, c'est une femme. Elle est… elle est tellement séduisante ! Tu ne vas pas lui faire du mal. Tu ne ferais pas de mal à une mouche !

— C'est pas que j'aie envie, dit Sean, comme à regret, mais faut qu'elle paye. Elle le sait.

— Oh, non, non, non. Elle est si charmante. D'ailleurs, tu as l'habitude… de, euh, de ce genre de situation. Tu me l'as dit. Et lui cogner dessus, apparemment, ça ne l'a pas arrêtée avant.

— Non, ça l'arrête pas, acquiesça Sean. Elle peut pas apprendre, on dirait. Mais que je sois habitué, ça n'arrange rien non plus. Ça me fait mal.

Il me regardait droit dans les yeux, presque suppliant.

— Ça me fait tellement mal. Tu vois donc pas, Doc ? Je suis fou d'elle, encore maintenant. Même après toutes les fois où… elle m'a fait le coup. Un gars peut pas s'empêcher de penser à tous les autres hommes… surtout au lit.

Il rougit.

— Tout ça, ça doit te paraître vraiment minable.

— Non, non, bien sûr que non. Enfin, je veux dire, ça doit être dur, je vois bien. Mais tous les couples ont des problèmes. Et, écoute un peu, tu es fou d'elle — les mots avaient du mal à passer, mais je respirai à fond et poursuivis bravement : — et je sais que tu comptes beaucoup pour elle. Tu ne peux pas lui faire de mal. Et d'ailleurs, ça serait mauvais pour les gosses.

— Mauvais pour les gosses ? Tu déconnes, Doc. C'est en tout cas pas bon pour les gosses d'assister à toutes ces mauvaisetés et de voir que leur vieille s'en tire quand même. De quoi j'ai l'air moi, dans tout ça ? Comment y peuvent respecter leur vieux — même si je suis pas vraiment leur vieux à tous — si je laisse passer ça ? Je passerais pour un con !

— Non, non. C'est pas du tout ça… Aucun môme n'aime voir sa mère se faire tabasser. Ça la fout mal pour tous les deux. D'ailleurs, ils ne savent rien de tout ça. C'est arrivé à Hot Springs, bon sang de bois ! Tu te trompes si tu crois que les gosses comprennent que leur mère a mal agi. Pour eux, c'est leur M'man, leur m'man qui les adore, et toi, tu es le méchant papa qui lui tape dessus.

— Oh non, ils le sauront, ce qu'elle a fait. Ils savent toujours. Ça finit toujours pas sortir. On croit que les mômes, c'est innocent, mais ils savent des choses. C'est la première fois à Butte, mais ça s'est su à Ishpeming, ensuite à Houghton, et de nouveau à D'Loot. Et ce qui me fait tellement mal au cœur, c'est que c'est toujours le même genre de gars. Enfin, p'têt que j'étais l'exception, je veux dire quand son premier vieux vivait encore. Mais c'est toujours un type plein de bagout, chicard, baratineur. Y en a qu'ont même pas l'air d'être un homme. Je parie que c'était pareil cette fois, hein ? À quoi y ressemblait, ce mec ? Vas-y, tu peux me le dire, je l'connais sûrement pas. Un petit merdeux maigrichon, gominé, bien sapé, avec une moustache probablement — te vexe pas, Doc, la moustache, à toi, ça te va bien. Mais ce mec avait l'air d'une tapette, je parie. Je me demande des fois s'ils baisent vraiment. C'était sûrement pas un homme, un vrai, un travailleur, un mineur. À quoi il ressemblait, ce gars ?

— Je te l'ai déjà dit, je n'ai pas vu de gars. Elle parlait à une femme. Je l'ai aperçue en passant, à la gare. Je ne voulais pas en dire davantage. Jimmy disait toujours que c'était une erreur d'en rajouter, sous prétexte d'authentifier un mensonge. Fournir le minimum d'information. Mais je voyais bien que Sean n'était pas convaincu. Il s'imaginait de toute évidence que je l'avais vue avec un gars et que je la protégeais. Je lui laissai penser ça.

— Tu le connaissais pas ? Non, bien sûr. Mais t'as dû être surpris ! Choqué, même ! T'as bien dû remarquer. Je parie qu'il avait dans les un mètre soixante-dix, gringalet, des souliers vernis, un chapeau de paille, peut-être ? Et il fumait un petit cigare merdique ?

Je refusai de le décrire. J'insistai sur le fait que je n'avais vu aucun homme. Mais j'étais stupidement content d'être grand et donc de ne pas correspondre à ce signalement, à part la moustache.

— Ça fait rien, reprit Sean. Je trouverai. Je connais une ou deux filles qui travaillent là-bas. Sandy Boyton, par exemple. Tu la connais ? Un beau petit lot, dix-huit ans à peine, et le genre plutôt dessalée. En fait, c'est presque une putain, elle aussi. Je lui demanderai. Elle saura, ou alors elle peut se renseigner.

— Bon sang, je ferais pas ça ! Ne fais pas ça ! Qu'est-ce que ça change, de toute façon ?

— Mais sacré nom de Dieu, pourquoi pas ? Qu'est-ce je vais faire ? Tu dis que je devrais pas la corriger, cette sale putain, je devrais pas essayer de savoir qui c'est, ce fumier, et lui faire sa fête ? Tu sais, je peux facilement trouver quelques copains — Dewey, Carl, Jack —, tu peux venir, toi aussi, si ça te dit, tu seras le bienvenu…

et on apprendra à ce salopard à fricoter avec la femme des autres.

— Ça ne servira à rien, insistai-je. Tu comprends donc pas ? Elle a déjà fait le coup et si tu la tabasses et que tu tabasses le gars, ça n'empêchera rien. Elle sera furieuse contre toi et elle plaindra le gars ! Ça pourrait même l'encourager à recommencer — tu sais à quel point les femmes sont contrariantes ! Et s'il y a eu un gars, eh bien, il a filé depuis longtemps. Elle a dû le rencontrer là-bas. Elle est sans doute allée là-bas avec sa copine, en toute innocence, et ce...

— Ce fumier, cette fripouille, coupa Sean.

— Ouais, ce fumier, il a dû la trouver belle — tu dois bien reconnaître que ta bonne femme, c'est une vraie beauté — et il s'est dit qu'elle était peut-être prête à se payer du bon temps. En toute honnêteté, mon vieux, elle a pas été très gâtée dernièrement. Et il a réussi à lui faire perdre la tête pendant quelques heures.

— Pendant deux ou trois nuits, plutôt, dit Sean.

— Mais ça n'était pas entièrement sa faute à elle. Merde, je n'essaye pas de lui trouver des excuses. La place d'une épouse, c'est chez elle, à s'occuper des enfants, à tenir sa maison. Et elle fait ça drôlement bien. Et en plus, elle... eh bien, elle est superbe !

— Ouais, acquiesça Sean, presque pensif. Elle est peut-être trop belle. Elle fait tourner les têtes. J'ai même remarqué qu'elle te plaisait.

— Oui, c'est vrai, c'est pas mon genre, bien sûr, mais...

— Je te cherche pas des crosses, Doc. C'est simplement que t'es un homme, comme n'importe quel homme, et que tu as forcément remarqué. J'ai raison ?

— Bien sûr, Sean.

Sean, pensif, jaugeait la situation. Puis il secoua la tête et déclara :

— Non, faut que je la corrige, cette putain.

Je le suppliai de n'en rien faire. Et pour finir, je déclarai :

— Promets-moi de réfléchir un jour ou deux. Pour le moment, tu es furax — et c'est bien normal. Tu ne peux pas penser calmement. Attends un jour ou deux et pense à ce que tu vas faire. Qu'est-ce que ça change, un jour ou deux ? Elle ne sait pas que tu es au courant. Contente-toi de la surveiller. Et ensuite...

Pris d'une soudaine inspiration, je lui proposai :

— Si tu veux, je lui parlerai.

— Tu lui parleras ? Et de quoi ? Bon sang, tu me prends vraiment pour un con, si je peux pas m'occuper de ma propre bonne femme !

— C'était une simple suggestion. Je pourrais peut-être lui expliquer qu'elle te fait du mal, d'une façon que tu peux peut-être pas lui dire toi-même. Quelquefois, les couples, ils n'arrivent pas à se parler, parce que le problème les touche de trop près, ils s'imaginent que l'autre sait ce qu'il ressent, mais ça n'est pas forcément le cas. Que diable, elle a peut-être une raison. Elle s'imagine peut-être que tu l'aimes pas, ou je ne sais quoi.

— Oh, sacré nom de... Écoute, tu ferais ça vraiment ? Bon sang, t'es vraiment un pote. D'accord, d'accord, je ferai rien. Pour le moment. Et je te parlerai avant de faire quoi que ce soit. D'accord. Dis donc, tu pourrais pas me filer quelques biffetons ? Jusqu'à ce que je reprenne le travail ? Je te rembourserai, sans faute.

Je lui prêtai joyeusement dix dollars, avec lesquels Sean offrit deux autres tournées de bière.

Ma mère, une femme qui craignait Dieu, avait un côté paillard. Je l'avais entendue déclarer une fois, à propos du mari d'une amie, surpris au lit avec la sœur de l'amie : « Une bite raide n'a pas de conscience. » (Je n'étais qu'un petit garçon à l'époque, à peu près l'âge du fils de Sean, Devin ; peut-être n'avait-il pas tellement tort sur l'innocence que l'on prêtait à tort aux enfants.) Mais j'essayais simplement d'éviter à la pauvre Sheila une volée. Et à moi-même un passage à tabac, évidemment. L'idée de me proposer comme conseiller conjugal fut une pure inspiration.

C'est un épisode que je trouve amusant maintenant, et je m'étonne de n'avoir jamais songé à le raconter dans un livre. Mais ça n'était pas mon truc, je suppose. J'écrivais des histoires de détectives et de tueurs. Je suppose que je considérais que cette affaire relevait plus du *Lady's Home Journal.*

Mais à ce compte-là, je n'ai jamais rien écrit non plus sur Frank Little. Oh, j'ai utilisé certains éléments dans un premier jet de *Poisonville,* mais j'ai été obligé de les couper. Mon éditeur trouvait que ce n'était pas mon genre.

Et elle avait raison : c'était trop politique. Le public pour lequel j'écrivais, ça ne le branchait pas. Ils voulaient des gangsters, des belles pépées, et des privés durs à cuire. L'éditeur affirmait que cela sonnait faux. Je ne demandais pas mieux que de couper. L'histoire n'était que trop vraie.

CHAPITRE 9

Je déambulais lentement le long de Park Street, me demandant ce que j'allais dire à Sheila quand Sean arrangerait une entrevue entre elle et moi. J'imaginais les circonstances dans lesquelles se déroulerait cette conversation burlesque et en conclus que nous serions vraisemblablement seuls. Il le fallait bien, pas vrai ? Sean ne pouvait pas espérer me voir aborder ce problème en sa présence. Ce qui suggérait une intéressante possibilité… Je rêvai aussitôt aux cuisses brûlantes de Sheila, à sa toison rousse si remarquablement touffue, à sa taille d'une étonnante minceur.

— Même endroit, déclara une voix d'homme, contenue mais distincte.

— Quoi ?

Saisi, je ne compris pas, pour commencer, ce que l'on me disait. Puis je reconnus Joe Davis qui continuait à avancer. Je restai un instant immobile, à me reprendre, puis le suivis.

Nous nous assîmes dans le même box que la première fois, avec son rideau de perles, et le même Chinois apporta une bouteille de whisky en même temps qu'il me conduisait auprès de Davis.

— Hé, amène aussi des pâtés impériaux, avec une

soucoupe de graines et de la sauce piquante. Merci, petit.

Puis, s'adressant à moi :

— J'adore ces trucs-là. Alors, comment ça se passe avec les Rouges ?

— Oh, bien. Très bien. Frank a été très aimable.

— Frank, hein ? Parfait. Alors qu'est-ce t'as appris ?

— Tu veux dire, ses projets et tout ça ? Eh bien, je crois qu'ils vont procéder à une élection, pour savoir quel syndicat sera choisi, le I.W.W. ou Les Ouvriers de la Mine. Et ensuite, il y aura…

— Non, non, je peux lire ça dans le *Standard,* coupa Davis. Je parle de Little, de ce qu'il fait, de ses habitudes — ah, v'là la graille. Ouais, très bien, pose ça là et on commandera plus tard.

Il s'adressait au garçon, puis il se tourna vers moi.

— Tiens, essaye les baguettes. C'est pas commode, au début. On les tient comme ça.

Davis me fit une démonstration, prenant habilement avec ses baguettes un pâté impérial qu'il trempa dans la sauce et les graines de sésame, avant d'en mordre une bouchée.

— Tu vois ? Facile, hein ?

Maladroit avec mes baguettes, je laissai tomber mon pâté impérial dans la sauce. Je le repêchai et mordis une bouchée. La sauce était si forte que j'en eus les larmes aux yeux, mais je souris et continuai bravement à mâcher. Au deuxième essai, je réussis mieux. Tout comme Davis, je fis descendre le tout avec du whisky ; le mélange me suffoqua presque, mais je persévérai.

— Pourquoi tu veux savoir tout ça ? demandai-je entre deux bouchées.

— Oh, ça pourrait être utile. On sait jamais, dit Davis. Alors qu'est-ce t'as appris ?

— Eh bien, il habite à la pension de Mme Byrne. Il m'a invité à venir chez lui, pour me montrer des livres, des trucs.

— Mais comment donc ! commenta Davis avec un étrange sourire en biais. Alors, qu'est-ce qui s'est passé ?

— Je n'y suis pas allé encore.

— Eh bien, vas-y. C'est un bon truc. Tu repères bien les lieux, t'essayes de voir où il planque son flingue.

— Son flingue ? Je ne crois pas que Frank soit armé.

— Non ? Je serais vachement surpris s'il l'était pas, dit Davis. Il engloutit le dernier des pâtés impériaux et avala une nouvelle rasade de whisky.

— Et les deux autres zigotos avec qui il traîne ? McDonald et Wuuri ? Il les voit régulièrement ou quoi ?

— Eh bien, ils sont du I.W.W., je crois, mais j'ai l'impression que ce ne sont pas des adhérents réguliers. Il ne parle jamais d'eux. Ce sont simplement des mineurs. Si le syndicat passe, je suppose, ils deviendront des responsables. Ce sont ses contacts ici, à mon avis. En général, il prend le café avec eux le matin, chez Harrington's, vers huit heures. Ensuite, ils partent chacun de son côté et s'ils se revoient de nouveau dans la journée, moi, je n'en sais rien.

— Et le soir ?

— Pas que je sache, dis-je en sirotant mon whisky.

En fait, tout ce que je savais sur McDonald et Wuuri, je le tenais de Sean. Je ne les avais jamais vus, en réalité, ne leur avais jamais parlé. Je me rendais compte maintenant que j'aurais dû. Je décidai de les rencontrer le plus vite possible, dès le lendemain.

— Tu sais ce qu'ils font, hein ? demanda Davis. Ils comptent contrôler l'élection à la réunion syndicale. McDonald et Wuuri, et sans doute quelques mecs qu'ils ont racolés et qu'ils payent, seront là, prêts à approuver tout ce que Little dira et à gueuler pour couvrir la voix des autres. Ils feront la claque pour Little et empêcheront les autres de parler. Ça s'appelle militer. Si y a un malheureux pékin qui fait des objections, ils le foutent dehors — s'ils l'ont pas déjà repéré et empêché d'assister au meeting.

J'étais choqué, mais soupçonnais une part de vérité dans les allégations de Davis. Ce genre de comportement pouvait exister, un comportement qu'un révolutionnaire convaincu pouvait adopter et justifier dans sa poursuite obsessionnelle de l'idéal. Je me rappelai la vanne lancée par Frank ; les révolutions ne se font pas avec de l'eau de rose. Davis coupa court à mes réflexions :

— Et ce gros couillon de Paton ? fit-il. Tu tringles sa bourgeoise ?

— Quoi ? Oh, non, absolument pas ! Sean s'est montré très serviable. C'est lui qui m'a présenté à Frank.

— Alors, tu t'en es payé une tranche à Hot Springs ?

— Tu étais au courant ? Ah oui, c'était pas mal.

Je n'avais aucune idée de ce que Davis pouvait savoir. Avait-il appris la présence de Sheila là-bas ? Ou alors, ses espions lui avaient peut-être signalé que nous étions revenus ensemble à Butte. Je penchais plutôt pour cette explication. J'imaginais mal Davis me faisant surveiller de près, mais enfin il était bien probable que n'importe quel type de l'Agence me repérant n'importe où en ville, en particulier aux alentours d'une gare, transmettait le renseignement.

— Bon. Tant mieux. C'est vrai, j'suis content de savoir que tu te plais bien ici. Un peu de blé, ça aide, pas vrai ? Eh bien, y en encore pas mal à toucher. Beaucoup, même.

— Sans blague ?

— Ouais, je te jure. Qu'est-ce que tu dirais de mille dollars ?

C'était en dehors de la réalité pour moi. Mon salaire de base était de vingt-cinq dollars par semaine. J'avais aussi des notes de frais, mais jamais autant que les deux cents dollars que Davis m'avait refilés la semaine dernière. Il m'en restait encore une bonne partie, malgré mes dépenses du week-end. Mille dollars, pour moi, c'était trop d'argent. Je ne pouvais m'empêcher de me demander ce que je devrais faire pour remporter un pareil pactole.

— De quoi se payer une voiture, enchaîna Davis, et pas un simple Model T, en plus.

— L'Agence va payer mille tickets ? C'est ça le bonus dont tu parlais ?

— Ouais, c'est un bonus. Et non, c'est pas l'Agence qui paye. L'Agence a jamais filé mille tickets à personne pour quoi que ce soit. Quelqu'un d'autre raque, pour un petit boulot en plus.

— Quel genre de boulot ? je demandai, soupçonneux. On m'a pas parlé de ce boulot-là. Le Vieux est au courant ?

— Disons plutôt que le Vieux sait, mais sans savoir. Tu vois le topo ? Non, le bonus, c'est strictement en dehors.

Je ne pigeai pas et le lui dis.

— Bon, alors, qu'est-ce que tu penses de ça ? Le Vieux est au courant, mais c'est pas un truc qu'il a envie de savoir. Si tu fais quelque chose pour quelqu'un d'autre, et que ça implique pas directement l'Agence, alors le Vieux est d'accord, pourvu qu'on puisse pas remonter jusqu'à l'Agence.

— Tu veux dire s'il y a un pépin.

— C'est bien ça, petit. Sauf qu'y peut pas y avoir de pépin. Je te donne ma parole. C'est même pas un boulot en plus. Et boum ! Mille talbins en plus pour le môme !

Le mot me plaisait, surtout associé magiquement à « mille ». Mille dollars évoquait déjà de multiples possibilités, mais « talbins » déclencha dans ma tête un véritable carillon de fête !

— Quel, euh... quel genre de travail peut bien valoir un millier de ces trucs ? De ces talbins ? demandai-je.

— C'est pas vraiment un travail, je veux dire, c'est pas comme si t'étais un mineur sous contrat, ou je ne sais quoi, dit Davis. C'est plutôt une façon « d'exercer tes fonctions régulières, en tant qu'agent ».

Davis parodiait une directive de l'Agence.

— Encore que je dirais plutôt des fonctions irrégulières. Un prolongement de ton travail régulier. Un prolongement logique, disons. Seulement cette fois, au lieu de filer le mec aux flics, on règle le problème soi-même.

J'aurais voulu que Davis explique carrément de quoi il s'agissait, mais il en semblait incapable, et bizarrement, je ne pouvais me décider à insister. Comme si j'avais su, en un sens, où Davis voulait en venir et répugnais à l'entendre l'exprimer par des mots, comme si le sujet était tabou. Et pourtant, il fallait bien dire quelque chose, clarifier, si possible, la situation.

— Le problème, déclara enfin Davis, c'est que Little doit disparaître.

Je me sentis presque soulagé, bien que ce que ça signifiait me remplisse d'effroi.

— Qu'est-ce que tu veux dire, « disparaître » ? demandai-je, aussi calmement que je pus.

— On m'a dit que t'étais un malin, petit. Paraît aussi que t'as pas froid aux yeux.

Il parlait d'une voix neutre, monocorde, comme s'il lisait un texte.

– Pour moi, ça signifie deux choses, ou t'es dans le coup ou t'es pas dans le coup. Quant aux mille tickets, disons que c'est seulement un début. Y pourrait y en avoir davantage, selon la façon dont ça tourne et dont tu t'y es pris. Alors, qu'est-ce que t'en dis ? T'es dans le coup ou pas dans le coup ?

Je ne savais pas quoi répondre, mais je savais que je devais dire quelque chose. L'idée de répondre « pas dans le coup » me perturbait. Je savais que Davis ne serait pas content. « Dans le coup », en revanche, avait une signification nébuleuse. Dans quel coup ? Ce n'était pas clair. Il me laissait la possibilité de revenir plus tard sur ma décision, si l'affaire me déplaisait. Ou du moins, il me le semblait.

– Si tu veux dire que tu vas chasser Little de Butte et que tu as besoin de mon aide pour ça... alors, je suppose que je suis dans le coup, dis-je. Du moins, si tu es... je veux dire, si je ne...

Davis leva une main pour couper court à mon bafouillage et son visage se fit solennel.

– Écoute, petit, si t'es dans le coup, t'es dans le coup. On peut pas faire marche arrière dans une affaire comme celle-là. Y a d'autres gars impliqués et faut que je les protège. Je peux pas entendre ce genre de conneries, oui, je suis, non je suis pas. Un homme doit prendre sa décision, pour que d'autres hommes sachent qu'ils peuvent compter sur lui. C'est comme ça que ça fonctionne et c'est comme ça que ca va se passer.

– Eh bien, si tu as d'autres gars... pourquoi moi ?

– C'est des types bien, des types sur qui je peux compter. Mais y a des trucs qu'y peuvent pas faire. Je pourrais peut-être me passer de toi, mais ça nous ferait perdre du temps, et on n'en a pas tellement. Et puis surtout, je sens que tu es le type dont j'ai besoin, si tu es ce que je crois. Alors maintenant, tu es fixé. Qu'est-ce que tu décides ?

— D'accord, dis-je, en retenant un soupir.

— Bien, parfait, acquiesça-t-il vivement, j'ai toujours su que tu me ferais pas faux bond. La dernière fois qu'on s'est vus, on a parlé de dynamite. Eh ben, faut plus y penser, à la dynamite. C'est terminé. Le problème, c'est que Little lui-même, c'est de la dynamite ambulante. Le vote du syndicat, ça veut rien dire. De toute façon, ce nouveau syndicat, Little le fera virer au Rouge. Et la Compagnie, elle en a plein le dos des syndicats — comme tout le monde — mais elle peut faire avec, tant qu'y sont pas trop radicaux. C'est avec les Rouges qu'y peuvent pas traiter. Les Rouges, y foutent partout le bordel, tu comprends ? Si les Rouges s'emparent du syndicat, toute la colline va s'enflammer et un tas d'innocents vont trinquer. Little, il les hypnotise, les gars. Ils écoutent pas vraiment ce qu'il dit, ils s'figurent seulement qu'y sait de quoi il parle parce que ça sonne bien. Ils le suivent comme des moutons. Et c'est pour ça qu'il doit foutre le camp.

Davis s'était exprimé d'un ton ferme, avec la conviction d'un homme d'expérience. Je songeai qu'il avait raison. D'après ce que j'avais entendu dire, Butte avait déjà connu beaucoup de violence durant sa brève histoire. Comme toutes les villes minières, depuis les mines de charbon en Pennsylvanie jusqu'aux mines d'argent dans l'Idaho, et les syndicats avaient joué un rôle. Qu'ils aient déclenché l'agitation importait peu, en réalité. Quand de la dynamite explosait, il en résultait des destructions aveugles. Je souhaitais parfois qu'ils mettent fin à leur agitation, quelle que fût la justesse de leur cause. Les résultats étaient trop douloureux.

— Qu'est-ce que je fais ? demandai-je.

— J'ai besoin de quelqu'un à qui je puisse faire confiance, dit Davis. Cette ville grouille de mecs qui seraient prêts à buter Little pour le prix d'une canette de bière, mais j'en ai pas besoin, de ceux-là... Ce qu'il me faut, c'est un type qui garde son sang-froid, qui peut recevoir des ordres et les exécuter. Un type qui peut contrôler les gros bras et les cervelles ramollies. Et en plus, un type qui me permette d'approcher Little.

À cette dernière phrase, mon cœur se serra.

— Un donneur, dis-je, sinistre. Je me versai une autre rasade de whisky et l'avalai cul sec. Mon moral ne remonta pas pour autant.

Davis haussa les épaules.

— Je ne dirais pas ça. Ce qu'il faut, c'est donner une leçon à Little. Faut qu'y comprenne que Butte, c'est un endroit malsain pour lui. Je pensais qu'il aurait pigé l'autre soir avec le cow-boy, mais il avait trop de sympathisants autour de lui. Tu as dû en entendre parler.

— Je suis tombé sur cette scène par hasard, dis-je.

Les yeux de Davis se rétrécirent et sa petite bouche se pinça en une moue pensive. Je sentais qu'il était en train de me jauger, essayant de savoir jusqu'à quel point il pouvait se fier à moi.

— J'ai besoin de quelqu'un qui l'aiguille dans la bonne direction, dit-il. J'aurai quelques gars, une bagnole. On l'emmène faire un tour, on lui file quelque conseils d'ami et on le dépose quelque part sur la route. Après ça, poursuivit Davis, faudra que tu quittes la ville toi aussi. Ça chauffera un peu trop pour toi. La clique de Little va pas être contente quand elle apprendra son départ. On essaiera de pas te mouiller dans tout ça, mais on peut pas savoir. Ils vont chercher un responsable et tu feras très bien l'affaire. Le mieux, ça serait que tu prennes le train de Spokaloo jusqu'à Portland, et ensuite que tu descendes à Frisco. L'Agence de Frisco sera là pour t'accueillir et ils s'occuperont très bien de toi. Tu te plairas, à Frisco, petit. C'est une vraie ville, pas un patelin sinistre comme ici.

— Le cow-boy était donc un agent, dis-je.

— C'était pas évident, remarque.

— Frank a pris ça à la légère, tu sais, bien qu'il se soit fait salement tabasser. Qu'est-ce qui te fait croire qu'il prendra pas ça aussi à la légère ? Est-ce que ça ne va pas aggraver la situation ? Il pourrait y avoir du grabuge.

— Il prendra pas ça à la légère, t'en fais pas. Il sera dans le même train que toi. Tu pourras peut-être lui payer une bière au bar. Tu seras plein aux as. De toute façon, y va pas traîner dans le coin, mais je lui paierai pas son billet, non plus. Et si, par hasard, il s'obstine à rester, t'auras pas envie d'être ici. Tu piges ?

Je pigeais, mais mon esprit était en ébullition. Pourquoi fallait-il que ça arrive ? Le job avait paru correct, et assez simple. Jouer les taupes, infiltrer un mouvement, c'était intéressant, excitant même, mais attirer un homme dans un piège... On pouvait appeler ça comme on voulait, c'était quand même une trahison. Au mieux, Little allait en baver. Ça pouvait être n'importe quoi, depuis lui tordre un bras et le menacer du pire, jusqu'à lui briser vraiment les os et lui faire cracher ses dents. Little pouvait être sérieusement amoché.

Une nausée me prenait aux tripes. Peut-être à cause du mélange de pâtés impériaux, de sauce piquante et de whisky, mais je l'attribuai plutôt à toute cette salade. Frank Little, je le savais, était un homme de conviction et de courage. On pouvait lui briser les os, mais nulle menace ne pouvait entamer sa détermination.

— Pourquoi elle fait ça, la Compagnie ? demandai-je. Si Frank est tellement dangereux, s'il représente une menace pour la sécurité publique, pourquoi les flics ne viennent-ils pas l'arrêter pour le fourrer en prison ?

— Y demandent que ça ! dit Davis. J'en ai parlé avec un des pontes au Sixième Étage. Il dit qu'ils sont allés trouver le D. A, un certain Wheeler. C'est quasiment un Rouge lui aussi ! Écoute-moi ça : Wheeler dit qu'y peuvent rien contre Little, parce qu'il a enfreint aucune loi ? T'as déjà entendu pareille connerie ? La Loi peut rien contre ce fumier de coco tant qu'il a pas renversé le gouvernement ! Et après, bien sûr, ce sera trop tard. Y aura plus de loi du tout.

Je ne comprenais pas.

— Je t'explique, petit. Little est un traître, pas vrai ? Tu l'as entendu, crachant sur le pays, crachant sur le drapeau, crachant sur la Guerre. Il est contre tout : le Président, le Congrès, les soldats — contre nos propres soldats ! Il est contre une grande Compagnie qui est venue s'installer ici à grands frais et en prenant beaucoup de risques, et qui a créé une industrie là où il y avait que dalle, de la merde d'ours, des buffles et des Indiens, une industrie qui fournit du travail et des foyers et de quoi vivre à des milliers de mineurs et à leurs familles. La vérité vraie, c'est qu'il est contre l'Amérique. Un homme est libre, ici, pas comme sur le Vieux Continent. Un gars qui se mêle de ce qui le regarde, et travaille dur, il peut devenir quelqu'un. Merde, il peut même être président si ça lui dit. On peut pas faire ça, sur le Vieux Continent. Là-bas, un gars peut bosser aussi dur qu'il peut, y reste jamais qu'un pauvre merdeux. Les rois et les ducs et les autres, y font la loi. Ici, personne emmerde un gars ou sa famille. Sa maison, c'est son royaume. Personne lui dit ce qu'il doit faire. S'il veut lâcher son boulot et partir dans une autre ville ou un autre État, où y pense que peut-être y réussira mieux, tout le monde s'en contrefout. Il est libre, tu piges ? Et maintenant, qu'est-ce qui se passe si les communistes s'installent ? Ils renversent le gouvernement. Plus d'élections, plus de boulot. Résultat, c'est l'anarchie. C'est le nom qu'ils donnent au système et ils en sont fiers en plus ! Tu sais ce que c'est, l'anarchie ?

Perplexe, je secouai la tête. J'avais déjà entendu ce mot, mais je n'étais pas très sûr d'en avoir saisi le sens. Frank Little parlait parfois de l'anarchie, mais j'avais eu l'impression que Frank n'était pas en faveur de l'anarchie. J'avais sans doute mal compris.

– L'anarchie, c'est quand tous les gens cavalent dans tous les sens comme des dingues, expliqua Davis. C'est la populace, l'émeute. Prenons un exemple : est-ce que tu sais comment exploiter une mine, un haut fourneau ? Non, bien sûr. Et l'un ou l'autre de ces mineurs, il sait, en dehors de son propre boulot ? Bon Dieu non ! Tu saurais comment diriger une compagnie de chemin de fer ? Tu as les capitaux, la braise, le savoir-faire pour l'investir afin de démarrer une mine ou une compagnie de chemin de fer ? Il faut du pognon et du chou. Alors, comment y va fonctionner, ce pays, si une bande de cocos et d'anarchistes prennent le pouvoir ? On reviendra au temps des cavernes. Pas de chemin de fer, pas de télégraphe ou de téléphone, pas d'électricité, pas de mines, pas de lois. Y savent diriger tout ça ? Me fais pas rigoler. Allons donc, y pourraient aussi bien être une bande de macaques, comme dirait ce vieux Darwin. Et la religion ! Y peuvent pas sacquer la religion ! Y croient à rien, qu'à eux-mêmes. Regardons les choses en face, j'suis pas tellement pour la religion moi non plus, mais n'importe qui peut constater que ça a du bon, surtout pour les mômes et les bonnes femmes. Ça apprend comment se conduire et ce qui est bien.

J'acquiesçai d'un signe de tête. Ma mère était très portée sur la religion et dans ma famille, il y avait des prêtres et des diacres.

— Laisse-moi te donner un exemple, enchaîna Davis, emporté par le sujet.

Ce n'était pas sa façon de parler habituelle, je trouvais, mais il estimait sans doute qu'il fallait éclairer ma lanterne et il prenait un certain plaisir à philosopher. J'eus l'impression qu'il s'épatait lui-même de voir ses idées s'agencer si étroitement et produire une logique. Peut-être avait-il à l'occasion réfléchi à ce genre de problèmes à ses moments perdus, par exemple quand il passait de longues heures à surveiller la maison d'un suspect, et maintenant, il se lançait dans un grand laïus.

— Disons qu'un gars rapplique chez toi une nuit et sans aucune raison décide de te buter, de piquer ton fric et peut-être de baiser ta bourgeoise. Ou même de tuer tes mômes. Qu'est-ce qui va l'en empêcher ? La loi et la religion. Mais si y a ni loi ni religion, qu'est-ce que tu peux faire, hein ? Y a plus de loi, si l'anarchie s'installe. Frank Little et sa clique ont supprimé les lois et se sont débarrassés des flics. Maintenant, c'est eux, la loi. Est-ce que Little va te donner un coup de main ? Peut-être... si t'as la chance d'être son pote. Mais si c'est pas le cas... enfin, tu vois comment ça se passe.

Cette diatribe décousue me chamboulait la cervelle. Je n'essayais même pas d'y voir clair.

— Alors, qu'est-ce qu'on fait ? demandai-je. On le descend ?

— Si c'était aussi simple, ça serait chouette, pas vrai ? Mais vaut mieux pas. On veut pas faire de prétendus martyrs. Ce qu'y faut, c'est qu'il fiche le camp. Comme ça, c'est comme si les gens en avaient eu marre de l'entendre déconner et exciter la racaille. En ce moment, y parlent de faire une loi anti-sédition, qui permettrait d'arrêter ces zèbres pour dénigrement du pays et de les foutre en taule pendant quelques années jusqu'à ce que tout le monde les ait oubliés. Mais y se contentent d'en parler et va savoir combien de temps ça prendra pour passer cette loi, à supposer qu'ils la passent. Non, le mieux, c'est de faire croire que les Vigilants l'ont fait filer.

Je n'avais jamais entendu parler des Vigilants. Davis m'expliqua que c'était un groupe d'honnêtes citoyens de la région qui, une quarantaine d'années auparavant, en avaient eu marre des bandits qui attaquaient les diligences, ou des hors-la-loi, et ils avaient décidé de « faire le ménage ». Les Vigilants opéraient de nuit, attrapaient les coupables et les pendaient, avec un billet placardé sur leurs cadavres, où on lisait : « 3-7-77 ». Ces chiffres mystérieux, disait-on, désignaient une tombe, de trois pieds de large, de sept pieds de long et de soixante-dix-sept pieds de profondeur.

— Ils les pendaient, comme ça ? Sans procès, sans rien ? demandai-je.

— Ils organisaient une sorte de procès, sans descendre de cheval, répondit Davis avec un vilain sourire. Y en avait qui se contentaient de les tartiner de goudron et de plumes avant de les chasser de la ville. Tu comprends, y avait pas de lois à l'époque. C'était le Far West. Un peu l'anarchie, on pourrait dire, sauf qu'on n'en était quand même pas là. En fait, d'après ce que je sais, un des pires hors-la-loi, c'était le shérif en personne. Ils l'ont pendu. Les gens, tu vois, étaient obligés d'agir par eux-mêmes. Et c'est un peu le cas maintenant. On a des types comme ce coco, Wheeler, qui est censé être District Atttorney, mais y fera rien. Frank Little, tu sais, y s'en fout, de la loi. Tu l'as entendu. Tu l'as entendu parler, les bandits, ce sont les flics. D'après lui, toi et moi, on est pire que les flics.

Davis se pencha en arrière sur son siège et alluma un cigare particulièrement fort. Il nous servit à tous les deux une nouvelle rasade de whisky, avala la sienne cul sec, puis emplit à nouveau son verre. Il demeura un moment silencieux, l'air pensif, avant de reprendre la parole.

– Je fais ce genre de boulot depuis un sacré bout de temps, petit. La Loi, dit-il, avec une sorte de vénération. Y m'est arrivé une ou deux fois de l'enfreindre. J'en avais pas envie, mais je l'ai fait. Pour pouvoir attraper un escroc. Les flics, des fois, ont les mains liées, jusqu'à ce qu'ils aient vraiment des preuves contre un malfrat. Et c'est dans ces cas-là que l'Agence intervient. On est un peu comme les flics, sauf qu'on fait des trucs qu'y peuvent pas faire. Et on peut découvrir des indices qui leur échappent complètement. Des fois, on peut coincer le malfrat avant qu'il tue quelqu'un ou qu'il dévalise une banque. Je sais. Ça m'est arrivé. Et si c'est fait au service de la Loi, dans l'esprit de la Loi, alors c'est valable. Même la Cour Suprême l'a dit. Et c'est un peu ce qui se passe ici. Prends ce Little, par exemple. Il est bien pire que n'importe quel malfrat. La plupart des escrocs, y se contentent d'enfreindre la loi. Lui, il veut la supprimer complètement ! Avant qu'il en arrive là, y aura pas seulement un type tué, mais des douzaines, des centaines ! Et y aura des femmes, des mômes, des bébés tués aussi ! Un type comme Little, y peut démolir un pays tout entier. Faut absolument l'en empêcher !

La véhémence de Davis m'alarmait. Je n'aurais jamais soupçonné ce flegmatique enquêteur capable d'une telle passion.

— Bon, très bien, dis-je, pour essayer de le calmer. C'est seulement l'idée d'une bande de gars s'attaquant à un seul qui ne me plaît pas. C'est un guet-apens.

— Je dirais pas ça. C'est comme de tuer un serpent, répliqua Davis. Quand tu vois un crotale, t'attends pas qu'il attaque. Tant qu'il agite sa sonnette, c'est pas dangereux, mais c'est un avertissement. De toute façon, on en viendra pas là.

Davis renonça à sa métaphore. Il craignait peut-être que je ne sois pas aussi dur à cuir qu'il l'avait cru.

Il aiguilla la conversation dans une autre direction, plus générale. Il parla de nouveau du travail de détective, qui semblait souvent louche, déplaisant, mais n'en était pas moins excitant, aventureux. Et essentiel, dans un monde où le mal était omniprésent.

Le crime, philosophait-il, était une constante. Il décrivait la police et leur alliée, l'Agence, comme des soldats de la Loi, des chevaliers en guerre contre le déferlement du mal. Il vit bien que je répondais à cette métaphore et il la développa, utilisant le thème de la guerre en Europe. Les Huns, disait-il, étaient de purs criminels. Les Démocraties étaient une police. Little, avec ses idées importées de l'étranger, était de mèche avec les Huns, par voie de conséquence.

Il s'aperçut soudain qu'il s'était aventuré trop loin, en terrain dangereux. Il était pour le moins étrange d'assimiler le communisme à un régime réactionnaire comme celui du Kaiser. Ces deux-là n'étaient pas précisément comme cul et chemise, mais je ne soulevai aucune objection. Je devais quand même avoir l'air un peu sceptique, et Davis, du coup, laissa tomber. De toute façon, il en avait marre de philosopher. C'était terriblement compliqué.

– Alors, où on en est ? demanda finalement Davis. T'es dans le coup ?

– Je suis dans le coup, bien sûr, mais, comme je disais, j'aime pas l'idée d'attirer quelqu'un dans un piège où une bande de gars va peut-être l'esquinter.

– Tu remets toujours ça sur le tapis, se plaignit Davis, mais ça se présente pas comme ça. C'est pas comme si Little était un agneau ou je ne sais quoi. Écoute, on veut simplement lui parler. On va tellement lui mettre les points sur les i que même lui il va piger. Après, ça sera à lui de décider. Ce sera son propre choix, en fin de compte, et c'est mieux que ce qu'il donne à ces pauvres connards. Il peut s'en aller sans faire d'histoire ou il peut refuser. De toute façon, t'auras pas besoin d'être là. Une fois que tu l'auras amené à l'endroit que je choisirai, on prendra l'affaire en main et tu pourras te tirer à Spokaloo.

– C'est quoi, ce Spokaloo dont tu parles tout le temps ?

– Spokane. Et de là, Frisco. Et oublie pas, t'auras mille biffetons en poche. Un beau gosse comme toi, y peut vraiment se payer du bon temps à Frisco avec ce genre d'oseille.

Il me dévisagea avec attention durant un moment, puis secoua la tête.

– Tu as toujours des doutes, hein ? Bon, d'accord, d'accord. Réfléchis quand même. Je vais te dire quoi. Mon plan est pas encore arrêté, mais faut battre le fer pendant qu'il est chaud, avant que la situation nous échappe complètement. Sans doute avant l'élection du syndicat. Retrouve-moi ici demain soir, une fois la nuit tombée. Je te donnerai les détails et faudra alors me dire si c'est oui ou non.

J'acquiesçai d'un signe de tête et après avoir sifflé encore deux whiskies, je me levai pour partir.

— Hé, tu veux pas manger ? demanda Davis.

— Je n'ai plus faim, répondis-je. La seule idée de manger me donnait la nausée. J'avais besoin d'air frais.

— Écoute, c'est moi qui régale. Non ? Comme tu veux. Je vais te dire quoi : parle à Little. Pose-lui quelques questions sur les trucs dont on a parlé. Vois ce qu'il a à dire pour sa défense. Ça te rendra malade !

J'opinai du bonnet et sortis dans la nuit froide. Il y avait un million d'étoiles, mais elles me parurent horriblement floues. J'avais avalé trop de whisky, trop de bavardage. Les mots prononcés par Davis bourdonnaient dans ma tête comme des abeilles. Je pris plusieurs profondes aspirations et quand je me sentis mieux, je mis le cap sur le Big Ship.

CHAPITRE 10

On ne se souvient pas d'une gueule de bois. C'est le genre de truc qu'on veut oublier le plus vite possible, c'est d'ailleurs sans doute ce qui explique l'alcoolisme. En général, on a déjà oublié vers le milieu de l'après-midi, ou même avant, quand on est jeune. Mais je suis à peu près sûr que le lendemain, j'avais la gueule de bois. Je ne peux pas l'affirmer, mais je pense que c'était un de ces lendemain de cuite où on fait le serment solennel et sincère de ne plus jamais, plus jamais boire. Si je ne m'abuse, ce fut à cette occasion que je jurai de ne plus jamais toucher au rye whisky. C'était de l'Old Overholt whisky, j'en suis sûr maintenant. Et depuis, je n'ai jamais plus touché au rye.

C'était une merveilleuse matinée ensoleillée, mais je n'étais pas en état de l'apprécier. Pas question de boire du whisky, mais une bonne bière bien fraîche me semblait idéale. Je m'extirpai de mon lit bosselé du Big Ship, décidai que je ne pouvais vraiment pas affronter Dewey et le porridge, et sortis en douce pour gagner le centre de la ville. Le M & M était bourré de flambeurs et de cow-boys, de pochards, en avance (ou très attardés), et de mineurs à la mine inquiète. J'avais la tremblote. J'ingurgitai deux bières et me sentis mieux. Je fis une entorse à ma toute nouvelle résolution et m'autorisai un bourbon qui acheva de me guérir.

Je me rendis en baguenaudant jusqu'au Harrington et jetai un coup d'œil par la vitrine. Bien entendu, Frank était là, en grande discussion avec McDonald et Wuuri, et deux autres types que je ne connaissais pas.

En train de comploter, songeai-je. De décider d'une tactique pour noyauter la réunion syndicale. Impossible de savoir combien de temps ils allaient rester là. Je retournai au M & M, à la recherche de Sean. J'avais hâte de parler à Sheila.

Je me refusais délibérément à penser à la proposition de Davis. Trop tôt pour ça. Je parlerais d'abord à Frank et ensuite j'y réfléchirais. Je bus une autre bière, puis m'offris un copieux petit-déjeuner d'œufs et de saucisses de campagne, avec des frites arrosées de jus de viande, et des toasts. Repu, je me mis en route pour le Carré de Choux. La troupe habituelle de gamins dépenaillés chahutait dans les rues et il me sembla reconnaître parmi eux ceux de Sheila, mais je n'en étais pas sûr.

Sean vint m'ouvrir. Il parut content de me voir et m'incita à entrer. J'annonçai que j'étais venu chercher mon linge. Sheila n'était pas là. Sean ne m'offrit pas de thé, mais me taxa aussitôt une cigarette.

— Bon sang, t'avais raison, me déclara Sean. C'était pas aussi grave que je croyais. Ma bourgeoise était folâtre comme une jeune pouliche la nuit dernière.

Ce n'était pas précisément une bonne nouvelle.

— Et le gandin de Hot Springs, alors ? demandai-je d'un ton aigre.

— Écoute, on n'en a rien à foutre ! Probablement un mec qu'elle a rencontré par hasard et avec qui elle s'est un peu baladée. S'cuse-moi de t'avoir cassé les pieds hier soir. J'étais un peu énervé, c'est tout. Elle voulait seulement se montrer sociable, sans doute. Qui a dit qu'elle est allée plus loin ?

– C'est toi qui l'as dit.

– Tu l'as pas vue être autre chose qu'aimable, hein ? Y a pas quequ'chose que tu m'caches ?

– Non, je n'ai rien vu de spécial.

Je ne savais pas trop comment m'y prendre. Je n'avais pas envie d'attiser les soupçons de Sean, mais je m'étais réjoui à l'idée d'une entrevue avec Sheila, surtout si Sean nous laissait seuls. Mais tout semblait différent ce matin.

– Tu crois pas quand même que je devrais lui parler ? demandai-je. Je pourrais peut-être savoir s'il s'est passé quelque chose.

Sean eut un haussement d'épaules.

– J'vois pas comment, dit-il, et pour tout dire, j'suis pas sûr de vouloir savoir.

Il rougit.

– J'ai réfléchi, tu sais, et je crois que t'avais raison. Ça a jamais servi à rien de lui cogner dessus. Vaut p'têt' mieux que je laisse tomber.

J'étais content que Sean n'ait pas tabassé Sheila, mais sa complaisance devant son évident adultère m'irritait. J'avais compté la voir et lui parler. En fait, je trouvais même maintenant que c'était urgent.

– Où est Sheila, au fait ? demandai-je.

– Elle travaille chez la veuve, dans Quartz Street.

Le lit à colonnes, pensai-je aussitôt.

– Enfin, c'est très bien comme ça. Tant mieux si tout est arrangé. Je te verrai plus tard. J'ai des trucs à faire, en ville.

– D'accord. J'viendrais bien avec toi, mais faut qu'je surveille les gosses.

Les gosses n'étaient nulle part en vue, mais je ne fis aucun commentaire. Je filai à Quartz Street et frappai à la porte de la cuisine. Au lieu de Sheila, ce fut une grosse bonne femme entre deux âges, avec un fichu sur la tête, qui vint ouvrir.

— Qu'est-ce que fous foulez ? demanda-t-elle d'un ton acerbe.

— Je cherchais Mme Paton.

— Fous lui foulez quoi ? Elle ogupée. Pas de temps pour betit ami. Fous lui barler une autre fois.

— Je ne suis pas son petit ami, madame, répliquai-je, m'efforçant de rester poli. Je suis un ami de son mari et il m'a envoyé ici. C'est au sujet d'un de leurs gamins.

— Ach, pon, dit la femme qui s'éloigna en marmonnant dans une langue étrangère après avoir soigneusement fermé la porte, me laissant dehors. Quelques minutes plus tard, Sheila sortit précipitamment, la grosse bonne femme sur les talons.

— Goody ! Qu'est-ce que vous faites ici ? demanda-t-elle, nerveuse, en regardant par-dessus son épaule.

— C'est Kevin, dis-je, en essayant par un froncement de sourcils de la mettre en garde.

— Kevin ? Kevin qui ?

— Kevin, votre gosse. Je viens de la part de Sean.

Sheila, déconcertée, me regardait, puis elle finit par comprendre.

— Oh, le petit Devin ! Il lui est arrivé quelque chose ? demanda-t-elle, réussissant à prendre un ton alarmé.

— Pas vraiment, dis-je. Je lui fis signe subrepticement et elle sortit dans la cour, laissant la porte se refermer derrière elle. La vieille femme haussa les épaules et se retira.

— Goody, qu'est-ce qui se passe, bon sang ?

Je souris.

— J'avais juste envie de te voir et cette vieille taupe se montrait vraiment indiscrète !

— Pour l'amour du ciel, chuchota-t-elle d'une voix sifflante, tu es saoul ? À une heure pareille ?

Elle renifla et ce qu'elle sentit ne lui plut pas.

— Je ne suis pas saoul, protestai-je. Je voulais seulement te voir.

Maintenant que je l'avais devant moi, je voulais bien être pendu si je me rappelais à quel sujet je voulais la voir. Mais elle était superbe. Un foulard protégeait ses cheveux et elle avait une trace de saleté sur la joue. J'avais envie de l'embrasser, ici même.

Elle parut le sentir et se permit un petit sourire aguicheur. Mais pour prévenir d'éventuelles oreilles indiscrètes, elle prit un ton anxieux pour demander :

— Qu'est-ce qui se passe ?

Sous cape, elle ajouta :

— La vieille dame se sert de notre lit ce matin. Je ne peux pas m'en aller, de toute façon.

— Il faut bien, dis-je, me rappelant soudain ce que je lui voulais. J'ai à te parler.

— Oh, ça ? Sean s'est calmé. Il m'a dit qu'tu m'avais « vue » à Hot Springs. Mais je lui ai vite fait oublier toutes ces sottises.

— Je t'en prie. Je ne veux pas le savoir.

— Excuse-moi, dit-elle, l'air contrit. Mais je ne peux pas partir d'ici. Madame Hekkonem, la gouvernante — d'un signe de tête, elle indiqua la cuisine — sera là toute la journée. Tu n'as pas reçu mon message, ce matin ?

Je ne l'avais pas reçu.

— Il faut que je te parle, insistai-je. Je vais peut-être m'en aller, bientôt.

— Oh, mon Dieu. Quand ? Où tu vas ?

— Je ne peux pas parler ici.

Elle réfléchit un instant, puis déclara :

— D'accord, il faut que je dise à madame Hekkonen que c'est au sujet de Devin.

— Je croyais qu'il s'appelait Kevin.

— Kevin, c'est le gosse des Mahoney, deux portes plus

loin, dit-elle. Le mien, c'est Devin. Ça veut dire poète, en gaélique. Il ne lui est rien arrivé ?

— Pas que je sache. La dernière fois que je l'ai vu, il s'accrochait à un tram dans Montana Street.

— Ah, ce petit... File, dit-elle. Je te retrouverai en haut des Jardins, notre place habituelle.

Vingt minutes plus tard, je me reposais sur un rocher, le souffle court, contemplant la ville. Je vis un tramway grimpant en direction du parc d'attractions et espérai qu'elle était dedans. Je me sentais mieux ici. L'air était frais et embaumé, bien que la chaleur fût écrasante en ville sous le soleil de juillet. Ici, les fleurs étaient épanouies et les montagnes revêtaient un aspect mystique au loin. Une brise légère caressait les pins et les trembles autour de moi et un gros faucon, ou un aigle, volait paresseusement au-delà du parc. Je me pris à souhaiter, en l'admirant, que les mineurs ne reprennent jamais le travail et ne remettent pas en route les hauts fourneaux.

La ville s'agrippait à la colline nue comme une maladie de peau, les constructions se fondant avec la lèpre des résidus chimiques en dessous des gigantesques structures industrielles, surmontées par les chevalements des puits, qui se dressaient, telles des potences. L'évocation de ce mot me fit frissonner.

Le linge voletait sur les étendages dans les arrière-cours, les voitures et les trams entraient et sortaient des garennes formées par des immeubles plus conséquents dans le centre. De cette distance, il n'était pas facile de distinguer les taudis des ouvriers des belles demeures des riches.

J'en avais soudain marre de Butte. L'envie me prenait de monter dans le prochain tram pour regagner la ville et de sauter dans le premier train en partance, quelle que fût sa direction. Je m'engagerais dans l'Armée et ne soufflerais mot à quiconque de ce qui m'était arrivé. Mais je savais bien que je n'en ferais rien. Pour une bonne raison, et je craignais que ce ne fût pas Sheila, cette raison. C'était le Vieux. Il faudrait que je quitte l'Agence, autrement dit, que j'envoie au moins un télégramme. Ce n'était pas seulement que Joe m'avait dit de ne jamais contacter le Vieux, bien que je comprisse la nécessité de cette consigne ; envoyer un télégramme, n'importe lequel, me désignait immédiatement comme un agent. La Western Union était censée respecter le secret de la correspondance, mais un enquêteur ne pouvait tabler là-dessus, pas dans une poudrière comme Butte. Non, le vrai problème, c'était ce qu'il convenait de dire dans ce télégramme.

Je ne voyais pas comment je pouvais expliquer au Vieux, dans un télégramme, pourquoi je quittais l'Agence sans avoir terminé ma mission. Le Vieux m'avait accueilli, m'arrachant pratiquement à la rue, et donné un vrai boulot, un boulot intéressant et qui payait bien. J'éprouvais du respect pour le Vieux, et même une certaine affection. Il avait été pour moi un père davantage que mon propre paternel. Le Vieux, c'était l'Agence. Il n'en était pas le fondateur, mais aux yeux du public, il incarnait le Grand Détective. Il était le confident et le protecteur des présidents américains. Grâce à lui, les autres agences étaient juste de simples agences, le tout-venant. C'était son leadership, sa vision qui avait amené la création du Service Secret. Durant de nombreuses années, il avait fait campagne pour la création d'un service ou d'un bureau national d'investigation, mais des esprits moins éclairés manifestaient encore une certaine réticence. Je me sentais fier, et même ému de le connaître, sans même parler du fait que je m'imaginais comme son protégé. Je n'osais même pas songer à sa réaction à l'idée que je puisse laisser tomber.

Je m'aventurais là en terrain dangereux, je le savais. Le Vieux était probablement au courant de l'affaire Frank Little, mais il ne pouvait pas y prendre part Je pouvais comprendre ça, en un sens. Je ne pouvais pas en vouloir au Vieux de se détourner d'une affaire aussi sinistre. Le Vieux m'avait expliqué que l'Agence n'avait pas à juger ses clients. Nous devions nous montrer objectifs, faire le travail pour lequel nous avions été engagés, et éviter... bon, éviter quoi ? De toute évidence, un enquêteur devait éviter précisément le genre de situation dans laquelle j'étais maintenant embringué jusqu'au cou. Mais était-ce bien pour cela que l'Agence m'avait engagé ? Comment ceci était-il arrivé ? C'était la faute de Joe, à mon avis. Joe avait embarqué l'Agence — en tout cas, lui et moi — dans un truc auquel l'Agence n'aurait pas dû être mêlée. Joe avait laissé entendre que le Vieux était d'accord, mais je me demandais ce que le Vieux, là-bas à Baltimore, savait exactement.

Je me demandais si je n'aurais pas dû alerter le Vieux et l'informer de la réelle tournure des événements. Mais comment ? Et d'ailleurs, je n'étais pas sûr de comprendre vraiment ce qu'était la situation. Elle correspondait peut-être à ce qu'avait dit Joe. Si seulement j'avais pu parler au Vieux. Mais je ne pouvais pas.

Ce qui me mettait le plus mal à l'aise, je m'en rendais bien compte, c'était l'impression d'être sur la corde raide, à trois mille kilomètres de chez moi. Je trouvais ça injuste, mais c'était peut-être ça, être livré à soi-même. Être un homme, c'était en partie accepter l'injustice.

Un détail m'intriguait particulièrement : Joe Davis, de toute évidence, avait été persuadé que j'étais homme à accepter l'idée de tendre un guet-apens à quelqu'un comme Frank Little. Je devais donc me poser la question : étais-je vraiment ce genre d'homme ? Jusqu'à ce stade de ma brève carrière, je n'avais jamais été mêlé à quoi que ce fût d'illégal, et certainement pas de violent. Je ne m'étais trouvé qu'une seule fois dans le pétrin, quand l'amant de la femme d'un client, furieux, m'avait apostrophé. Je lui avais filé le train afin de savoir où il habitait, et du même coup découvrir son identité. Je n'avais eu aucun problème dans le restaurant surpeuplé où il avait dîné avec la femme infidèle, mais après qu'ils s'étaient séparés, le gars s'était trimballé dans Baltimore, faisant les bars et les boutiques. Il se faisait de plus en plus tard, la foule s'était raréfiée, et en fin de compte, il ne restait plus que nous deux dans un tramway interurbain. Le type avait cru me reconnaître, mais en blaguant avec lui, j'avais réussi à le faire changer d'avis et pour finir, nous avions rigolé ensemble. J'étais descendu au même arrêt que lui dans un endroit désert et m'étais éloigné dans la direction opposée à la sienne après l'avoir salué d'un geste de la main, puis j'étais revenu sur mes pas. Je m'étais bien amusé, sans courir vraiment de danger, le gars n'étant pas du genre poids lourd. Et après tout, peu importait qu'il m'ait cru ou non.

Mais la situation actuelle me rendait malade, à moins que cette nausée ne fût tout simplement due à tout le rye que j'avais éclusé la veille au soir. Mon remède de cheval avait cessé de faire son effet et je rêvais toujours d'une bière glacée. Je fus tenté de revenir sur mes pas pour m'en offrir une. Mais je me contentai d'allumer une cigarette et essayai de réfléchir au pétrin dans lequel je m'étais fourré.

En réalité, selon toute évidence, j'étais inquiet pour Frank. Et si Frank refusait de partir ? S'il résistait à David et à ses gros bras ? Je redoutais que Frank se bagarre et que Joe réagisse en sortant son flingue. Il risquait même d'abattre Frank !

Et, brusquement, la situation m'apparut nettement. Comme si le projectionniste avait fait le point. Dès que la clarté se fit dans ma tête, je compris que j'avais essayé de ne pas voir les choses en face. Cependant, je refoulai la vérité pour le moment, et m'efforçai de me concentrer sur ce que Joe avait dit.

Joe avait esquissé un vague scénario selon lequel je devrais attirer Frank quelque part, loin de ses amis, sous prétexte de lui faire rencontrer un personnage important. J'évoquais une rue solitaire, un entrepôt vide. Quel personnage pouvais-je proposer à Frank ? Je réfléchis calmement à ce problème. Et j'eus une brusque illumination : Burton Wheeler, le District Attorney. Je suggérerais un accord éventuel avec les propriétaires de la mine, Wheeler servant d'intermédiaire digne de confiance. Quelle bonne blague ce serait ! J'avais dans l'idée que ça pourrait marcher et je me félicitais d'y avoir pensé. Joe Davis rirait de son petit rire plein de fiel, lorsque je le lui dirais. Il serait ravi.

Et ensuite, me demandais-je. Une rue déserte. Un entrepôt. Une ruelle. Joe et sa clique qui attendent. Frank et moi nous avançons dans la ruelle. Il fait nuit, un seul lampadaire peut-être est allumé un peu plus loin, sinon rien qu'une obscurité dense. Combien d'hommes seraient postés là ? Joe allait-il s'avancer à la lumière ou bien dirigerait-il les opérations dans l'ombre ? Disons qu'il avance d'un pas.

Frank est alarmé. « Où est Wheeler ? », dit-il. Davis rit, froid comme le marbre. Il brandit un flingue. Les autres apparaissent. Eux aussi sont armés, ou peut-être ont-ils seulement des massues.

Je frissonnais sous le soleil brûlant. En un sens, les matraques sont plus menaçantes et terribles que des pistolets, qui ont un aspect plus mécanique. Un homme tenant une matraque semble plus susceptible de s'en servir brusquement. Les pistolets, tout le monde sait qu'on peut se contenter de les brandir pour impressionner l'autre. Pas besoin de tirer. Rien n'attire autant l'attention qu'un coup de feu.

Je me forçai à tenir le coup jusqu'au bout, à visualiser la scène.

Disons que Davis menace Frank. Il lui dit qu'il doit partir. Frank se met à rire, dit à Davis d'aller se faire foutre. Un des gros bras lui flanque son poing dans la gueule. Frank se défend, exactement comme il l'avait fait avec le cow-boy. Je me rappelai nettement cette scène, le sang, les cris, le bruit des coups, Frank se protégeant la tête avec ses bras.

Soudain, un tueur — Joe ? — s'avance et tire. Frank titube. Il me regarde, stupéfait, accusateur, la vie jaillissant avec son sang de ses blessures. Il fait un pas dans ma direction, les bras tendus, mais n'arrive pas jusqu'à moi. Il s'écroule dans le caniveau, son sang se mêlant à la pluie (il pleuvrait sûrement).

Je regarde, horrifié, le corps écroulé un peu plus loin et je vois… le tueur.

En cet instant précis, assis sous les pins au flanc de la colline ensoleillée, tout devint parfaitement clair pour moi. Je compris que le tueur aurait toujours son arme à la main et que je devenais une menace pour sa sécurité, pour sa vie même. Et même s'il n'y avait pas de tueur…

J'étais pétrifié. Oublié le soleil brûlant, oubliés les Jardins de Columbia, ce paradis fantoche de plaisirs et d'amusements. Je levai la tête vers le ciel. Il était si limpide et d'un bleu si intense. Jamais tout au long de ma jeune existence, je ne m'étais senti aussi seul.

Où donc se trouvait ce Butte, ce Montana ? C'était si loin de tout ce que j'avais jamais connu. Qu'est-ce que je foutais ici ?

Supposons que le tueur me laisse partir. Supposons que Joe Davis me file vraiment les mille talbins. Supposons même qu'ils me laissent monter dans le train pour Spokaloo. Un télégramme n'ordonnerait-il pas au shérif d'une ville quelconque le long de la ligne — Dear Lodge, disons, ou Missoula — d'arrêter l'assassin de Frank Little ? Y aurait-il un témoin pour dire que Goodwin Ryder était le dernier homme à avoir vu Frank Little vivant ? Qu'ils avaient disparu tous deux dans l'obscurité, avançant en direction du lieu où le corps avait été retrouvé ? Joe Davis serait-il toujours dans les parages de Butte ? L'Agence me défendrait-elle ? Le Vieux allait-il surgir et assumer ses responsabilités ?

Je me secouai et éclatai d'un rire nerveux. Merde, me dis-je, tu es assis là à te foutre une trouille de tous les diables. Quelle imagination ! Trop d'imagination. Ma mère me l'avait toujours dit. Elle affirmait que j'allais sûrement devenir romancier en grandissant, avec toutes les histoires que j'avais à raconter. Elle m'appelait son « petit Dickens ». Je faillis encore éclater de rire.

C'était tellement ridicule. Selon le scénario que j'avais échafaudé, on aurait pu croire que c'était à moi qu'ils en avaient, pas à Frank. C'était Frank qu'ils visaient, me persuadai-je. D'une main tremblante, j'allumai une cigarette. Joe avait dit qu'ils ne voulaient pas de martyrs. Ce qu'ils voulaient, c'était chasser Frank de Butte, simplement. Frank ne serait pas amoché, enfin, pas mortellement… non, ce n'était pas ce que je voulais dire.

De toute façon, je ne voyais pas l'avantage que pouvait avoir la Compagnie à esquinter, enfin, à l'esquinter vraiment... bon, d'accord, à tuer Frank. D'ailleurs il n'avait rien d'un imbécile. Il verrait bien qu'ils ne plaisantaient pas et il se taillerait... rapidos. Ensuite, bien sûr, il reviendrait, clandestinement, poursuivre son rêve dément de nouvelle révolution américaine. Frank n'était pas né de la dernière pluie. Il avait sans aucun doute affronté de nombreuses fois ce genre de situations. On fiche le camp, on revient, et on essaye de nouveau. Inlassablement.

Mais je me rappelais ce que Frank m'avait dit : il n'y avait, semblait-il, aucun avantage à tuer le Gouverneur Steunenberg en Idaho. Et pourtant, McPartland avait pratiquement passé un nœud coulant autour du cou de Big Bill Haywood.

Je me levai et m'étirai, essayant de m'éclaircir les idées. Où donc était cette femme ? J'avais salement besoin d'elle. J'étais jeune, me disais-je, et j'avais encore beaucoup de temps devant moi pour profiter de la vie. Je n'allais pas me laisser abattre par ce petit problème. Un gars, bien sûr, ne pouvait pas ignorer le danger. De toute évidence, il y avait certains aspects du métier de détective auxquels je n'avais pas songé. Eh bien, il était temps d'y réfléchir. Il était temps de grandir. Je n'étais plus un môme. Il était temps de devenir un homme. De maîtriser mon avenir. Un homme était parfois appelé à accomplir contre son gré des actes qu'il désapprouvait. Mais il lui fallait se montrer coriace. Le fait qu'un vieux pro comme Joe Davis se soit adressé à moi en ce moment signifiait qu'on commençait à me prendre au sérieux. Et je dois bien admettre que la proposition de Joe m'intéressait, m'excitait même. Et il y avait en plus les mille dollars. Ne pas oublier ce détail. Je me demandai si mon paternel avait jamais eu de sa vie mille dollars en poche.

Je commençais à envisager ce travail de détective d'une façon calme et logique. Cette proposition représentait une mission extrême pour un détective, j'en avais conscience. Frank avait déclaré que le métier de détective était basé sur la trahison. Je ne pouvais accepter ce jugement, mais il me semblait maintenant qu'il comportait certains éléments de vérité, quand il s'agissait de réunir des renseignements contre une femme adultère pour un divorce, ou de s'insinuer dans les bonnes grâces d'un voleur qui allait, étant saoul, se vanter d'avoir escroqué son employeur, ou de dénoncer un traître — c'était tous des cas de figure authentiques dont m'avaient parlé mes mentors, Jimmy et le Vieux. Tout ça revenait au même, en réalité. On agissait au nom de la Loi, dans l'esprit de la Loi, dans l'intérêt du peuple — selon la formule de Joe Davis. Mais on ne pouvait pas nier le fait qu'on agissait contre les intérêts de la personne qu'on traquait et qu'on finissait par trahir. En fait, cela se résumait à cette question : dans quel camp se ranger ? Celui du peuple, ou de ceux qui enfreignaient la loi ?

Enfin, elle arriva. Je vis sa chevelure rousse oscillant le long du sentier. Puis le corsage blanc et la jupe bleue. J'attendis derrière un arbre. Quand elle passa à ma hauteur, regardant autour d'elle, essoufflée, le visage empourpré, je sautai derrière elle et l'empoignai par la taille.

Sheila pivota sur elle-même. Je l'enlaçai et l'embrassai. Elle me rendit furieusement mes baisers. Ses cheveux formaient une flamboyante auréole dans le soleil et sa peau était brûlante. Sa langue impudique fouillait ma bouche. Je l'attirai sous les arbres et la poussai à terre. Elle protesta un instant, puis s'abandonna avidement à ma passion. Elle m'aida à défaire les boutons de son corsage. Il y en avait trois, un assez grand, bleu, et deux autres plus petits. Et alors ces superbes seins opulents se trouvèrent libérés, merveilles sans égal dans la nature et si gracieusement dessinés, ronds mais incurvés de telle sorte que selon leur cambrure infléchie, ils semblaient à la fois pesants et légers. Ils oscillaient et se balançaient avec leurs aréoles larges et enflées par la chaleur. Je me penchai pour les sucer goulûment, comme un bébé, tout en riant.

– Espèce de fou, murmura-t-elle, en enlaçant mes jambes avec les siennes. Sentant la chaleur du soleil sur mes fesses nues, j'enfouis mon visage dans ses cheveux, dans son cou, et l'embrassai tandis qu'elle saisissait ma queue douloureusement raidie au creux de sa main chaude pour la guider à l'intérieur de son corps.

Durant une seconde d'éternité s'abolit en moi toute idée de crime.

CHAPITRE 11

Lorsque je lui annonçai que j'allais partir, elle crut que c'était à cause de Sean. Elle me dit qu'il ne fallait pas que je m'inquiète pour lui.

— Non, répliquai-je, ça n'a rien à voir avec Sean.

— Pourquoi alors ?

— Il faut que je file. Je ne peux pas rester.

— Parce qu'il n'y a pas de travail ? C'est l'argent qui te préoccupe ? Tu m'abandonnes parce que tu n'as plus d'argent ? Je n'aurais pas dû te laisser claquer ton fric comme un marin à Hot Springs.

— Non, non, non, lui affirmai-je. Je n'ai pas envie de t'abandonner. Ça n'a rien à voir avec ça.

— Alors c'est à cause de moi.

— Ne sois pas stupide.

— Alors, dis-moi.

— Je ne peux pas. C'est trop dangereux. Dangereux pour tous les deux. Pour nous tous.

— Oh, mon cœur. J'avais peur d'une histoire comme ça.

Elle enfouit son visage contre ma poitrine.

— Ça ne fait rien, tu sais. Je m'en fiche.

Je l'écartai de moi pour la dévisager.

— Qu'est-ce que tu veux dire ? Qu'est-ce que tu sais ?

— J'ai su que tu n'étais pas un mineur, dès l'instant où je t'ai vu dans la cour, derrière la maison. Je vais me sentir vraiment gênée si je me trompe. Mais... tu es un espion.

— Oh, Seigneur ! Sean le sait ?

— Non, bien sûr. Je viens de le comprendre à l'instant. Il fallait bien que ce soit un truc dans ce genre, non ? N'est-ce pas ? De toute façon, c'est sans importance.

— Sans importance ? Mais si sûr. C'est justement pour ça que je dois partir.

— Oh, mon Dieu ? Tu as été découvert. Eh bien, je partirai avec toi !

Dans des moments intenses comme celui-là, son accent irlandais devenait plus prononcé, chantant et délicieux, mais un peu déclamatoire aussi.

Je faillis me mettre à rire. C'était ridicule, et je le lui dis.

— De toute façon, je n'ai pas été « découvert », comme tu dis. Personne ne le sait. Enfin, juste un ou deux, qui sont forcément au courant.

— Alors pourquoi tu dois partir ?

Je soupirai.

— Mon boulot est terminé. On m'envoie ailleurs.

— Tu as envie de t'en aller, déclara-t-elle, accusatrice.

— Évidemment pas ! Ne sois pas aussi stupide. Je suis obligé de partir.

— Je vois. Tu as des ennuis. Qu'est-ce qui est arrivé ?

— Oh, Seigneur, soupirai-je. Je ne sais pas. Tout semblait aller si bien. Maintenant, je nage en plein brouillard.

— Il faut bien que tu en parles à quelqu'un, tu sais.

Je ne daignai pas répondre. Une des premières règles que j'avais apprises de Jimmy, c'était la nécessité du secret. Mais il appelait ça la sécurité. Pas question d'ouvrir sa grande gueule au petit bonheur la chance, de parler de son boulot. Le boulot, c'était de découvrir les secrets des autres, de pénétrer leurs défenses, qui n'étaient en général pas très solides.

— Tu devrais, insista Sheila. Ça n'est pas difficile. Tu commences tout simplement par dire la vérité et tu continues à dire la vérité.

— Comme tu as fait avec Sean à propos de Hot Springs, je suppose ?

Elle haussa les épaules.

— C'était pour son bien. Sean Paton ne verrait pas la vérité, même si elle était grosse comme une maison. D'ailleurs, il fallait que je pense à toi. Je ne voulais pas qu'il te fasse de mal.

— Eh bien, c'est la même chose, ici. En un sens.

— Tu veux dire que quelqu'un pourrait être blessé ? Gravement blessé ? Alors il faut me le dire. Je suis liée à toi, maintenant. À moins que tu veuilles pas de moi.

— Tu sais bien que ce n'est pas le cas. Ça ne te concerne pas, c'est tout. Tu ne pourrais pas en pâtir, quoi qu'il puisse m'arriver.

— Alors c'est vraiment grave. Ça a quelque chose à voir avec cette saleté de grève, je suppose. Voyons un peu... Tu ne serais pas un Pinkerton, dans ce cas ? Ou un Burns ? Un briseur de grève, c'est ça ?

J'étais stupéfait. Je demeurai silencieux.

— Mais ça doit être plus que ça. Frank Little joue sûrement un rôle dans tout ça.

Cette fois, c'était trop.

— Qu'est-ce qui te fait dire ça ?

— C'est évident, non ? Sinon, pourquoi aurais-tu fait ami avec mon pauvre benêt de Sean ? Tu lui es bien supérieur, tu sais.

Ses mots me faisaient plaisir, mais en même temps m'inquiétaient.

— Je suis juste un gars qui circule, dis-je, et qui ramasse quelques dollars par-ci par-là. Il n'y a pas de travail, alors j'ai accepté la première proposition.

— Oh, ça va plus loin que ça, à mon avis. Tu n'es pas un simple routard. Tu es intelligent. Tu as de l'avenir, Goody. Tu ne seras pas mineur. Tu n'as rien d'un mineur. Seulement maintenant, ça a mal tourné. Ils t'ont demandé de faire quelque chose qui ne te plaît pas, que tu n'avais pas prévu.

Stupéfait, je ne pouvais que la regarder.

— Les femmes ne sont pas aussi idiotes que vous le pensez, dit-elle d'un ton léger, avec un sourire. Ce sont les hommes, les idiots. Ils rêvent d'être importants. Ils veulent que tout ce qu'ils font soit important. Même pour un être inoffensif comme mon Sean, et même lui, il considère Frank Little comme une idole et croit qu'il appartient à une société secrète, comme l'I.W.W. Du coup, il se sent important, comme si gagner sa vie ne suffisait pas.

J'aurais préféré qu'elle arrête de parler de « mon Sean », mais au lieu de protester, je ripostai :

— Et les femmes sont des philosophes très satisfaites d'elles-mêmes.

— Oui, c'est sans doute vrai. Nous regardons nos hommes se conduire en véritables abrutis et finir par mettre tout le monde en danger, y compris nous-mêmes et les enfants. Et alors nous devons nous mettre au travail pour rétablir la situation.

— Très agréable pour vous.

— Non, pas tant que ça, en réalité. La vie n'est pas très facile en ce moment, par exemple. À cause de toi et de ta grève et parce que je suis tombée amoureuse de toi et que je veux partir avec toi.

Je poussai un gémissement.

— Si seulement ça se bornait à ça… Je t'emmènerais à l'instant même.

Je ne sais pas vraiment pourquoi je fis cette réflexion. En vérité, ce fut seulement lorsqu'elle déclara être tombée amoureuse de moi que je compris que j'étais amoureux, moi aussi. Une demi-heure plus tôt, je voulais quitter Butte et n'avais pas songé un instant qu'elle pourrait m'accompagner.

— Ce n'est pas facile, je me rends bien compte, reprit Sheila pensive, mais ça n'est pas impossible non plus. Il faut me croire. Sinon, tu es perdu tout simplement. Ton problème concerne Frank Little. C'est un espion lui aussi ?

— Frank, un espion ? Je me mis à rire. C'est complètement dingue, cette idée ! Le problème, c'est que la Compagnie veut sa peau.

— Et ils veulent ton aide, maintenant que tu es devenu son ami, déclara Sheila, avec évidence. Devant mon silence et mon regard détourné, elle enchaîna :

— Alors pourquoi tu ne le fais pas ?

— Tu es folle, non ? m'exclamai-je. Comment peux-tu dire une chose pareille ?

— Je vois. C'est un problème de loyauté, alors. Les hommes parlent souvent de loyauté, d'honneur. Frank est ton ami, je crois. Ou tu crois. Mais c'est aussi ton ennemi. Pour moi, il n'est qu'un sale petit Indien borgne qui n'a jamais rien fichu de sa vie mais a réussi à empêcher à peu près tous les hommes valides de Butte de travailler et de faire vivre leur famille comme ils le devraient.

— C'est bien un discours de femme, répliquai-je, sarcastique. Un salaire plus élevé ou de meilleures conditions de travail, ça ne t'intéresse pas, je suppose ? Un bon salaire, ça ne serait pas mal, hein ? Tu pourrais t'acheter un nouveau chapeau. Les conditions de travail, évidemment… Ce n'est pas toi qui dois descendre dans le Trou, dans la puanteur et la chaleur, à quinze cents mètres sous terre.

Je me rappelai que je n'avais pas besoin non plus de descendre dans la mine, et je laissai tomber, gêné.

— Un chapeau ? Sheila se mit à rire. Tu me vois avec un chapeau ? Quel genre je devrais acheter, d'après toi ? Qu'est-ce qui irait avec cette robe ? Elle se leva et déploya sa jupe en coton froissé, tournant lourdement sur elle-même dans ses grosses chaussures. Quelque chose avec une aigrette, tu trouves ?

Elle avait pris le ton d'une duchesse d'opéra.

Je souris malgré moi.

— Arrête de faire le clown.

— Ils veulent donc que tu les aides à se débarrasser de monsieur Little, poursuivit-elle, debout devant moi, les mains sur les hanches.

— Quelque chose dans ce goût-là.

— Eh bien, si j'étais un homme, je le ferais. Comme ça la grève serait terminée, et tu deviendrais une sorte de héros, non ? Évidemment, pas le genre de héros dont parlent les journaux Mais quelques hommes seraient au courant, et applaudiraient. Tu pourrais recevoir une promotion, je parie. Quand tu seras devenu le patron à New York City, tu me feras venir ?

— Sois un peu sérieuse, tu veux bien ? Je suis dans le pétrin. Si je ne marche pas, je perdrai mon boulot, je crois bien. Mais ce n'est pas ça le problème. Ils vont faire ce qu'ils ont décidé, avec ou sans moi, et je suis de toute façon mouillé jusqu'aux oreilles.

Sheila redevint sérieuse, alors.

— Oui, je vois bien. Tu es fichu si tu le fais, et fichu si tu ne le fais pas. À moins… — son visage s'éclaira — à moins que tu les empêches.

— Les empêcher ? Comment ? Je ne peux pas aller trouver les flics.

— Pourquoi pas ?

— Si ça se trouve, ils sont dans le coup. Et même si ça n'est pas le cas, qu'est-ce que je peux dire ? Ces gars veulent la peau de Little ? Je n'ai aucune preuve. Les flics me riraient au nez. Et après je me retrouverais dans la rue, et la rue, c'est un domaine que Joe Davis connaît bien. Je crois bien que ma vie ne vaudrait pas un clou.

— Mais monsieur Little ne risquerait plus rien Il pourrait continuer sa saleté de grève, fit remarquer Sheila. Peut-être qu'il te donnerait un boulot. Non ? Non, il y a peu de chances, n'est-ce pas ? La gratitude, ça doit pas être son genre. Je ne sais pas pourquoi je dis ça, d'ailleurs. Je le connais pas, cet homme. C'est peut-être l'exception. Un gentleman, peut-être. Sean le prend pour un saint.

Soudain, son visage s'éclaira de nouveau.

— Quoi encore ? dis-je, amer.

— Tu pourrais aller trouver Frank Little, dit-elle. C'est tout simple ! Dis-lui que tu as découvert un complot contre lui. Il pourrait quitter la ville, pour une courte période, peut-être, ou alors rendre la chose publique. De toute façon, inutile de dévoiler le rôle que tu as joué.

Je réfléchis à cette suggestion avec intérêt. Elle avait un certain mérite.

— Mais me ferait-il confiance ? demandai-je, davantage à moi-même qu'à Sheila. Je suis sûr qu'il m'aime bien, mais je ne suis pas vraiment dans son clan, tu sais. Sean pourrait peut-être le prévenir.

— Oh non, protesta Sheila, pas mon Sean. Je te laisserai pas l'entraîner dans tes sales histoires.

— Ah bon, c'est comme ça ? répliquai-je, furieux. « Tes sales histoires », et « mon Sean », d'accord ? C'est ça que tu éprouves pour moi ?

— Mais non, Goody, ça n'est pas ça du tout. Son accent irlandais prenait le dessus dans son angoisse. Je t'aime vraiment. Tu dois bien le savoir. Mais Sean… Il est si gentil, le pauvre. Tout ce qu'il sait faire, c'est travailler dur et boire de la bière. Il ne ferait de mal à personne, Goody, mais ce genre d'histoires, ça n'est vraiment pas pour lui. Il n'est pas comme toi, tu sais. Il est d'un calibre différent, Goody. Et je te laisserai pas embringuer là-dedans un pauvre gars comme Sean.

— Oh, tu as raison, je suppose, déclarai-je, quelque peu rasséréné par ses déclarations. N'empêche, je vois pas comment il pourrait être impliqué, franchement. Il pourrait dire simplement qu'il en a entendu parler par quelqu'un de fiable.

— Tu penses comme ça marcherait ! dit Sheila. Pourquoi Frank Little écouterait-il ces bêtises ? Je suis bien sûr que des rumeurs comme celle-là, il en entend tous les jours. Non, non, il faut que ça vienne de toi, Goody. Comme tu dis, tu ne fais pas partie de son clan, mais en un sens, c'est un atout, non ? Il doit se douter déjà que tu es un espion, je parie bien. Sinon, il serait encore plus idiot que je le crois.

Elle avait raison. Je reculais simplement devant une tâche difficile. Je ne me réjouissais pas à l'idée d'aller trouver Frank pour lui avouer que j'étais un espion. Peut-être n'étais-je pas obligé de prendre une décision immédiatement. Je pouvais parler à Frank, tâter un peu le terrain, faire quelques allusions. Et il fallait d'ailleurs que je voie Joe Davis. Pour autant que je sache, Davis avait peut-être renoncé à son projet, ou pouvait être dissuadé. Le Vieux avait peut-être contacté Davis et lui avait donné l'ordre de laisser tomber. C'était bien possible. Ce serait une grave erreur d'intervenir trop vite dans une affaire comme celle-là. Elle pouvait se résoudre d'elle-même sans que je m'en mêle, et si j'avais déjà balancé Davis, je me retrouverais alors le bec dans l'eau, couvert de ridicule. Non, mieux valait se montrer prudent. Ce n'était pas le moment de dérailler.

Je ne dis rien de tout ça à Sheila. Nous discutâmes plutôt de façon générale des mérites de sa suggestion ; elle la défendait avec passion, et moi, j'avançais des arguments judicieux prônant la prudence. Je finis par accepter d'y réfléchir encore et, entre-temps, de sonder les réactions de Frank à ce genre de situations.

Comme nous redescendions la colline, j'amusai Sheila en lui racontant comment j'avais dissuadé Sean de lui cogner dessus.

Elle haussa un sourcil.

— C'était gentil à toi, dit-elle, mais ne t'imagine pas que tu y es pour quelque chose, tu sais. J'ai ma propre façon de gérer Sean-O.

— Mais bien sûr ! dis-je. D'après ce qu'il m'a dit, il a déjà dû te cogner dessus dans le passé.

— Il m'a frappée une fois, dit-elle, il y a des années de ça. J'ai encaissé sans dire un mot. Il était saoul, bien entendu. Après ça, il s'est écroulé sur le lit, hébété. Quand il s'est réveillé le lendemain matin, il n'a pas pu se lever. J'avais rabattu le drap par-dessus sa tête et en avais attaché les coins, bien serrés. J'avais été obligée de ramper sous le lit pour y arriver. Il ne savait pas quoi faire, ce pauvre ballot ! Il appelait au secours. Je n'étais pas dans la chambre.

Je ne pus m'empêcher de rire. C'était une merveilleuse plaisanterie, je trouvais. Mais l'histoire n'était pas finie.

— J'ai attendu dans la cuisine qu'il n'ait plus de voix à force de gueuler, dit-elle en riant elle aussi. Puis j'ai porté dans la chambre une grande bouilloire d'eau bouillante.

Mon rire se tarit dans ma gorge.

– Je lui ai dit que s'il ne se repentait pas et ne me demandait pas pardon, j'allais l'ébouillanter à mort. J'ai laissé tomber quelques gouttes sur son ventre, pour lui montrer que l'eau était vraiment chaude. Oh, il m'a suppliée de lui pardonner, ah ça oui ! Et juré de ne jamais plus me frapper. Et il a tenu promesse.

Nous continuâmes d'avancer, mais je n'arrivais pas à trouver le moindre commentaire.

– Un homme doit dormir toutes les nuits, tu sais, ajouta Sheila, ignorant joyeusement mon silence gêné.

Par réaction devant l'aveu d'un tel cynisme, je ne pus résister à l'envie d'y aller moi aussi d'une petite mesquinerie. Je lui racontai que Sean m'avait demandé de lui parler.

– Me parler ? Et de quoi ?

– Du mariage. De la nécessité d'être une bonne épouse et tout ça.

Elle était furieuse.

– Toi ? C'est ridicule. Qu'est-ce que tu sais du mariage ? Voyons, tu n'es qu'un enfant.

Ce fut à mon tour de rire. Mais je lui assurai que ça n'avait été qu'une ruse pour la voir. Du coup, elle retrouva sa bonne humeur et fit observer que ce moyen pourrait encore se révéler utile.

– Sean, c'est un grand benêt, dit-elle. Il ne mérite pas une bonne épouse comme moi.

J'étais parfaitement d'accord avec elle.

CHAPITRE 12

La première chose que Frank me dit, en ouvrant la porte de sa chambre, ce fut :

— Alors, ça vaut combien, une livre de cuivre ?

— Une livre de cuivre ? Eh bien, à dire vrai, je ne me suis jamais posé la question.

— Non ? Et alors, qu'est-ce que t'en penses, hein ?

— Ça vaut, je suppose, ce qu'on peut en obtenir.

— Pas mal, dit-il. Presque tout l'monde s'rait d'accord avec toi. Mais Marx dit qu'la vraie valeur, c'est c'que ça coûte à produire, et la plus grosse partie du prix de revient, c'est la main-d'œuvre. Mais l'capitaliste, il lui faut sa part, qu'est bien supérieure à c'qu'elle devrait être, parce que les travailleurs sont en concurrence pour les emplois et acceptent d'être beaucoup moins payés que c'qu'ils devraient. Et, bien entendu, longtemps après que le capitaliste a récupéré son investissement, plus un bénéfice, il continue à exploiter les ouvriers. Et c'est là qu'intervient le syndicat ; pour essayer d'obtenir des hommes qu'ils cessent de s'entre-tuer pour le plus grand profit des capitalistes.

Il était assis sur son lit, ne portant qu'un pantalon et un maillot de corps élimé, sans chaussures à ses pieds décharnés et blanchâtres. Son visage était maintenant marbré de noir et de bleu, avec d'horribles taches jaunâtres, mais visiblement en pleine cicatrisation. Il se leva et s'agenouilla pour prendre sous le sommier une valise en cuir éraillé. Il la posa sur le lit fait au carré et fourragea parmi les vêtements sales et froissés, vidant la valise jusqu'à ce qu'il trouve ce qu'il cherchait, et qu'il me l'apporte, là où j'étais assis, sur l'unique chaise de la pièce.

– C'est juste une version simple et abrégée des idées principales de Marx, écrite par un gars à Londres, dit Frank en me tendant une brochure qui avait été abondamment feuilletée. C'est pas mal, pour débuter. Y a des tas d'autres trucs meilleurs, et j'pourrai t'indiquer où t'les procurer, quand t'auras fini ça. Tiens, prends. D'tout' façon, je connais ça à peu près par cœur maintenant.

Je pris la brochure et jetai un coup d'œil au texte imprimé en lettres grasses et indistinctes sur du papier bon marché qui semblait fabriqué à base de farine d'avoine desséchée. Il me paraissait aussi appétissant que la bouillie du matin au Big Ship. Je remerciai Frank et jetai un coup d'œil nerveux autour de moi. Aucune trace de pistolet ou d'une arme quelconque. Et Frank, manifestement, gardait dans sa valise tout ce qui pouvait avoir de la valeur pour lui.

Little, qui avait remarqué mon manège, déclara :

– Je suis pauvre, Goody. Je voyage sans bagages. Et des fois, je suis obligé de filer en vitesse. Dis-moi, t'as une sèche ?

Je lui donnai une Fatima. Little se pencha en avant pendant que je lui allumais sa cigarette. Puis il se rassit sur le lit. Il sortit de sa poche une petite boîte plate en fer-blanc et l'ouvrit. Le couvercle servait de cendrier ; la boîte elle-même contenait des restes de tabac et des mégots. Il me passa le couvercle pour que je m'en serve et fit tomber les cendres de sa propre cigarette dans les revers de son pantalon.

— Marx dit que le capitaliste s'est approprié les progrès d'l'industrie pour accroître la production, dit Little. Le fait est là, ils tiennent les rênes, alors ils accordent une énorme valeur au capital, beaucoup plus que ça le mériterait.

Je hochai la tête pour affirmer mon intérêt, et Little poursuivit dans cette veine durant un certain temps, discutant les éléments de base de la théorie et l'appliquant à la mine, d'un manière simple et concrète. Il admettait, par exemple, que l'exploitation d'une mine demande effectivement un important capital, juste pour démarrer, mais il insistait sur le fait que les capitalistes essayaient invariablement de récupérer aussitôt leur mise de fonds et commençaient à engranger des bénéfices le plus vite possible, au détriment de la santé et de la sécurité des ouvriers.

— N'empêche, dis-je, un mineur ne pourrait pas à lui tout seul ouvrir une mine ou l'exploiter. Ça demande de l'argent, et des connaissances.

Little secoua la tête, un sourire indulgent aux lèvres.

— On entend toujours ce raisonnement de merde. On croirait que tous les exploitants sont des génies. Ce sont des hommes, tout bêtement. Des ouvriers. Mais y-z-aiment pas s'considérer comme des ouvriers. Tu pourrais exploiter une mine. Moi aussi je pourrais. Il faut avoir étudié, d'accord, mais ils ont appris avec quelqu'un. Quant à leur capital, la plupart en ont hérité. Et peu d'entre eux sont capables de bien l'gérer. Ça aussi, ça s'apprend. Mais les patrons, y veulent faire croire que c'est à eux, qu'ils l'ont gagné, que s'ils ont le pognon, c'est parce qu'ils sont plus nobles, ou plus méritants. Merde ! La majeure partie du capital est emprunté, de toute façon. C'est pas leur propre fortune qui est en jeu. Quant à c'que Hearts et Guggenheim savent vraiment sur le métier de mineur, c'est très relatif – tiens, d'ailleurs, c'est bien pour ça qu'y-z-ont engagé Marcus Daly. C'était qu'un pauv'mineur irlandais qui a appris son métier au fond du trou.

Mais j'oubliais... t'es pas un mineur, toi. T'es écrivain, journaliste. Alors peut-être que l'exemple que j'donne est un peu difficile à comprendre. Attends... disons que t'es l'directeur d'un grand magazine, comme le *Smart Set*. Eh ben, la majeure partie d'tes frais, c'est le papier et l'impression, et naturellement, tu entubes tes fournisseurs autant qu'tu peux. Mais y a forcément des limites. Et puis y a tous ces r'porters, ces journalistes, et il se trouve que personne ne peut aujourd'hui vraiment décider d'la valeur d'un mot écrit. Oh, de toute évidence, des types connus comme Mencken ou Lincoln Steffens font vendre les journaux, mais ça vaut combien, ce qu'écrit un gars comme Goodwin Ryder ? Difficile à dire, vu que Ryder n'a encore jamais rien publié, pas sous son vrai nom en tout cas. Alors ça s'rait facile pour le directeur de serrer la vis au journaliste, et du coup, il augmente encore son bénéfice. C'est pas comme ça que ça se passe ?

Je n'aimais pas trop la tournure que prenait la conversation. Frank avait pris un petit ton étrange, presque sarcastique. Mais je n'avais d'autre choix que de tomber d'accord avec lui. Il enchaîna :

– Hum, c'est bien ce je pensais. N'empêche, tu t'en tires pas trop mal ; tu travailles pas, mais tu te débrouilles assez bien, tu payes des tournées de bière aux gars et ainsi de suite. T'as gagné plein de fric à la bourse ?

Son sourire était désarmant.

– Non, bien sûr que non ! À la bourse ! Tu me prends pour un capitaliste, pour un de ces nantis ?

— Écoute, combien y paye, le *Smart Set ?*... Si j'peux me permettre de te l'demander.

— Eh bien, ça dépend...

Je réfléchis à toute allure. Frank se doutait de quelque chose et je ne savais pas jusqu'où je pouvais aller. Mais je pensais que pour le moment, mieux valait continuer dans la même voie.

— Disons, cent dollars.

— Voyons... c'est à peu près le salaire mensuel d'un mineur. Tu gagnes ça tous les mois ?

— Par article. Je suis payé à la pige. Si l'article n'est pas accepté, je ne touche rien.

— Mince alors, j'espère que tu écris vite.

— Écoute, c'est quand même mieux que de vendre des godasses. J'ai bien vu que je n'avais pas beaucoup d'avenir à Baltimore, comme vendeur, alors j'ai « mis le cap sur les territoires », comme Huck Finn*.

— Ces Finnois, c'est des gens très bien, plaisanta Little. Je me demande si ce vieux Huck était un Finnois bigot ou un Finnois Rouge.

Je ne savais pas de quoi il parlait, aussi Little me donna quelques explications. Apparemment, les Finlandais jouaient un rôle important dans le mouvement socialiste. Ils avaient eu leur propre révolution en 1905, ce qui expliquait pourquoi nombre d'entre eux étaient partis travailler dans les mines de cuivre du Michigan et à Butte.

— Lénine dit que ce sont les gens les plus évolués du monde en politique, déclara Little.

— Je suppose que Wuuri, c'est un Finnois Rouge, dis-je.

* Huckleberry Finn, héros de Mark Twain. *Finn* signifie également « Finnois », « Finlandais ». *(N.d.T)*

— Al ? On peut dire ça, je suppose. Qu'est-ce que tu sais d'Al Wuuri ?

— Rien. Je l'ai vu te parler et d'après certains gars, il sera un homme important dans le prochain syndicat.

— Ah bon ? Eh bien, Al Wuuri est un vrai socialiste. Comme la plupart des Finnois. Ils n'croient pas, apparemment, au principe du leader. Pas de chevalier sur un cheval blanc, pour eux. Ils ont eu assez, je suppose, de rois, de ducs et autres conneries du même genre sur le Vieux Continent. Alors t'en trouveras pas beaucoup parmi les leaders. C'est drôle, hein ? Mais ils sont sur la bonne voie. Ce qu'il nous faut, c'est la Fraternité, pas un leader. L'idée du type important, du patron, on est contre.

— Mais toi, tu es un leader, dis-je, soulagé que la conversation ne porte plus sur mon occupation fictive.

— Je suis un organisateur, un militant. Je ne suis pas un patron. Je ne dis pas aux autres ce qu'ils doivent faire. Je leur explique ce que je pense et ensuite, à eux de choisir. Pas à moi.

— Ah bon ? J'avais dans l'idée que ça dépendait sans doute de toi qu'Al Wuuri soit le président ou le secrétaire-trésorier du nouveau syndicat.

— Qui a dit ça ?

Je haussai les épaules.

— Personne en particulier. J'ai eu cette impression simplement. Je pensais que tu veillerais à ce qu'Al Wuuri soit bien placé.

Little, pensif, me dévisageait.

— Al Wuuri, c'est un « Fils du Peuple », comme disent les Finnois. Ils lui confieront un rôle.

— Surtout si tu le dis, insistai-je. Mais si les hommes préfèrent quelqu'un d'autre ? Quelqu'un pourrait s'opposer à sa nomination ?

Little reprit le couvercle de la boîte dans lequel j'avais éteint ma cigarette et fit de même avec la sienne. Il rangea soigneusement les mégots dans la boîte, puis se leva pour aller jeter les cendres dans la corbeille à papier. Il replaça le couvercle et remit la boîte dans sa poche. Debout devant moi, il déclara :

— Eh bien, tu t'rappelles c'que je t'avais dit sur les révolutions et l'eau de rose ?

— Ah, ouais, un zigue appelé Merrybull.

Frank se mit à rire.

— Mirabeau. Tu as parlé de tout ça avec quelqu'un ?

— Non, j'ai juste entendu des gars discuter entre eux.

— Quels gars ?

— Je ne connais pas leurs noms. C'était simplement des mineurs.

— Qu'est-ce qu'ils disaient ?

Je haussai les épaules. J'éprouvais une étrange tristesse ; il semblait que la prédiction de Joe Davis se vérifiât.

— Ils disaient simplement que les Wobblies coifferaient l'élection du syndicat.

— Nous n'coiffons pas l'élection, répliqua Little avec impatience. Il se rassit sur le lit. Les hommes vot'ront comme ils l'entendent. J'ai grande confiance dans la sagesse du travailleur ordinaire. Mais on a l'droit d'être entendus. La plupart des hommes sont d'accord avec l'I.W.W., même s'ils ne se considèrent pas comme des Wobblies.

— Mais qu'est-ce qui se passera s'ils ne votent pas comme vous voulez ?

— Oh, je pense qu'ils voteront dans ce sens-là. Et je vais faire tout ce que je peux pour qu'ils comprennent où est leur principal intérêt. La cause est trop importante pour qu'on laisse un larbin de la Compagnie détourner les élections. Lénine dit…

Little se reprit et laissa échapper un petit rire.

— Enfin, on se fout de c'que dit Lénine. Encore un Russe, hein ? T'aimes pas beaucoup qu'on t'parle des Russes.

— Tu les admires beaucoup, on dirait, déclarai-je d'un ton rogue.

Little sourit.

— Tu sais, j'passe pas tout mon temps à lire Lénine et Marx, contrairement à c'qu'on pourrait croire.

Il indiqua un journal plié près de l'oreiller.

— Ce que j'lis surtout, c'est les bandes dessinées et le sport. Jiggs and Maggie, c'est à ça que je carbure.

— Moi, ce que je préfère, c'est Krazy Kat, dis-je, heureux de trouver un sujet neutre, mais on le trouve pas dans les journaux du coin.

— C'est vrai ? C'est mon préféré ! Complètement farfelu en général, ça n'a aucun sens. Je sais même pas si c'est censé être drôle ou non. Mais les dessins me plaisent et puis, c'est l'Ouest. Moi j'aime ça. On s'croit dans l'désert, en Arizona. Ça devrait marcher, par ici, mais c'est peut-être trop moderne pour eux, ou je ne sais quoi. J'ai passé pas mal de temps en Arizona… enfin, t'es au courant. De toute façon, on finit par en avoir marre, y en a que pour l'Est, New York et tutti quanti. Ça fait du bien de voir l'Ouest, même en bandes dessinées.

Il farfouilla dans sa valise et finit par en sortir une bouteille de whisky, qu'il me montra. Elle était à moitié pleine.

— Whisky ? demanda-t-il. Non ?

Il la rejeta parmi les chaussettes et le linge.

— J'en bois pas souvent moi-même, mais c'est quelquefois utile, quand on est sur la route et tout ça.

— Tu dois voyager beaucoup, dis-je.

— Je suis allé à peu près partout dans le pays, répondit Little avec une certaine fierté. Les capitalistes nous fournissent un système épatant, et c'est gratuit. Évidemment, faut faire gaffe aux types agressifs. Butte, c'est pas mal, mais Cheyenne, c'est l'enfer pour les gens qui voyagent. Vaut mieux descendre quand on approche de Cheyenne. Mais je suppose que tu traînes pas sur les routes, toi ?

— Euh, pas vraiment, dus-je admettre.

— Ton genre, c'est plutôt un Pullman, dit Little. J'ai jamais de ma vie voyagé en wagon-couchettes. Comment c'est ?

Je ne répondis pas. Je regardais le plancher. Il était nu, mais propre, avec juste une pellicule de poussière.

— On rencontre plein de gens sur la route, reprit Little. On les traites de clodos, mais la plupart, ce sont des travailleurs ambulants, qui essayent de trouver quelque chose d'un peu mieux.

— Un gars au Big Ship dit que la route, c'est comme un poison dans le sang.

Little se mit à rire.

— J'ai déjà entendu ça. Ce gars doit être un vrai trimardeur, un chemineau. C'est un peu différent. Un chemineau, c'est pas un clodo, mais c'est pas non plus un travailleur. Plutôt un voyageur professionnel, on pourrait dire. Sa seule ambition, c'est de continuer à se déplacer, on dirait. Dis donc, p'têt que t'es un voyageur professionnel, Goody. La question, c'est de savoir pour qui tu voyages ?

Comme je ne répondais pas, Little poursuivit d'un ton irrité :

— Comment va ton vieux pote, McParland ? Il se maintient ?

— Je ne connais pas de McParland, répondis-je, soudain glacé.

— Ah bon ? Comment y s'appelle maintenant ?

— Je ne vois pas de qui tu parles.

— L'Enquêteur. Le Chef à Denver. Comment y se fait appeler ces temps-ci ? Puisqu'on parlait de type important, en voilà un qui est un leader. Y continue à flanquer des claques dans le dos des gars et à leur payer des bières ? À caresser les gosses sous le menton ? Y prend peut-être leurs mesures pour leurs futures cravates, conclut Little avec un sourire torve.

Je ne pouvais plus supporter sa façon de m'asticoter. Je décidai de jouer cartes sur table.

— Frank, tu es en danger. Ils veulent ta peau.

— Je le sais bien qu'ils veulent ma peau, Goody. Ils veulent la peau de tout homme assez con, assez mesquin, assez contrariant pour essayer de syndiquer son semblable. La question est de savoir qui est-ce, cette fois ? McParland et ses espions ? Des gros bras du coin ? D'autres cow-boys ?

Je secouai la tête.

— Je ne peux pas te dire. Je ne sais pas. Mais j'ai entendu dire par un gars qui doit savoir de quoi il parle qu'ils comptaient te foutre une raclée et te chasser de la ville.

Little fit la grimace, ce qui provoqua un spasme douloureux sur son visage tuméfié. C'était presque comique.

— Merde, j'ai horreur de ça, dit-il.

Je ne pouvais dire s'il voulait se montrer sarcastique ou pas.

— Ce foutu goudron, j'en ai horreur. Ça brûle et c'est la croix et la bannière pour s'en débarrasser, à moins de s'arroser d'essence, et ensuite on pue pendant une semaine et on n'ose même pas allumer une sèche.

Il eut un petit rire bref.

— Ce n'est pas une plaisanterie, Frank.

Little soupira alors et se pencha en avant, les coudes aux genoux. Il fixa le plancher pendant un long moment, le silence envahissant lourdement la pièce. Les bruits de la rue semblaient lointains. Pour finir, il releva la tête vers moi.

— Ça me ferait mal au cœur de te voir embringué dans un pareil merdier, Goody.

— Moi, ça va. C'est toi qui es dans de sales draps.

— Non, je suis à peu près là où je m'attends à être. C'est mon choix. C'est mon domaine. Un gars comme moi, s'il marche sur les pieds de quelqu'un, il doit bien savoir qu'on lui fera pas de cadeau. Mais toi, tu es tout jeune et je trouve que tu prends pas un très bon départ. Ça peut faire toute la différence, la façon dont un jeune homme débute dans la vie. Les gens avec qui tu es en cheville, ils doivent pas être bien respectables, Goody.

— Je me débrouille comme je peux.

Little ne releva pas.

— Tu trouves sans doute que c'est des gars bien parce qu'ils ont de l'argent, qu'ils sont bien habillés et qu'ils voyagent en wagon-lit. Ils connaissent les flics et les gens qui comptent, les notables et les miliciens. Il eut un rire amer. Les Miliciens, ricana-t-il. C'est comme ça que les clodos les appellent, les gros bonnets qui dirigent tout. Les gars là-bas — de son pouce, il indiqua une direction, derrière son épaule —, en haut de la Colline. Le fait est, Goody, que c'est eux qui devraient protéger la population, mais y font pas du très bon boulot.

Je ne comprenais pas et mon expression devait le montrer.

— Je parle des gars qui ont le plus engrangé de bénéfices dans ce pays, poursuivit Little avec ferveur. Les bagnoles, les grandes baraques, les ravissantes épouses et les petits mômes en bonne santé, les clubs privés, les domestiques. Et ils ne donnent jamais rien en échange. Ils prennent, ils prennent, ils prennent…

Il se frappa la cuisse de son poing et sa voix avait pris un accent désespéré, furieux.

– C'est pourtant eux qui devraient donner ! reprit-il. Bon Dieu ! Ils devraient être heureux de donner, d'aider leurs semblables. Mais ils continuent simplement à prendre !

Je fus horrifié de voir une larme briller dans l'unique œil de Little. Il cligna une ou deux fois des paupières, puis se racla la gorge.

– C'est vrai, soupira-t-il d'une voix traînante, ça finit par vous miner, à la longue. On en a tellement marre de lutter contre ça !

Little de nouveau s'asséna un coup de poing sur la cuisse, puis il émit un son étranglé et sembla s'affaisser sur lui-même, en se prenant la tête à deux mains.

Ému, j'oubliai mes propres angoisses et allai m'asseoir à côté de Frank, posant un bras sur ses épaules étroites, voûtées. Ce fut un étrange moment pour moi, assis dans cette chambre silencieuse, en train de réconforter Frank. Je n'étais pas habitué à la tendresse, ni pour en donner ni pour en recevoir. Pas avec un homme, en tout cas.

– Merci, Goody, dit-il au bout d'un long moment. C'est vraiment chouette de ta part. Tu es un chic type.

Il me tapota la cuisse, puis laissa sa main posée dessus, avant de la serrer entre ses doigts.

Je ne savais pas quoi faire. Après une attente qui me parut interminable, je me déplaçai maladroitement. J'écartai mon bras des épaules de cet homme plus âgé que moi et le posai sur ma cuisse, délogeant ainsi la main de Frank. Mais Frank saisit la mienne et la serra étroitement.

Il me regardait, l'œil brillant. Il semblait nerveux, malade même.

— Goody, j'ai pas mal roulé ma bosse, à voyager comme ça. J'ai vécu dans la Réserve, aussi. J'ai fait, euh… d'étranges expériences. Il s'exprimait d'une voix basse, rauque, presque suppliante.

— Tu vois ce que je veux dire ?

Je ne savais pas quoi penser ni quoi dire. J'étais atterré. J'avais envie de m'enfuir, mais je n'étais pas vraiment sûr de comprendre de quoi parlait Little et je n'osais pas le lui demander.

Ça n'était peut-être pas très grave.

D'un ton circonspect, mais teinté de désespoir, Little continua :

— Un homme a besoin d'affection. Je sais que ça doit te paraître idiot. Mais c'est vrai.

Il me regardait, l'air suppliant.

— Ça n'aurait aucune importance pour toi, mais pour moi beaucoup.

De nouveau il posa son autre main sur ma cuisse.

Je sentis la nausée m'envahir. Je me levai, dégageai lentement ma main de celle de Little et m'écartai, me dirigeant vers la porte, mais m'arrêtai.

— Je ne connais rien à tout ça, dis-je. J'étais juste passé pour te dire qu'ils sont après toi.

— Assieds-toi ! Assieds-toi ! dit Little avec brusquerie. L'air abattu, il fixait le plancher. D'un geste autoritaire, il m'indiqua la chaise. Je m'assis sur le bord du siège.

Little, pour finir, leva les yeux et esquissa un pâle sourire. Il avait les dents gâtées. Quand son visage n'était pas réduit à une masse tuméfiée et violacée, il était plutôt beau garçon, mais je répugnais à l'évoquer intact. Son mauvais œil était plissé et flasque. On ne voyait pas ce qui pouvait le maintenir fermé ; peut-être avait-il évolué ainsi petit à petit. Il semblait privé de globe oculaire. Mais dans son œil valide se lisait une vive souffrance.

— Je te demande pardon, Goody, déclara-t-il avec dignité. Très sincèrement. Je ne peux pas me retenir quelquefois. Mais ça ne voulait rien dire, je te jure.

Sa voix était maintenant calme et assurée.

— Sans rancune ?

— Sans rancune, dis-je, mais c'était faux. J'avais toujours la nausée et j'étais furieux, en plus.

— Bon. D'accord. C'est seulement que c'était tellement chouette de ta part de me consoler comme ça. Mais tu es vraiment un type bien. J'ai vu ça dès le début. Je n'aurais pas dû profiter de ta gentillesse, et je te demande pardon. Très sincèrement.

D'humeur soudain morose, il détourna les yeux, se mit à regarder par la fenêtre. Elle était voilée d'un rideau fleuri, assez fin pour laisser apparaître la façade arrière d'une maison, de l'autre côté de la ruelle.

— Hah ! finit-il par aboyer, semblant se ressaisir. C'était vraiment con. Enfin, on n'sait jamais.

Il aurait pu tout aussi bien se parler à lui-même. Il leva la tête, un sourire désarmant aux lèvres.

— Si on n'tente pas sa chance, on n'peut pas savoir. Mais ça n'signifie rien, Goody. Crois-moi. J'espère que t'auras pas une mauvaise opinion de moi.

— Mais non, dis-je, essayant de ne pas y penser.

— Parfait. J'en étais sûr. T'es vraiment un chic type. C'est sans doute pour ça que je me faisais du mouron pour toi, à cause des gens que tu fréquentes et ainsi de suite. Parc'que t'es bon gars. T'es pas comme les autres. Mais ça m'regarde pas, bien sûr. Un gars a le droit de… Mais tu es si jeune, si intelligent…

Il me scrutait d'un regard intense.

— Tu devrais être plus prudent.

Il se mit à rire brusquement.

Je souris. J'étais rasséréné. Rien de grave n'était arrivé, après tout, même si c'était limite. Mieux valait oublier cet incident. Au moins, j'avais réussi à faire passer mon message. J'étais grandement soulagé. Je me levai.

— Non, t'en va pas, dit Frank. Assieds-toi, assieds-toi. Euh, ces copains à toi, ceux qui veulent ma peau, d'après toi, y avait pas... Y a pas McParland dans le tas ?

— Je ne connais pas de McParland. Je te l'ai déjà dit.

— Ouais, mais... Y fait un mètre soixante-quinze, un mètre quatre-vingts, c'est ça ? Il est brun, il fume le cigare.

— Je n'sais pas, dis-je, incertain. Il y a des tas de gars qui fument le cigare.

— C'est pas grand-chose, je sais, mais j'arrive pas à trouver un détail particulier, un truc bien spécial, dit Little. Il porte des lunettes, tu vois ? Il s'habille comme un rancher... Tu vois, des bottes et un chapeau ?

Je secouai la tête.

— Non.

— Alors, comment tu le décrirais, ce salopard ? demanda Little sèchement.

J'étais sans voix.

— Ordinaire, dis-je d'un ton piteux. Un gars ordinaire, tout simplement. Avec un certain bagout.

— Un tueur ordinaire, tout simplement, commenta Little, sarcastique. Un type de l'Est. Avec un vague accent écossais ? Approchant la cinquantaine ?

Je secouai la tête de nouveau.

— Tu dois penser à quelqu'un d'autre. Le type qui m'a parlé de ça avait dans les trente ans.

Nous échangeâmes un regard consterné. Pour finir, Little déclara :

— Oh, et puis merde ! Ça pourrait être n'importe qui. Qu'est-ce que ça peut foutre, d'ailleurs ?

Il eut un rire défait.

— Comment ça ? protestai-je. Ils veulent ta peau, Frank. Mais j'sais pas qui. Joe, je connais Joe. Joe Davis, mais… c'est peut-être pas son vrai nom.

— Joe, hein ? Bon Dieu, j'en ai connu des tas, de Joe.

Little rit de nouveau, d'un rire presque hystérique.

— Y en a bien trop, des Joe, si tu veux savoir. Mais franchement, Goody, c'est sans importance.

— Frank ! Ils peuvent te tuer !

Je fus aussitôt atterré par ce que je venais de dire. J'avais soigneusement enfoui au fond de mon cerveau l'image du tueur, mais elle remontait maintenant à la surface.

— Non, non, dit Little en secouant la tête.

— Écoute, c'est pas c'que je voulais dire, mais ils pourraient quand même. Tout peut arriver.

— Oh, ils pourraient, je suppose. Merde, ils y arriveront peut-être.

— Et alors ?

— C'est sans importance, répéta Little à mi-voix.

J'étais furieux, brusquement.

— Ça veut dire quoi, ça, nom de Dieu ?

Little leva sur moi un regard intense, son atroce visage presque attendrissant, empreint d'une innocente sincérité.

— C'est sans importance, Goody, dit-il encore une fois. Tu comprends, je vais mourir de toute façon.

Je haussai les épaules, désemparé.

— Oui, bien sûr, on va tous mourir, un jour ou l'autre…

— C'est ça. Ça en fait partie, déclara Little comme pour m'encourager à aller jusqu'au bout.

Mais je me contentai de le regarder sans comprendre. Il opina du bonnet, comme pour lui-même et poursuivit :

— Les gens disent toujours ça, mais y-z-y croient pas vraiment. Y pensent pas réellement qu'ils vont mourir. Moi j'sais qu'je vais mourir, Goody. J'pourrais mourir d'une minute à l'autre. J'en ai assez fait, Dieu sait. Mais c'est pas ça le problème. Le fait est qu'ils ne peuvent pas m'tuer vraiment. Oh, je sais, ils peuvent me liquider — bien que j'en doute — mais ils ne peuvent pas être vraiment mes tueurs. Tiens, assieds-toi.

Je ne voulais pas m'asseoir. Je me demandais si j'avais affaire à un fou.

— Tu comprends, je me suis déjà tué moi-même, en un sens, expliqua Little. C'est-à-dire que j'ai déjà donné ma vie, pour participer à… en fait, j'appartiens à quelque chose d'autre, de plus important, à une idée qui ne mourra pas. Tu peux comprendre ça ? Je ne parle pas seulement du Communisme, ou du Socialisme, ou de l'I.W.W. C'est plus grand que ça. C'est la Vie elle-même. C'est l'esprit de la vie, peut-être. L'idée, le principe de vie… et toutes ces choses, ce sont juste des manières d'y réfléchir. Tu m'écoutes, Goody ? C'est important. C'est crucial pour toi. C'est ce que tu dois apprendre. C'est la seule chose que je peux te dire.

Tu comprends, ton ami Joe, il est déjà mort lui aussi. Mais vraiment mort. Pas comme moi. Il est mort et il fait partie des morts.

— Tout ça, c'est trop compliqué pour moi, répliquai-je avec impatience.

Little se mit à rire puis se leva. Il me saisit par les bras puis me serra contre lui.

Oh, Seigneur, pas ça, pensai-je. Mais je compris que c'était différent cette fois. Ce n'était pas le désir, mais l'amitié, qui provoquait ce geste. Je me mis à rire moi aussi, encore qu'un peu gêné.

— Tu es de la bonne race, Goody.

Little relâcha son étreinte, mais me tint un moment à bout de bras, pour me dévisager, avant de laisser retomber ses mains.

— Je le vois sur ton visage. Tu as l'esprit un peu confus en ce moment, mais qui n'l'a pas ? Non, j'vois bien. J'me trompe jamais sur ce genre de choses. T'es un des nôtres.

Little rit de nouveau et s'assit. Il me demanda une autre cigarette. Je lui tendis le paquet. Il en prit une, puis une autre, en m'interrogeant du regard. J'acquiesçai. Little glissa la deuxième cigarette derrière son oreille et la première entre ses lèvres. Il gratta une allumette de cuisine sur sa boîte en fer-blanc et alluma sa cigarette. Il en tira une bouffée et croisa les jambes, dans une attitude nonchalante et détendue.

— J'avais un copain, dit-il, un peu connard, je reconnais, qui disait tout le temps, « un des nôtres ». Je savais ce qu'il entendait par là. Toi aussi, tu sais. « Un des nôtres… engagé sur cette route. » J'en ai rencontré de temps en temps, sur cette route que j'ai choisie. Je crois que je les ai tous reconnus. Peut-être pas. Mais toi, tu en fais partie.

Little tira sur sa cigarette, puis entreprit de l'éteindre et de mettre le mégot de côté.

— J'en ai rencontré des tas, qui étaient des nôtres.

Il fourragea un moment dans sa valise et en sortit un bocal en verre. Il me le tendit. Il semblait plein de sable.

— C'est quoi, ça ? demandai-je.

— Un des nôtres. Joe Hill.

Je fronçai les sourcils. Je ne comprenais pas.

— Les cendres de Joe Hill. Enfin, son vrai nom, c'était Hillstrom. T'en as sans doute jamais entendu parler. C'était un I.W.W. Ils l'ont abattu, dans un pénitencier de l'Utah. Un coup monté. Il a fait envoyer ses cendres à ses vieux copains. Il écrivait des chants de travailleurs.

Il fredonna quelques mesures. Je ne reconnus pas l'air.

Frank reprit le bocal et le tint devant lui, l'examinant :

— Ouais, fit-il enfin, on a eu des bons moments. Joe était un des nôtres.

Il leva les yeux vers moi.

— Tu en rencontreras quelques-uns, de temps en temps, Goody. Tu les reconnaîtras quand tu les verras. Du moins, je l'espère… pour toi.

Il jeta le bocal sur le lit d'un geste négligent.

— J'sais pas pourquoi j'garde ça. C'est pas Joe, pas vraiment. Oh, d'accord, ce sont ses cendres. Mais le vrai Joe Hill, c'est là qu'il est.

Il se frappa la poitrine. Puis un petit sourire plissa son visage tuméfié.

— C'est con, hein ? Mais rencontrer un vrai frère, c'est quand même quelque chose, tu sais.

Il me serra la main alors, une poignée de main virile, sans équivoque.

— Merci d'être venu me voir, Goody. J'apprécie. C'était chouette de ta part. Et courageux. T'as du cran. Tiens, au fait. C'est pour quand ?

— Quand ? Oh, eh bien, je ne sais pas. Ils comptaient un peu sur moi, je suppose, mais maintenant… Enfin, ça sera pour bientôt. Avant le vote du syndicat, sans doute.

Little hocha la tête, l'air sérieux, comme s'il réfléchissait à un problème quotidien.

— Bon. Probablement. En tout cas merci encore. Je suppose que tu vas reprendre la route maintenant. C'est bien ça ?

— Quelque chose dans ce goût-là.

— Bien. Allez, bonne chance.

J'ouvris la porte.

— O.K. Bonne chance à toi, Frank. À bientôt.

— Merci, mais j'en ai pas b'soin, Goody. Au revoir.

Soudain, quelque chose lui vint à l'esprit, et il me dit :

— Attends !

Il alla chercher la bouteille de whisky, dévissa la capsule et me la tendit :

— Pour la route.

J'en bus une gorgée. L'alcool était tiède et fort, une marque bon marché. Mais je trouvai ça bon, et il ne me remonta pas dans la gorge. Little essuya le goulot de la main et leva la bouteille pour porter un toast.

— À tous nos potes, à tous nos Joe ! dit-il et il but une longue gorgée avant de revisser la capsule.

— M'oublie pas, Goody, dit-il. Et m'en veux pas… Pour, enfin tu vois…

D'un signe de tête, il indiqua le lit.

— C'était juste un moment de faiblesse.

— Je ne t'en veux pas, Frank.

Little sourit.

— Non, c'est bien ce que je pensais. Un dernier p'tit conseil, Goody : laisse tomber l'boulot d'détective. C'est pas un métier pour un type honnête comme toi, et j'pense pas que t'aies la vocation. Allez, bonne chance. Te laisse pas piétiner par des salopards.

Je souris, et sortis de la chambre. Frank referma doucement la porte derrière moi. Je m'attardai un instant dans l'étroit couloir.

Brusquement, la porte s'ouvrit de nouveau, et Frank passa la tête, la cigarette de secours glissée derrière l'oreille.

— Oh, Goody. T'as oublié ça.

Il me jeta la brochure de Marx.

— Quelque chose à lire dans le train. Pense à moi quand tu le liras.

Il sourit

— À plus tard.

La porte se referma. Je regardais la brochure, puis la glissai dans ma poche et m'éloignai.

CHAPITRE 13

— J'pige pas, petit. Hier, tu étais tout feu tout flamme et maintenant, tu dis que t'es plus dans le coup. C'est un peu léger. Quand on donne sa parole, faut s'y tenir.

— Mais tu as dit que je pouvais donner ma réponse définitive ce soir, protestai-je.

Davis agita la main d'un geste méprisant.

— D'accord, d'accord. T'avais l'air de pas trop savoir c'qui s'passait, et j'voulais qu'il y ait pas de doute dans ton esprit. Mais j'pensais pas qu'tu reviendrais sur ta parole. Qu'est-ce qui s'est passé ? T'as parlé à Little et il a réussi à t'entortiller ? Ou bien t'es un de ses minets, ricana Davis.

Je me sentis mortifié. Puis furieux. Ainsi donc, David savait que Little était homo !

— Je ne suis pas un minet, répliquai-je. Ni pour Frank ni pour qui que ce soit !

Davis sourit.

— D'accord, petit. J'te crois.

Il semblait impliquer que ça ne serait pas le cas de tout le monde. Puis son visage s'assombrit.

— Mais ça change rien. Le problème, c'est qu'je dois agir rapidement et maintenant, tu me mets des bâtons dans les roues. J'comptais sur toi. J't'avais pris pour un gars qu'avait quelque chose dans le ventre, pas un de ces... – il indiqua les clients assis à l'extérieur de notre box protégé d'un rideau de perles – un d'ces connards de péquenots de Butte.

Bizarrement, l'irritation de Davis me calma.

— Pour ce que j'en sais, dis-je, tu as peut-être manigancé tout ça. Bon Dieu, si on va par là, des ennemis de Frank au sein du syndicat ont pu t'inciter à tenter le coup. Je dis pas que ce soit le cas, mais comment je peux savoir ? Tu me laisses en plein brouillard et pourtant tu me fous sur le dos une sacrée responsabilité. Et je ne peux même pas vérifier auprès du Vieux. Eh bien, je suis pas d'accord, Davis. Posons-lui la question. Si le Vieux dit : « Allez-y ! », j'en suis. Sinon, je marche pas.

— Il est plus de dix heures, bon Dieu ! Autrement dit, passé minuit, dans l'Est. Je peux pas le joindre ce soir !

— Demain alors.

— Demain, c'est trop tard, dit Davis. Faut que je sache maintenant.

— Eh bien, comme ça, c'est réglé, dis-je, me sentant soulagé.

Davis, assis en face de moi, me fixait d'un œil furibond. Il empoigna la bouteille de whisky, se versa un verre, l'avala cul sec. Il continuait à me foudroyer du regard.

— Tu connaîtrais pas un certain McParland, par hasard ? demandai-je.

— McParland ? L'agent de Denver ? Pourquoi ? Qu'est-ce que tu sais de McParland ?

— Rien. Je me demandais simplement si tu le connaissais.

— Je sais qui c'est, dit Davis. Tu l'as déjà rencontré ? Non ?

Il me considérait d'un air pensif maintenant, en pianotant sur la table. Pour finir, il haussa les épaules et reprit :

— Qu'est-ce que tu dirais de ça ? Tu sais que j'peux pas joindre le Vieux c'soir, mais si un des types haut placés dans la Compagnie acceptait d'te parler, hein ? Il pourrait peut-être t'expliquer des choses. Dieu sait que j'ai essayé, moi.

Il semblait vexé.

— Ça te va ? Moi, je peux pas faire mieux.

Je l'écoutais, consterné. J'avais bien l'impression qu'il me tendait un piège, juste au moment où je me croyais sorti de l'auberge. Si Davis pouvait dénicher quelqu'un de la Compagnie prêt à se porter garant pour lui, ce serait dur de faire machine arrière. Davis était prêt à n'importe quoi, mais au moins, ça obligerait la Compagnie à prendre position. Si un responsable donnait son approbation à ce projet, je serais plus ou moins couvert. Je ne serais en tout cas pas complètement isolé.

— Très bien, dis-je. Ça pourrait aller, je suppose. Encore que je ne voie pas bien ce qu'il pourrait dire.

Davis eut un sourire encourageant.

— T'es plus malin que j'pensais, petit. J'peux pas te reprocher d'être prudent. J'aurais dû t'en dire davantage, mais la plupart des zigues à qui j'ai affaire — de nouveau, il eut un geste méprisant de la main —, si leur cervelle était du cuir, ils auraient même pas de quoi faire une selle à une fourmi. Tiens, bois un coup, j'reviens tout de suite.

Il s'absenta environ dix minutes. Je me tapai deux verres d'affilée, sans pour autant me sentir mieux. Je me mordais les doigts d'avoir jamais entendu parler du métier de détective.

Lorsque Davis revint, je vis bien à son air jovial qu'il avait manigancé quelque chose.

— Okay, p'tit, dit-il. Ça n'leur plaît guère, mais ils sont d'accord pour une rencontre.

Davis sortit une montre gousset.

— On a encore quelques minutes. Prends un verre.

Il nous servit tous les deux, et après avoir bu son whisky, il reprit :

— Tu sais, tu m'avais vraiment foutu en rogne, mais maintenant, je vois que t'avais raison. Un mec peut pas s'mouiller sans savoir qui il a en face. Comme ça, tu verras que t'as affaire à des gens à qui tu peux faire confiance, des gens qui occupent une place importante dans le monde.

Une demi-heure plus tard, nous remontions la colline à travers des ruelles sombres. Nous marchâmes pendant une dizaine de minutes. Nous devions être près de la mine Anselmo, devant laquelle j'étais passé en me baladant avec Frank. Davis s'arrêta et nous attendîmes près d'une barrière en bois. Peu après, une grande berline s'arrêta devant nous. Davis ouvrit la porte arrière.

Venant de l'intérieur, une voix courtoise nous invita à monter :

— Venez devant, monsieur Davis. Le jeune homme n'a qu'à venir près de moi.

Dès que nous fûmes installés, la voiture repartit en cahotant le long du chemin sillonné de profondes ornières.

— Bonsoir, monsieur Ryder. Comment allez-vous ? me dit l'homme assis sur la banquette arrière. Il prononça mon nom avec un léger accent écossais. Je ne voyais pas très bien dans l'obscurité, mais sa poignée de main était ferme, chaleureuse. Le silence retomba. Laissant derrière nous les maisons et les mines, nous nous engageâmes sur une route qui contournait la haute colline en forme de pyramide connue sous le nom de Big Butte. Parvenus de l'autre côté, nous nous enfonçâmes dans une campagne obscure, pour finalement nous arrêter sur la route déserte. Une lumière jaune brillait au loin. Une lampe à pétrole dans un ranch isolé, peut-être.

Personne ne descendit de la voiture. Une vitre séparait l'arrière de la voiture du compartiment où étaient assis Davis et le chauffeur. L'homme me proposa un cigare, que je refusai. Il alluma le sien, et à la lumière de l'allumette, je distinguai un type entre deux âges portant des lunettes cerclées d'or, et coiffé d'un feutre. Il avait un visage plaisant, rasé de frais, évoquant un banquier ou un avocat. Le genre d'homme qui, sans doute, a inscrit ses filles dans une institution chic, et qui devait faire office de diacre dans son église.

— On me dit que vous êtes un jeune homme remarquable, Ryder, dit-il en tirant sur son cigare. Je n'en doute pas. Vous devez, j'en suis sûr, vous demander qui je suis, mais vous comprendrez, étant donné les circonstances, que je ne me présente pas officiellement. Disons simplement, Goodwin, que je représente la Compagnie où je joue un rôle très influent et que j'ai toute autorité pour régler cette... euh... situation inhabituelle. Êtes-vous satisfait de cette explication ?

Je réfléchis un instant avant de répondre :

— Avec tout le respect que je vous dois, monsieur, permettez-moi de vous dire que c'est plutôt moi qui me trouve dans une position inhabituelle. Vous savez qui je suis, d'accord, mais je ne vous connais pas davantage que le Roi d'Angleterre. Pourquoi ne pouvions-nous pas nous rencontrer dans votre bureau ?

L'homme eut un petit rire.

— Vous êtes aussi astucieux qu'on me l'avait dit. Et vous avez du caractère, en plus ! Parfait. Je ne suis pas un ami du Roi d'Angleterre, Goodwin.

Il rit de nouveau.

— Nous pourrions nous rencontrer dans mon bureau, mais il est tard et j'ai cru comprendre qu'il y avait une certaine urgence. De toute façon, ça n'a aucune importance en ce qui concerne votre mission. Je suis venu directement de chez moi, comprenez-vous ? Je n'essaye pas de vous piéger, Goodwin. Je suis ici pour vous aider, vous et monsieur Davis, pas pour vous gêner Je ne suis pas, par exemple; le District Attorney, si c'est cela qui vous inquiète.

L'idée ne m'avait même pas effleuré. Mais maintenant, du coup, j'étais alarmé.

— Le District Attorney ne roule pas en Packard, Goodwin. Mais si cela ne suffit pas à vous convaincre, ceci peut-être y réussira. Voulez-vous craquer une allumette, je vous prie.

Je fis ce qu'on me demandait et vis l'homme ramasser une serviette par terre, l'ouvrir et en sortir plusieurs liasses de coupures neuves. L'allumette s'éteignit. J'en craquai une autre. Les billets semblaient être de dix ou vingt dollars, et le total devait bien se monter à plusieurs milliers de dollars. Je ne pouvais en être sûr. Je n'avais jamais vu autant d'argent de ma vie. On aurait dit le salaire de toute une existence.

Je levai les yeux vers l'homme dont les lunettes reflétaient la flamme de l'allumette. Il sourit et tira sur son cigare. C'était un très gros cigare. L'allumette s'éteignit et dans l'obscurité, l'homme prit la parole :

— Ceci n'est pas une preuve, j'en conviens, mais vous devez bien reconnaître que très peu de gens à Butte, sans lien avec la Compagnie, pourraient mettre la main aussi vite sur une telle somme en espèces. Cela suffira à prouver ma *bona fides*.

Je n'avais aucune idée de ce que pouvait être sa *bona fides*, mais je fus convaincu que cet homme appartenait à la Compagnie Avec l'image de tous ces dollars – tous ces talbins ! – qui dansaient encore devant mes yeux, j'oubliai complètement toutes les questions que j'aurais dû poser.

– Cet argent est à vous, Goodwin, tout au moins en majeure partie. Je ne sais pas quels sont vos arrangements avec monsieur Davis, mais vous pouvez avoir votre part dès maintenant, si vous le désirez. Tout ce que j'exige, c'est l'assurance que vous entreprendrez la mission que monsieur Davis vous a indiquée. Monsieur Davis me dit qu'il a besoin de vous particulièrement, que vous êtes le seul qui ait la compétence nécessaire pour conduire cette mission à bien. Est-ce le cas, Goodwin ?

– Je ne sais pas, monsieur. Je suppose que oui.

– Très bien. Monsieur Davis m'informe que vous êtes un jeune homme honnête, convenable et loyal, que vous êtes digne de confiance et que vous comprenez la nécessité et l'urgence de cette action, par ailleurs regrettable. Je me fie au jugement de monsieur Davis et d'après ce que je ressens de vous, je pense que vous êtes notre homme. Êtes-vous notre homme, Goodwin ?

Toute cette harangue était débitée calmement, sur le ton de l'évidence. C'était logique et raisonnable, rassurant et même réconfortant. Je me sentais presque leur obligé. Le bout du cigare rougeoyait dans l'obscurité de la limousine. Le silence était absolu. L'homme attendait ma réponse, mais je ne réussis qu'à tousser. L'homme entrouvrit la fenêtre pour laisser échapper la fumée.

Il me sembla entendre un coyote hurler dans le lointain. J'avais la gorge sèche et ne pouvais émettre un son.

Enfin, l'homme, impatient, demanda :

— Alors ?

— Je... euh... je ne sais pas, monsieur. Je n'en suis pas sûr, répondis-je d'une voix éraillée.

L'homme tira sur son cigare. Pour finir, il reprit, avec douceur :

— Je peux le comprendre, Goodwin. Cette affaire est de la plus haute importance, pour nous tous. Goodwin, est-ce que vous savez à quel genre d'homme nous avons affaire ? Je veux parler de ce Little ? Il attaque la structure même de notre société. Il attaque notre drapeau, nos fonctionnaires, nos traditions, nos idéaux démocratiques. Il... Goodwin, êtes-vous chrétien ?

Je ne savais même pas quoi répondre.

— Euh, oui, bien sûr, réussis-je à articuler. Comme la plupart, je suppose.

J'avais parfaitement conscience du fait que je n'avais pas mis les pieds à l'église depuis plusieurs années, depuis la mort de ma mère. Je me demandai brusquement ce que cet homme savait de moi. Il ne savait sûrement pas ça, bien qu'il me parût aussi omniscient que le principal de mon collège autrefois.

— Je vois, dit l'homme, comme si, effectivement, il voyait tout ce qui se passait dans mon âme de pauvre pécheur. Je faillis paniquer, me demandant s'il était au courant, pour Sheila. C'était peu probable.

— Frank Little n'est pas un chrétien, Goodwin. Frank Little est athée.

Ce mot fut presque chuchoté ; comme s'il ne pouvait être prononcé à haute voix parmi des gens civilisés.

— Frank Little ne croit en rien, pas même en Dieu le Père ou en Jésus notre Sauveur.

— Monsieur, réussis-je à articuler, Joe et moi avons déjà discuté de tout cela, au sujet de Frank.

— Bien, bien, dit l'homme, presque chaleureux.

Le silence retomba. Il devenait pesant. Je tendis l'oreille, pour entendre les hurlements du coyote, en vain. Lorsque l'homme reprit la parole, ce fut d'un ton plus désinvolte, plus terre-à-terre.

– Vous pourriez considérer cela comme un travail, Goodwin. Un job que nous vous confions et pour lequel nous sommes prêts à très bien vous payer. Pas très agréable, certes, mais nécessaire. Un job qui demande un homme d'une trempe particulière, un homme coriace. On me dit que les hommes coriaces ne manquent pas à Butte, des types qui seraient prêts à faire ce travail gratuitement. Les hommes de Butte sont courageux, je le sais. Mais nombre d'entre eux sont irréfléchis, sans grande intégrité, prêts à encaisser le salaire et peut-être à saboter le travail. Ou il se pourrait encore qu'ils s'enivrent et se vantent ensuite de ce qu'ils ont fait, ce qui serait des plus fâcheux. Vous n'êtes pas un ivrogne, j'espère, Goodwin ?

– Non, monsieur ! Oh, je bois volontiers un verre de temps en temps…

– Bien, très bien. Oui, ce qu'il me faut, c'est un homme bien particulier. Un soldat, pourrait-on dire.

– Un soldat, monsieur ?

– Mais oui, évidemment, dit l'homme qui avait capté mon intérêt. Êtes-vous un patriote, Goodwin ?

– Oui, bien sûr ! Évidemment, monsieur !

– Évidemment ! Et vous avez entendu parler de Nathan Hale, j'en suis sûr.

– Oh, oui. On l'a étudié à l'école.

– Nathan Hale a donné sa vie pour son pays, Goodwin. J'ai vu à Yale College une plaque commémorative en l'honneur de ce grand patriote. Savez-vous ce qu'elle dit ?

Je me rappelai vaguement qu'il était question de donner sa vie, mais je savais que je ne pourrais citer l'inscription correctement. Je répondis donc :

— Non, monsieur.

— Elle dit : « Je désire me montrer utile. » Ce sont là les mots d'un grand homme, Goodwin. Nous ne vous demandons pas de faire le genre de sacrifice que Nathan Hale a dû faire. En réalité, nous sommes prêts à vous récompenser royalement. Mais nous vous demandons d'être un patriote, un soldat ; un soldat de la justice et de la bienséance. Un sergent de la vertu, pourrait-on dire.

Il semblait aimer cette formule et s'y attarda.

— Un sergent de la vertu, c'est-à-dire le genre d'homme qui, lorsqu'on lui confie une mission spéciale, se contente de l'accomplir. Il est payé, et bien payé, mais ce qui compte avant tout dans l'esprit de ce sergent, c'est d'avoir mené à bien sa mission. La gloire et les récompenses, c'est pour plus tard. Sa plus grande récompense, c'est d'avoir mené à bien sa mission, aussi difficile et déplaisante soit-elle. C'est ce genre d'homme que je recherche, Goodwin. Un sergent de la vertu.

Cette formule lui plaisait, décidément, et il appuyait sur le « r » de sergent et de vertu.

— Bon Dieu, c'est tellement rare, les sergents de la vertu, enchaîna-t-il comme à regret. Excusez ma façon de parler, je vous prie. Mais je vous soupçonne d'être précisément ce genre d'homme. Ai-je raison, Goodwin ?

Mon souhait le plus cher était de répondre à cette exhortation par un « Oui, monsieur ! » décidé et sans équivoque, mais à ma grande consternation, je m'aperçus que j'en étais incapable. Je ne pus que bredouiller, piteusement :

— Je... j'aimerais y réfléchir, monsieur.

— Goodwin ! Vous savez quelle heure il est ? Souvenez-vous de Nathan Hale. « Je désire me rendre utile. »

Il chuchota ces derniers mots avec une certaine révérence et ils restèrent suspendus dans l'air confiné de la voiture close.

— Je sais, je sais, mais...

Je ne voyais pas vraiment le rapport entre Nathan Hale et le fait de chasser Frank Little de Butte.

— Goodwin, nous vous demandons de sauver votre pays de ce fléau, de ce danger actuel. La République a besoin d'une action vigoureuse et immédiate en cette heure de péril grandissant. Il me faut savoir si vous avez l'intention d'aider votre pays.

J'étais atterré.

— Seigneur, monsieur ! Évidemment, je veux aider mon pays, mais...

— Goodwin, Goodwin... Vous êtes un jeune homme auquel la chance sourit. Dans notre nation, très peu d'entre nous ont accès aux premières lignes de la bataille. Très peu d'entre nous ont l'occasion de rompre une lance pour la liberté et la démocratie. Quelle occasion extraordinaire !

J'avais la cervelle en ébullition. Je n'étais après tout qu'un gamin des faubourgs de Pittsburgh, catapulté ici, dans le Montana, un simple pion dans une gigantesque lutte industrielle. Une partie de mon esprit me voyait en héros, en homme appelé à un destin exceptionnel. Mais une autre partie de mon esprit, méfiant comme celui d'un gosse des rues de Pittsburgh, me retenait.

Pour achever de me convaincre, l'homme se lança alors dans une tirade inspirée :

— Il arrive parfois, Goodwin, que dans le cours de son existence, l'homme soit emporté par le flux...

Il se reprit :

— Euh, je voulais dire le reflux…

Et il sembla alors incapable de se rappeler le reste de la phrase.

J'écoutai, déconcerté pour commencer, puis je m'efforçai de ne pas sourire tandis qu'il concluait, sans conviction :

— Cela signifie qu'un homme doit battre le fer pendant qu'il est chaud. Et c'est justement le moment. Alors, que décidez-vous ?

Cette fois, ça y est, songeai-je. Dans le coup, ou en dehors du coup. Ce serait un soulagement de dire oui tout simplement et d'en finir, mais je ne sais pourquoi, je n'y arrivais pas. Tout d'abord, je ne pouvais m'empêcher de me demander pourquoi mon rôle dans cette affaire était si important. Et ensuite, toute cette pression exercée sur moi me tapait sur les nerfs. J'avais envie de dire à ce zigoto d'aller se faire foutre, mais je dois avouer que je redoutais les conséquences. Merde après tout, j'étais assis dans une voiture au milieu de nulle part, dans l'obscurité totale, avec des gars dont je ne savais rien, et à qui je ne pouvais pas faire vraiment confiance. L'un d'entre eux, de toute évidence, était armé.

— Je comprends ce que vous voulez dire, monsieur, finis-je par bredouiller, mais est-ce que ça pourrait attendre demain ? Je vous donnerai ma réponse — oui ou non — demain matin, je vous le promets.

Le silence cette fois dura très longtemps. Le bout du cigare ne cessait de rougeoyer, de s'éteindre. Les hommes assis à l'avant se déplacèrent sur leur siège, faisant doucement osciller la voiture. Le coyote ne fit aucun commentaire. Pour finir, l'homme se pencha en avant et frappa un coup sec sur la cloison en verre.

— Ramenez-nous, dit-il, d'un ton glacé.

Pas un mot ne fut prononcé sur le trajet du retour. La voiture s'arrêta à l'endroit où elle nous avait pris, et Davis descendit et ouvrit la portière. L'homme était assis, impassible, et il ne prononça pas une seule parole, même lorsque je déclarai :

— Bonne nuit, monsieur.

Davis me demanda de m'écarter pendant qu'il parlait à l'homme. J'attendis dans le noir, fumant une cigarette, jetant parfois un coup d'œil derrière moi. J'avais l'impression que Davis était furieux, mais je ne pouvais en être sûr. Le ton montait, mais je ne distinguais pas les paroles prononcées. Enfin, Davis referma la portière et la voiture démarra.

Davis se mit en route en direction des lumières du district, sans mot dire. Je me hâtai de le rattraper.

— Joe, lançai-je, qu'est-ce qu'il a dit ? Je savais pas quoi répondre. Il arrêtait pas de parler de Nathan Hale.

Davis s'immobilisa.

— Qui ?

— Nathan Hale, répétai-je, essoufflé. Tu sais, le patriote.

— Je sais qui est Nathan Hale. Tu t'imagines que j'sais pas qui est Nathan Hale ? Bon Dieu de bon Dieu !

Il se tourna vers le haut de la colline et secoua la tête.

— Je ne pouvais pas lui dire oui ou non ! m'exclamai-je.

Davis se remit en marche et nous arrivâmes bientôt à proximité des premiers lampadaires. Il s'arrêta et sortit une liasse de billets de la poche de sa veste. Il compta 500 dollars qu'il me fourra dans la main.

— Tiens, gratis, dit-il. C'est pour toi. Ça t'aidera peut-être à réfléchir. Je passe à l'action demain, avec Little. Si tu décides que t'es dans le coup, tu me trouveras au Finlen Hotel. Sinon, tu devrais être dans le train pour

Spokane. Et, petit… ne fais pas la connerie d'aller trouver les flics. Les flics, c'est là qu'ils sont.

Il glissa le reste de l'argent dans sa poche et la tapota d'un geste significatif.

— Joe ! Joe ? C'était qui, ce gars ?

— Tant que t'as pas pris de décision, dit Davis en s'éloignant d'un pas rapide, t'as pas besoin de savoir.

CHAPITRE 14

— Hé ! Qu'est-ce qui s'passe ? T'es d'jà en train d'te barrer ?

Dewey leva le nez de son porridge. En complet cravate, je tenais une valise à la main.

J'acquiesçai d'un signe de tête.

— Le patelin est pollué. Je vais m'engager dans l'Armée.

Dewey se mit à rire.

— Butte est pollué, mais ça pourrait être pire. Vers où tu pars ? J'vais p'têt m'engager avec toi. Attends, faut que j'te paye une bière.

Dewey engloutit le reste de sa bouillasse et nous sortîmes pour nous diriger vers le M & M. Plusieurs gars vinrent me serrer la main et tombèrent d'accord avec moi : au train où allaient les choses, mieux valait peut-être s'engager. Nombre d'hommes à Butte avaient déjà été mobilisés et s'attendaient à partir dans les trente jours. Formidable. Dewey me paya une bière et en accepta deux ou trois en retour, avant de s'éloigner, sans doute pour discuter avec un fan des « Giants » à propos des performances de batteur de Zack Wheat.

Je venais de franchir la porte lorsque je me cognai à Sean Paton.

— Qu'est-ce qu'y a ? demanda Sean, alarmé à la vue de la ma valise. Doc, tu peux pas partir maintenant !

Je lui expliquai que j'en avais plein le dos des salades du syndicat et que je partais m'engager dans l'Armée. Je ne pouvais me payer le luxe d'attendre davantage.

— Mince, j'ai même pas les dix dollars que tu m'as prêtés, dit Sean. Si tu restais encore une semaine, on reprendrait p't'êt le boulot. Ou bien je pourrais taper un des gars...

— Non, t'en fais pas, dis-je. J'te tomberai dessus un de ces quatre et tu m'inviteras à dîner.

— Mince, t'es vraiment un pote. Tu vas me manquer, Doc. Dis donc, t'es au courant, pour Frank ?

Mon sang se glaça dans mes veines.

— Non. Quoi ?

— Il s'est cassé une jambe, l'imbécile ! Qu'est-ce t'en dis ? C't'abruti a sauté d'un tram et s'est mal reçu, enfin, j'sais pas. En tout cas, il est sur le flanc pour une semaine, au moins. J'viens d'voir Al Wuuri et c'est lui qui m'l'a dit. Frank se r'posait, Al a dit, et voulait voir personne. Mais j'parie qu'y serait bien content d'te voir, si tu t'en vas.

Je n'en revenais pas.

— Il s'est cassé une jambe ?

— Ou le pied. J'sais pas trop. Al dit qu'il est plâtré.

— Et la réunion du syndicat ?

— Je sais pas. Je pense que Frank y sera, même s'ils doivent le porter. Dis donc, ma bourgeoise va être furax si tu t'barres sans dire au revoir. Si tu passais en vitesse ? Ça t'fait pas un gros détour.

Je regardai autour de moi. Il y avait une horloge sur un poteau un peu plus haut, dans Park Street, devant la joaillerie Young, mais les marchands avaient déjà baissé leurs stores pour se protéger de l'éclat du soleil et je n'arrivais pas à bien lire l'heure.

— Il faut que je file, Sean. Je vais louper le train.

— Le Milwaukee ? T'inquiète pas, Doc. T'as tout ton temps. Ma bourgeoise va me tuer si tu passes pas la voir. D'ailleurs, tu m'avais promis de lui faire un peu la leçon, sur le mariage. T'as oublié ?

— Non, je n'ai pas oublié. Mais tu m'as dit que tout allait bien, maintenant.

J'avais pensé à Sheila dès mon réveil, mais je m'étais dit que ça ne servirait à rien d'aller la prévenir. La vérité, c'est que j'avais peur d'elle. Si je passais la voir, on ne pouvait prévoir ce qui risquait d'arriver. Elle insisterait peut-être pour partir avec moi, et je n'avais pas le temps d'en discuter avec elle. Elle ne pouvait pas venir. C'était absurde. Elle avait un mari, pour qui elle éprouvait de la tendresse, je le savais, même si cela me consternait. Et elle avait quatre gosses. Les jeux étaient faits.

Je tergiversai :

— Je vais aller prendre mon billet, dis-je, et si je vois que j'ai encore le temps, je passerai chez toi.

— Dis donc, ça serait chouette. Hé, t'aurais pas le temps de boire une bière, non ?

— Non, pas le temps. Mais je vais te dire quoi...

Je posai mon sac à terre et sortis un billet de ma poche — au hasard — et c'était une coupure de vingt, toute neuve. Je soupirai et la filai à Sean.

— Tiens, bois un verre en mon honneur et paye une tournée aux copains. Tu me rembourseras un jour.

Sean était trop stupéfait pour prononcer le moindre mot, jusqu'à ce que j'atteigne l'autre côté de la rue.

— Doc ! hurla-t-il. Je te l'rendrai ! J'te promets ! Mets-moi un mot ! J'te les enverrai !

Je le saluai de la main et descendis la colline en courant à demi. J'avais tout mon temps. Un employé m'annonça que le train venait de passer Homestake, dans le défilé. Il n'arriverait à Butte que dans vingt minutes et y resterait sans doute au moins dix minutes, pas plus, d'après l'employé, parce qu'il était déjà en retard sur son horaire.

Soulagé, je m'éloignai et gagnai le quai où j'allai m'affaler sur un banc. J'étais heureux de partir. J'avais mauvaise conscience de plaquer Sheila comme ça, mais c'était compensé par le soulagement que je ressentais en pensant à Frank. Une fracture du pied ! Une chance inouïe, me dis-je ; et je faillis me mettre à rire. Je me demandais si Davis était responsable de l'accident, mais cela semblait peu probable. Enfin, on ne sait jamais. Et si c'était le cas, eh ben, un pied cassé, ça n'était pas trop grave comparé à ce que j'avais imaginé. Ouf ! Que de cas de conscience et de cogitations pour rien ! Et le mieux dans toute cette affaire, c'est que je n'étais pas impliqué. J'étais libre ! Cette fois, je ris vraiment.

— C'est quoi, cette bonne blague, petit ? demanda Davis, planté devant moi.

Le rire s'étrangla dans ma gorge...

— Oh. Salut, dis-je.

Puis je souris.

— Pas de blague, mais c'est drôle, quelquefois, la façon dont les choses tournent.

Davis fronça les sourcils et donna un léger coup de pied dans mon sac.

— Tu pars, petit ?

Je jetai un regard alentour. Nous étions seuls sur cette partie du quai.

— Je me contente d'obéir aux ordres, dis-je.

— Je croyais que tu devais passer au Finlen.

— Ce n'est pas ce que tu avais dit, lui rappelai-je. Tu as dit : si je changeais d'avis. Je n'ai pas changé. Et d'ailleurs, tu n'as plus besoin de mon aide maintenant.

Davis fronça les sourcils.

— De quoi tu parles ?

— De la jambe cassée de Frank.

— Little s'est pété une jambe ?

Davis poussa un juron.

— C'est donc de ça que parlait ce gars ? Comment tu l'as su ?

Je le lui dis et ajoutai :

— C'est toi qui as fait le coup ?

— J'aimerais bien lui tordre le cou, à ce salopard, répondit Davis, mais j'étais pas au courant. Un tram, tu dis ?

Davis avait l'air de réfléchir. Pour finir, il reprit :

— Écoute, petit, ça change tout. Faut que je vérifie. Tu ferais mieux de changer ton billet pour demain et de passer à ma chambre au Finlen. Viens dans une heure. J'ai des gens à voir.

— Mais, pourquoi ?

Mon ton geignard m'horrifia, mais je n'y pouvais rien.

— Frank est immobilisé. Tu as ce que tu voulais et sans grabuge.

— Tu rigoles, non ? Little fait courir le bruit qu'il a une jambe cassée, mais est-ce que c'est vrai ? De toute façon, même si c'est le cas, c'est pas ça qui va l'arrêter. Je le vois d'ici, ce fumier, faisant campagne avec une béquille, ralliant ses troupes ! Putain de merde, ils vont le porter en triomphe sur leurs épaules !

— En tout cas, je ne suis pas dans le coup, dis-je, obstiné.

— Oh mais si ! dit Davis, menaçant. Tu veux que je te rafraîchisse la mémoire, pour les flics ? Tu crois qu'ils peuvent pas t'arrêter pour vagabondage ou Dieu sait quoi ? De toute façon, faut que je contacte le Vieux pour le mettre au courant. Il voudra savoir où tu en es. Si tu veux, je peux lui dire que tu laisses tomber.

— D'accord, d'accord, dis-je dans un soupir. J'attendrai demain. Mais demande au Vieux s'il a des instructions spéciales pour moi.

Je m'efforçai de faire bonne figure. Je me disais que rien n'avait vraiment changé, à part la date de mon départ. Frank était sur une voie de garage. Ça lui était déjà arrivé. Il pouvait se planquer, puis ressurgir et repartir au combat, juste au moment où les autres croyaient ne plus l'avoir dans les pattes. Mais d'ici là, je serais parti.

J'entendis le sifflet de Milwaukee, approchant de la gare. Je me hâtai d'aller changer mon billet. Je songeai à aller trouver Sheila, mais préférai m'abstenir. Plus tard peut-être, après avoir parlé à Davis et entendu ce que le Vieux avait à dire. Je sortis et regardai l'énorme locomotive à vapeur pénétrer en haletant dans la gare. C'était un spectacle impressionnant et qui me rappela la vanne lâchée par Joe Davis : « Tu saurais diriger une compagnie de chemin de fer, toi ? »

Il n'y avait aucun doute là-dessus. Aussi compétents que pussent être le mécanicien, le chauffeur et le chef de train, c'était sûrement une entreprise gigantesque de bâtir et de faire fonctionner un pareil système. Certainement au-delà des capacités de ces simples ouvriers. Ils n'étaient que des rouages de la machine, en dépit de ce que pouvait dire Frank.

Le Finlen était un très bon hôtel et Joe Davis avait une chambre au cinquième étage, donnant sur Broadway. Il me fit entrer et m'offrit un Guckenheimer's Rye. Je lui dis que je détestai le rye et il commanda aussitôt une bouteille d'Old Taylor. Je m'assis dans un fauteuil et ne pus m'empêcher de comparer cet entretien avec celui que j'avais eu avec Frank Little dans sa chambre.

— Il semble que Little se soit bel et bien cassé la jambe, annonça Davis. Il a sauté d'un tram de Broadway, paraît-il, et s'est brisé la cheville ou fait une sale entorse, ce qui revient au même. Il va être immobilisé pour au moins deux semaines... qu'ils disent. Mais parie pas tous tes biffetons sur ce canasson.

— Tu as télégraphié au Vieux ?

— Ouais, et il a répondu tout de suite. Il me laisse le soin de régler la situation, comme d'habitude.

— Qu'est-ce qu'il a dit, pour moi ?

— Hein ? Oh. Faut que tu restes dans les parages. Écoute, j'ai besoin de réfléchir. Sers-toi de la gnôle, mais me casse pas les pieds, d'accord ?

Durant les deux heures qui suivirent, je regardai Davis assis sur une chaise près de la fenêtre, les yeux fixés sur les mines en haut de la colline, quand il ne se levait pas d'un bond pour faire les cent pas, les sourcils froncés, en marmonnant, en tirant sur un cigare, en le rallumant. Je fumais cigarette sur cigarette, buvais parfois un peu de whisky suivi d'un verre d'eau. La nuit tombait. J'allais renoncer à attendre et sortir pour manger un morceau, quand Davis arrêta ses allées et venues et annonça qu'il pensait avoir un plan.

— Parfait, dis-je. Et c'est quoi ?

— Aussi bien que ce que j'avais prévu à l'origine, sauf que c'est un peu plus risqué. Pas beaucoup, mais un peu quand même. Enfin, fit-il avec un haussement d'épaules, on peut pas faire autrement. Tu comprends, j'arrêtais pas de me demander, comment je vais faire sortir Little de chez lui ? Faudra bien qu'il sorte demain pour l'élection et tout ça, mais il sera entouré par sa bande. À part ça, il va rester dans sa pension, et si ses gars ont besoin de lui parler, ils iront le trouver. Un sacré problème, tu vois. Il pourrait pas être plus peinard s'il avait combiné ça lui même !

Davis observa une pause, comme saisi d'une nouvelle inspiration, puis y renonça d'un haussement d'épaules et poursuivit :

— De toute façon, j'ai trouvé la solution.

J'attendis. Davis savoura le suspense durant quelques secondes, puis lâcha tout à trac :

— On va aller le trouver.

— Aller le trouver ? T'appelles ça un plan ? C'est dingue, oui !

— Écoute-moi. Ses gars vont chez lui. D'accord ? C'est ça qui m'a donné l'idée. La vieille de la pension est habituée à voir des mecs entrer et sortir à n'importe quelle heure du jour et de la nuit. On va aller le voir, seulement il sera tard. Très tard. Disons trois heures du matin. On entre, on frappe à la porte et on l'embarque ! Qui va nous en empêcher ?

— Mais il a une jambe cassée ! Il aura pas envie de sortir !

— Il aura pas envie, d'accord, mais il sortira quand même.

J'étais effondré. Mais je crus voir néanmoins une lueur d'espoir.

— Et si toute une bande de gars traîne chez madame Byrne ?

— Ça serait vache, admit Davis. Mais je parie que c'sera pas le cas.

— Bon, eh ben, t'as pas besoin de moi, alors, dis-je. Si tu veux simplement l'embarquer, qu'est-ce que je fais moi, dans tout ça ?

— Oh, t'inquiète pas, répliqua Davis, me croyant de toute évidence désappointé de ne jouer aucun rôle dans ce plan fabuleux, tu es la clef de toute l'affaire. Tu y es déjà allé et d'ailleurs, Little pensera que tu passes le voir. Si ses potes sont là, tu pourras étudier le terrain. S'ils sont trop nombreux et armés, il faudra qu'on trouve autre chose.

— Pourquoi diable irais-je le voir à trois heures du matin ? Un peu tard pour rendre visite à un ami malade, non ?

— Tu peux y passer vers dix ou onze heures, dit Davis. J'aurai quelqu'un pour surveiller la baraque. Ses copains seront probablement partis à cette heure-là, à moins qu'ils restent. C'est ça qu'il faut qu'on sache : tout le monde a filé ou non ? Est-il vraiment seul ? C'est là que tu interviens.

— Et c'est quoi, mon excuse ? Je lui rends visite à dix ou onze heures, quand tout le monde est rentré chez soi ? C'est idiot. Il se méfiera.

— Et pourquoi ça ? Tu as réfléchi et tu t'es dit qu'il était pas si moche après tout.

Du pouce, Davis indiqua d'un geste obscène son fonds de culotte. Il eut un sourire salace.

— Enfin, tu vois… ce que font ces gars-là.

— Oh non ! dis-je, horrifié, en me levant.

— Ah, t'échauffe pas la bile comme ça. J'sais bien que c'est pas ton cas, mais des gars comme Frank… Y perdent jamais espoir, ces salopards. Ils ont jamais leur compte. J'en ai vu des tas, en prison et ailleurs. C'est des vraies putes, y peuvent pas s'en passer.

— Non, dis-je d'un ton ferme. Je refuse, un point c'est tout.

Je ramassai ma casquette et m'en coiffai.

Davis me dévisagea, comme stupéfait.

— Qu'est-ce qui te prend, bon Dieu ? T'as les jetons ? Ou peut-être que t'en es ? Toi et Frank. T'as peur qu'on te l'abîme, ton chouchou ? minauda-t-il, agressif.

— Tu es fou à lier, bon Dieu ! répliquai-je, aussi calmement que je pus, malgré ma fureur. Je vais envoyer un télégramme au Vieux. Ceci figurera dans le rapport.

— Hé, du calme, du calme !

Davis m'empoigna par le coude, mais d'une secousse, je me dégageai.

— Allez, je plaisantais, je voulais juste t'asticoter, te foutre en rogne. Et j'ai réussi !

Il se mit à rire.

— Sans blague, petit, c'était pour rigoler. Calme-toi. Tiens, bois un coup.

Il prit mon verre et y versa du bourbon.

Je bus quelques gorgées. Cela me calma.

— Tu as raison, bien sûr, reprit Davis. J'ai jamais voulu dire ça. C'est nul. Juste une petite plaisanterie. Dis donc, au fait, tu sais conduire ?

— Oui, répondis-je fièrement.

— Ça tombe bien, alors ! Tu pourras conduire la voiture, dit Davis.

— Quelle voiture ?

— Eh bien, la voiture dont on se servira pour emmener Frank dans la cambrousse et l'expédier d'un coup de pied dans le cul. T'auras même pas à entrer dans la baraque. On le fera sortir. Et tu pourras porter un masque. On aura tous des masques. Mais je sais pas conduire, ni moi, ni aucun des autres gars.

— Et s'il a des amis avec lui ? Qu'est-ce qui se passe alors ?

— Je verrai, dit Davis. S'il a des gros bras avec lui, alors on file en douce et on en reste là. T'auras pas besoin d'entrer. Tu as raison, ça serait dingue de t'envoyer là-bas avant l'heure. Ça le mettrait sur ses gardes.

Je me raccrochai à ce mince espoir. Frank serait peut-être assez avisé pour garder une partie de sa cohorte autour de lui, la nuit précédant l'élection. Mais sinon…

— C'est tout ? demandai-je. Vous ne lui ferez pas de mal ?

— Le goudron et les plumes, c'est pas une partie de plaisir, dit Davis, mais sa seule blessure, elle sera d'amour-propre. Tu comprends, on l'attache à un poteau télégraphique le long de la route, où on le trouvera le lendemain matin. Tout le monde le verra. Il aura l'air d'un négrillon, ce connard. Il sera tellement grotesque qu'il n'aura qu'une envie, aller se planquer quelque part pour gémir sur son sort.

— Et ça se borne à ça ? Tu le jures ?

— Oh, on lui collera peut-être sur la poitrine une pancarte des Vigilants. Tu sais, le fameux « 3-7-77 » dont je t'ai parlé. T'auras même pas besoin d'entrer quand on ira le cueillir. Faut que quelqu'un fasse tourner le moteur de la voiture. Little saura jamais que t'étais là, et le lendemain matin, tu seras en route pour Spokaloo. Qu'est-ce t'en dis ?

Nous discutâmes et échangeâmes encore nos arguments durant une heure, mais pour finir, je cédai.

— Je conduirai la voiture, dis-je, mais c'est tout. Pas de violences.

Je me persuadai que je le faisais pour Frank. Si j'étais là, me disais-je, je pourrai désamorcer toute forme de véritable violence. C'était un plan stupide, et je pensais qu'il avait peu de chances d'aboutir. Même si Frank était seul, madame Byrne refuserait peut-être de laisser entrer Davis et ses terroristes. Mais si tout se passait comme l'espérait Davis, mieux valait pour Frank que je sois là pour éviter que ça dégénère.

— Bouge pas d'ici, dit Davis. Tes copains, de toute façon, te croient parti, alors vaut mieux rester planqué Je vais te faire monter à bouffer, après faudra que je sorte pour aller rassembler les gars et trouver une bagnole. Je serai de retour après minuit, sans doute.

Je me cachai dans la salle de bain de luxe quand le garçon d'étage apporta la nourriture, puis Davis partit. Je traînai tout le reste de la soirée, à fumer des cigarettes, en m'efforçant de ne pas penser. À un moment, j'essayai de lire la brochure marxiste que Frank m'avait donnée, mais c'était impossible. J'y renonçai et reportai mon attention sur le whisky. Quand Davis revint, passé minuit, la bouteille était à moitié pleine, enfin presque.

— Bon Dieu, petit ! T'es pas bourré ? demanda Davis, inquiet.

J'étais saoul, mais je tenais debout. Davis me fourra sous la douche et lorsque j'en sortis, un pichet de café bouillant et quelques sandwiches m'attendaient. J'engloutis le tout avidement. Je n'étais pas dessoûlé, mais je me contrôlais.

— Merde, petit ! C'était vraiment pas malin, me reprocha Davis. T'aurais pu tout faire foirer. Les gars sont prêts. On les r'trouve d'ici une heure ou deux. Viens, je veux qu'tu voies la bagnole et qu'tu la conduises un peu.

Nous sortîmes par l'arrière. La voiture était garée dans une rue latérale, du côté de Finntown. C'était un grand véhicule ouvert, une voiture de tourisme Reo. Je démarrai et nous montâmes en direction de Walkerville. Nous revînmes par Excelsior, puis gagnâmes Wyoming, en passant devant la pension de famille de madame Byrne pour descendre jusqu'au pont de Milwaukee Road à la lisière de la ville. Ce serait l'itinéraire, expliqua Davis. Ensuite, nous retournâmes nous garer à deux pâtés de maisons du Finlen. Nous attendîmes encore près d'une heure, puis Davis sortit la bouteille d'Old Taylor, presque vide.

— Vaut mieux qu't'aies un petit coup dans l'aile, plutôt qu'une simple gueule de bois, expliqua Davis. Tu s'ras moins nerveux.

En effet, je me sentis beaucoup mieux après une ou deux gorgées, éprouvant un étrange mélange d'insouciance et de passivité. Ce qui allait arriver arriverait, de toute façon, me dis-je. Je n'avais qu'à laisser courir. Que Joe se fasse du mouron à ma place, après tout.

— Bon, c'est à peu près l'heure, déclara alors Davis, consultant sa montre de gousset. Il m'expliqua que les gars allaient nous retrouver devant la pension de madame Byrne dans Wyoming Street à trois heures pile. Si la voie était libre, Davis et ses hommes entreraient dans la maison, en sortiraient Little, ensuite j'emmènerais tout le monde jusqu'au pont. Davis avait entreposé du goudron et des plumes sous le tablier, me dit-il.

— Comment est-ce qu'on va tous tenir dans la voiture ? demandai-je.

— C'est un grande bagnole. On n'sera pas aussi tassés que tu crois. Au besoin, les gars se tiendront sur les marchepieds.

Davis et moi bûmes un dernier coup de whisky, puis je démarrai et gagnai Wyoming Street. Aucune trace des autres. Davis sortit son pistolet et descendit.

— Joe ! Tu vas pas t'en servir ?

— Juste pour décourager les curieux, m'affirma Davis.

Cinq hommes surgirent de l'obscurité, les visages dissimulés sous des masques de carnaval. Ils se livraient à des pitreries, se bousculaient, chahutaient. Ils étaient saouls ou pas loin de l'être. L'un d'entre eux déclara que plusieurs hommes étaient partis avant minuit, et que personne d'autre n'était entré ou sorti depuis.

— Joe ! Mon masque ! lançai-je.

— Hein ? Oh, laisse tomber, p'tit, personne va t'voir.

Il se tourna vers les hommes :

— Arrêtez, les mecs ! aboya-t-il. On n'est pas là pour rigoler !

— Ah ouais ? rétorqua l'un d'entre eux. Les autres s'esclaffèrent et suivirent Davis jusqu'à la pension. C'était plus un immeuble qu'une maison. Une lumière était allumée et la porte n'était pas fermée à clef. Davis et ses hommes entrèrent, tout simplement. J'entendis des voix, des coups frappés à des portes. Assis dans la voiture, je suais sang et eau, mon insouciance évanouie. Si seulement les amis de Frank étaient encore là, espérais-je, mais ça ne semblait pas le cas.

Soudain, l'un des hommes de main de Davis apparut sur le pas de la porte et lança mon nom, d'une voix sonore :

— Hé, Ryder ! On te demande à l'intérieur.

J'étais atterré.

— Qu'est-ce qu'il veut ? essayai-je de chuchoter.

— Il trouve pas la chambre, vociféra l'homme.

— Mais j'ai pas de masque, dis-je.

— Allez, viens, bon Dieu ! On n'a pas toute la nuit !

— Seigneur Dieu, chuchotai-je.

Je mis au point mort et entrai dans la maison. Les hommes se bousculaient dans l'entrée, comme du bétail. Davis était fou de rage.

— Où est-il, nom de Dieu ? demanda-t-il.

Ils se tenaient juste devant la porte de Frank. Je l'indiquai du doigt.

— Merde ! Bon, d'accord. Va surveiller la vieille taupe, dit Davis. Fais-la tenir tranquille.

Je me rendis à la chambre de madame Byrne. Elle avait essayé de tirer un lit en travers de la porte, mais deux hommes l'avaient écarté en forçant sur le battant. J'entrai et m'approchai d'elle. En peignoir et pantoufles, elle était terrifiée. C'était une femme d'environ quarante ans.

— Qu'est-ce que vous voulez, tous ? demanda-t-elle avec angoisse. L'autre homme m'a dit que vous étiez de la police.

J'acquiesçai d'un signe de tête sans rien dire. J'entendais les hommes enfoncer la porte de Frank.

— Ils abîment ma maison, se plaignit madame Byrne.

Je la fis taire.

— Pourquoi ils portent des masques, s'ils sont de la police ?

— Il y a quelqu'un d'autre dans la chambre ? lui demandai-je.

Elle secoua la tête et resta silencieuse.

Peu après, les hommes sortirent bruyamment de la pièce, portant à demi et tirant Frank Little, en sous-vêtements élimés, une jambe dans le plâtre.

— Il n'a même pas ses béquilles ! s'exclama madame Byrne.

— La ferme ! aboya Davis, brandissant son énorme pistolet automatique. Il me sortit de la chambre et referma violemment la porte.

— File à la voiture ! me dit-il.

Je dépassai les hommes en courant et me mis au volant. Davis poussa Little sur la banquette arrière et sauta à côté de lui, suivi d'un de ses hommes.

— Allons-y ! hurla-t-il.

Les autres montèrent sur les marchepieds ou s'empilèrent à l'avant. Je relâchai l'embrayage. Frank ne prononça pas un mot. Dans l'obscurité et toute cette agitation, je n'avais pas pu voir s'il était blessé ou non.

Je dépassai Park Street et arrivais à Silver Street lorsque soudain, un des hommes hurla :

— Arrête la bagnole !

Pensant qu'un des hommes était tombé du marchepied, je tirai sur le frein ; la grosse voiture s'immobilisa en oscillant et le moteur faillit caler. Pour le relancer, j'actionnai l'accélérateur.

— Qu'est-ce qu'il y a ? hurlai-je.

Personne ne me prêta la moindre attention. Ils extirpèrent Little de la voiture. L'un d'eux tenait une corde. Ils nouèrent une extrémité autour des poignets de Little et l'autre au pare-chocs arrière de la voiture.

— Allons y ! glapirent-ils en s'empilant de nouveau dans la voiture et sur les marchepieds.

— Vous pouvez pas faire ça ! protestai-je. Vous allez le tuer !

Le canon d'un pistolet s'enfonça dans ma nuque. Mes cheveux se hérissèrent.

— Roule, Goodwin, dit Davis.

Je relâchai la pédale d'embrayage et nous démarrâmes lentement, avec Frank qui clopinait pitoyablement derrière.

— Plus vite ! aboya Davis.

J'accélérai. Je ne regardai pas derrière moi, mais ressentis une secousse quand Frank s'écroula. Il était maintenant traîné derrière la voiture. Je ralentis, mais le canon de l'arme s'enfonça douloureusement dans mon crâne et je remis les gaz. Au bout de trente mètres, incapable de continuer, je me dirigeai vers le bas côté et stoppai.

Davis de nouveau m'enfonça le canon dans la nuque, mais je me tournai pour le regarder.

— Je ne peux pas continuer, Joe. Il va falloir que tu conduises.

Le regard dur, Davis me dévisagea longuement, puis déclara :

— Très bien, les gars, remettez-le dans la voiture.

Ils le hissèrent de nouveau à l'arrière. Je voyais bien qu'il saignait, couvert d'horribles écorchures, ses sous-vêtements en lambeaux, son plâtre pendant d'un côté. Il semblait hébété, son visage, déjà meurtri, lacéré et en sang. Affalé entre Davis et un autre type, il essayait de retenir ses gémissements, serrait les dents.

Je roulai rapidement jusqu'au pont du chemin de fer. Arrivé là, je descendis de la voiture et m'en écartai. Je m'immobilisai dans l'obscurité, loin de la lumière des phares. Je me sentais suffoqué, paralysé.

Les hommes sortirent Little de la voiture et lui attachèrent les mains dans le dos. L'un d'entre eux tenait un nœud coulant et le passa par-dessus la tête de Frank. Frank s'affaissait entre les mains des deux types qui le maintenaient. Il était dans un état épouvantable, couvert de sang, et avait du mal à tenir debout. Ses sous-vêtements étaient en lambeaux et il frissonnait dans l'air froid de la montagne. Il avait du mal à tenir la tête droite. Je ne pense pas qu'il pouvait me voir, debout derrière la lumière des phares.

Les hommes étaient déchaînés, riaient, hurlaient, frappaient Frank à coups de poing et de pied. Ils cabriolaient devant les gros phares de la voiture comme des fous furieux. Tous étaient armés de pistolets et de couteaux et l'un d'entre eux brandissait une hachette.

Ils semblaient avoir oublié ma présence, et même celle de Davis, qui se tenait un peu à l'écart, son pistolet au bout de son bras pendant. Il observait la scène d'un air calme, détaché. Frank fit un effort pour se redresser quand un homme sautilla vers lui en agitant son couteau et en vociférant :

– Et si on en faisait un bœuf ?

Frank, de son pied cassé, lui envoya un violent coup entre les jambes. L'homme poussa un hurlement de douleur et se plia en deux. La douleur fut également ressentie par Frank et l'effort qu'il venait de fournir le fit s'affaisser sur place. Mais les hommes le remirent debout. Un autre type, plus grand que le premier, s'approcha en brandissant sa hachette et en criant :

— Tenez, épatant pour couper les couilles !

— Non ! hurlai-je en me ruant en avant.

Un objet dur et lourd m'écrasa l'oreille droite contre le crâne. Je m'étalai face contre terre sur la passerelle en bois rugueux donnant accès au pont. Je secouai la tête pour m'éclaircir les idées et quand je levai les yeux, Frank se tenait au-dessus de moi, à quelques mètres, la tête penchée. Il fronçait les sourcils, comme perdu dans ses réflexions.

Mais brusquement, il leva la tête et ouvrit son œil valide. Il me regardait, mais je ne pense pas qu'il me reconnut. Il semblait chercher quelqu'un d'autre. Pour finir, son regard se fixa sur Joe. Il plissa le front.

— C'est toi ? dit-il enfin.

Joe ne répondit pas.

Un sourire terrible déforma le visage de Frank et il cracha les mots :

— Non. Tu existes pas. Un pauvre diable. Voilà qui ils m'ont envoyé.

Et il éclata d'un rire moqueur, dévastateur.

Un des hommes le frappa, d'un coup de poing ou avec une matraque. Je ne vis pas bien. Frank s'affaissa sur place de nouveau. Mais il fit un dernier effort pour reprendre son souffle et énonça d'une voix claire :

— Tu es mort.

Joe Davis se détourna et fit un signe de tête par-dessus son épaule. Un des hommes bondit en avant et d'un geste large, frappa Frank avec un énorme couteau, de bas en haut, en pleine poitrine.

C'était fini pour Frank.

Les autres se ruèrent à leur tour, cognant et tailladant. Je ne pouvais absolument rien faire, je m'en rendais bien compte. Je commençai à m'écarter à quatre pattes du cercle de lumière, puis me remis sur pied et détalai. Je n'avais pas fait douze pas que je me cognai dans une autre voiture garée là, une énorme conduite intérieure noire. Je rebondis en arrière et m'écroulai de côté sur du gravier. Quelqu'un dans la voiture vociféra :

– Bande d'idiots ! Par ici !

– Arrêtez-le ! hurla Davis. Espèce de cons ! Chopez-le ! Le laissez pas filer !

Je me remis sur pied et, fonçant dans l'obscurité totale, m'étalai de tout mon long, basculai cul par-dessus tête le long du remblai du train, m'écorchant et me cognant contre les pierres pointues du ballast. Je me relevai d'un bond et me mis à courir frénétiquement le long du talus, les jambes fouettées par les herbes folles. J'entendis des coups de feu derrière moi, mais tirait-on sur moi ou sur Frank, je n'en avais aucune idée. Et ce fut alors que je me pris de plein fouet un poteau télégraphique.

CHAPITRE 15

Je me cognai dans ce poteau, et je tombai dans les pommes. J'ignore combien de temps je restai dans cet état. Et c'est peut-être ça qui me sauva la vie. Je ne sais pas. Quand je revins à moi, je m'éloignai en rampant le long de la voie, caché dans les herbes. Il y avait pas mal de wagons de marchandises sur les rails. À un moment, j'entendis la voix des tueurs qui me cherchaient. Deux d'entre eux passèrent si près de moi que j'aurais pu les toucher. L'un d'entre eux déclara qu'on n'aurait même pas pu voir un chat blanc dans cette obscurité, et l'autre se plaignit qu'ils étaient en train de manquer toute la rigolade — je suppose qu'il parlait de Frank — là-bas sur le pont.

Lorsqu'ils furent partis, je me glissai entre les wagons, remontant ainsi jusqu'à une passerelle. Je parvins bientôt sur un chemin de terre qui conduisait, je m'en rendis compte alors, jusqu'au Carré de Choux.

L'aube pointait lorsque j'arrivai chez Sheila. Quelques chiens avaient aboyé sur mon passage, mais je n'avais vu personne. Je frappai doucement. Pas de réponse. Je frappai de nouveau plus fort, puis encore plus fort.

La porte s'ouvrit brusquement et je basculai à l'intérieur. Sheila, vêtue d'une longue chemise de nuit en flanelle, tenait à la main une petite lampe à pétrole. Surprise, elle eut un mouvement de recul, puis me dévisagea.

— Seigneur Dieu, c'est Goody ! Tu n'es pas parti !

Elle posa la lampe sur la table du salon et me serra dans ses bras.

— Tu es blessé ! s'écria-t-elle.

Trois des enfants dormaient par terre, enroulés dans leurs couvertures, de l'autre côté de la table. L'un d'entre eux dressa sa tête rousse et leva vers nous un regard ahuri.

— Chut ! dit sa mère. Rendors-toi, Moïra.

La petite fille, docile, reposa la tête par terre.

Sheila me ramena dans la cuisine et leva la lampe de nouveau pour m'examiner.

— Oh, mon pauvre petit, dans quel état tu es ! Tu as bu ?

Elle renifla et fit la grimace.

— Oui, bien sûr ! Imbécile ! Mais tu m'es revenu !

De nouveau, elle m'enlaça.

— Mais bon Dieu… marmonna une voix.

Sean était appuyé au chambranle de la porte, les cheveux ébouriffés, pieds nus, vêtu d'une salopette informe. Il frotta ses yeux rougis.

Je m'écartai doucement de Sheila.

— C'est pas ce que tu crois, dis-je, la voix éraillée.

Sean secoua la tête pour s'éclaircir les idées.

— Pas ce que je crois ? Qu'est-ce que je devrais croire, bon Dieu !

Son regard soudain s'éclaircit, passa de sa femme à moi.

— Toi ! C'était toi !

— Non, non, tu ne comprends pas, coassai-je. Frank est mort. Ils l'ont tué.

— Quoi ?

Sean était totalement désemparé. Puis sa voix se fit sourde, incrédule.

— Frank ? Mort ? Qui ?

— Doux Jésus, chuchota Sheila, qui avait tout compris. Et tu as essayé de me dire…

— Frank mort ? répéta Sean, les sourcils froncés par l'effort. Tu l'as vu ? Où ?

— Au pont du chemin de fer, dis-je.

Je me tournai vers Sheila.

— Tu as du whisky ?

— Tu veux du whisky ? À cette heure ?

Puis elle comprit.

— Oui, bien sûr.

Elle poussa Sean devant elle, en direction de la chambre à coucher.

J'attendis dans la cuisine, vacillant, regardant autour de moi d'un air hébété. Leurs voix assourdies me parvenaient depuis la chambre. Il y avait derrière moi un poêle à charbon, encore chaud, pour lutter contre la fraîcheur de l'air des montagnes. Par la fenêtre voilée d'un rideau usé, je voyais le jour grandir dans la cour à l'arrière.

Sheila revint bientôt avec une bouteille qu'elle me tendit. Je l'ouvris et avalai une grande lampée d'un liquide qui me brûla la gorge. Sans doute un cognac bon marché. Je bus une autre gorgée et Sheila me reprit la bouteille.

— Dis-moi ce qui est arrivé, déclara-t-elle calmement.

— Ils ont assassiné Frank. Je ne savais pas qu'ils allaient le tuer. Je pensais qu'ils allaient juste le chasser de la ville.

Ma voix, étrangement, était calme.

— Tu y étais ?

J'acquiesçai d'un signe de tête. Elle me dévisagea, l'air sombre. Je me détournai pour échapper au regard de ses yeux gris. Sean réapparut sur le pas de la porte. Il nous écoutait.

— Tiens, dit-elle, mettant la bouteille entre les mains de son mari. Bois ça.

Paton ingurgita une prodigieuse quantité de cognac. Suffoqué, il réussit à dire :

— Alors, raconte. T'as vu Frank mort ?

— Oui, répondis-je d'un ton las. Non. J'l'ai pas vraiment vu mort. Mais il est mort. J'en suis sûr.

— Qui c'était ? demanda Paton durement.

— Du calme, lui ordonna Sheila. C'était les espions. Goody, ici présent, a essayé de les empêcher, mais il a pas pu.

— T'as pas pu les empêcher ? demanda Paton. Et pourquoi ça ?

— J'n'ai pas pu.

— Et pourquoi t'as pas pu ? rugit Sean.

— Chuttt, bougre d'imbécile, lui dit sa femme. Tu vas réveiller les petits.

À en juger par les mouvements que l'on percevait, ils étaient déjà réveillés.

— Goody n'a pas pu les arrêter parce qu'ils étaient trop nombreux. Tu vois bien qu'ils ont essayé de le tuer, lui aussi.

Paton jeta un coup d'œil à mes vêtements déchirés.

— Ils ont essayé d'te tuer ? dit-il. Puis il poussa un gémissement et disparut dans l'autre pièce en disant :

— Ils ont tué Frank ! Ils ont tué notre pauvre Frank ! Les fumiers, les salopards !

Sheila se hâta d'aller le rejoindre.

— Y nous laissent jamais rien avoir ! gémissait Sean. Cette bande de fumiers !

J'entendis la voix indistincte de Sheila et Sean se tut. Les ressorts du lit craquèrent. Elle revint presque aussitôt, la bouteille à la main.

— Finis ça, dit-elle. Vite.

Je vidai la bouteille.

— Voyons, qu'est-ce qu'il faut faire ? dit-elle, s'adressant plus à elle-même qu'à moi.

Après un instant de réflexion, elle leva les yeux vers moi.

— On va devoir partir par le train du matin.

— Tu es folle ! Ils seront là à m'attendre. Ils vont me faire arrêter, et puis une fois que je serai en taule, ils m'assassineront.

Sheila acquiesça.

— Peut-être. Mais c'est ta seule chance. Ils ne feront peut-être rien, si tu te tiens tranquille. Tiens, assieds-toi et mange.

Elle me poussa sur une chaise devant une minuscule table en bois et sortit dans l'office. Elle en revint aussitôt avec une miche de pain et un morceau de jambon. Elle en coupa des tranches qu'elle posa devant moi.

— Allez, mange.

Je portai la nourriture à la bouche. Elle me parut délicieuse, à ma grande surprise, et je dévorai le tout.

Pendant ce temps, Sheila alla chercher de l'eau et se mit calmement à faire du thé. Lorsqu'il fut prêt, elle emplit deux chopes pour nous deux, bien sucrées.

— C'est à peu près tout ce qu'il reste de sucre, dit-elle, résignée, puis elle ajouta :

— Enfin… on n'en aura plus besoin.

Après avoir bu assez de thé et repris un peu mes esprits, je déclarai :

— Mais c'est dingue, Sheila. Tu ne peux pas être embringuée là-dedans. Je m'en vais.

Et je me levai.

— Et où iras-tu, avec des vêtements dans cet état et la figure en marmelade ? Oh, ton beau visage, si abîmé…

Elle alla chercher une cuvette et commença à me bassiner la figure avec l'eau chaude de la bouilloire et du savon. J'attendis patiemment, la laissant jouer les infirmières.

— Maintenant, il faut s'organiser, dit-elle, lorsqu'elle eut terminé. Tu as de l'argent ?

Je sortis mon portefeuille et lui montrai le contenu. Sans doute n'avait-elle jamais vu autant d'argent de sa vie. Ses yeux s'arrondirent, mais elle ne fit aucun commentaire, ni à ce moment-là ni plus tard. Elle inclina la tête simplement et entreprit d'expliquer son plan. Je protestai pratiquement contre chacune des phases, mais sans résultat. J'étais bien trop fatigué, et en proie à une trop grande confusion pour lui résister sérieusement. Elle retourna dans la chambre à coucher et je restai assis là, pitoyable, à écouter les échos assourdis d'une discussion animée. Elle revint enfin, portant un complet en laine grossière et une chemise blanche qu'elle posa sur la table.

— Mets ça, dit-elle. Et il faut que tu rases cette moustache idiote. Elle ne m'a jamais plu de toute façon.

— Ah bon ? dis-je, surpris, persuadé que toutes les femmes adoraient les moustaches.

Elle m'apporta de l'eau chaude et le rasoir de Sean. Je m'assis devant une glace et rasai la moustache qui avait mis des semaines à pousser. Pendant que je m'habillais, elle regagna la chambre à coucher et en ressortit rapidement, dans sa tenue habituelle, sa jupe, son corsage et son châle. Elle prit mon argent et sortit en courant par derrière. J'avais à peine fini de m'habiller quand elle revint. Elle me tendit des billets de chemin de fer.

Sheila s'activa ensuite à réveiller les enfants et à leur préparer un porridge. J'allai dans le salon et m'étendis sur une des paillasses. Sean ne bougea pas de la chambre à coucher. Je dus m'assoupir car la matinée était déjà bien avancée quand je pris conscience de l'excitation des enfants. Ils avaient revêtu leurs habits du dimanche, une robe pour la petite Moïra, un pantalon propre et une chemise blanche pour les deux garçons. Ils parlaient du voyage qu'ils allaient faire.

J'entendis Sheila et Sean discuter dans la chambre à coucher. Elle apparut bientôt, revêtue des vêtements que je lui avais achetés pour notre escapade à Hot Springs. Elle était très élégante dans cette robe vert foncé. Elle avait relevé ses cheveux et était coiffée d'un chapeau qu'elle avait dû bricoler avec Dieu sait quoi, composé d'une calotte basse et d'un large bord, avec une guirlande de fleurs, orné même d'une longue plume de faisan et d'une voilette. Incroyablement séduisant, mais je m'en voulus aussitôt de l'avoir remarqué.

Elle inspecta rapidement les enfants. Je me levai, raide, engourdi, les articulations douloureuses. Sheila se tourna vers la chambre.

— Sean, mon petit, appela-t-elle doucement, nous partons maintenant. Il faudrait que tu viennes parler aux enfants.

Une réponse marmonnée nous parvint, puis Sean apparut en maillot de corps et pantalon. Il avait le visage bouffi, hérissé d'une barbe blond-roux. Il semblait avoir vieilli de dix ans. Il passa devant moi sans m'adresser un mot, sans m'accorder un regard. Dans la pièce de devant, il s'agenouilla devant les trois aînés et les attira dans ses bras.

— Tu viens pas, Pa ? demanda Moïra, la plus grande, âgée de neuf ans.

— Non, mon chou, dit Sean. Vous partez pas longtemps, tu sais. Juste une visite.

— Qui on va voir, Pa ? demanda un des garçons.

— Des gens de la famille de Ma, dit Sean.

Il les serra à tour de rôle contre lui puis les embrassa.

— Vous êtes des sacrés veinards, les gamins ! Vous allez prendre le train, vous amuser comme des fous, et après vous reviendrez tout raconter à Papa Sean-O.

— C'est sûr, Pa ! dirent-ils, pressés de se mettre en route.

Sean se redressa au moment où Sheila entrait dans la pièce, portant le plus jeune, un petit garçon de deux ans. Sean le lui enleva des bras et le remmena dans la chambre, prenant Sheila par surprise. Elle me fixa un instant du regard, puis entra dans la chambre.

— Sean, espèce d'idiot, qu'est-ce que tu fais ?

— Celui-là, tu l'emmènes pas, dit Sean, de l'intérieur de la pièce. Fous le camp avec ton jules et les autres, mais lui, il reste. Il est à moi !

Sheila vint sur le pas de la porte et me regarda, comme pour me demander de l'aide. Que pouvais-je dire ? Je haussai les épaules. Elle ouvrit la bouche pour parler, puis se retourna vers la chambre.

— Prends bien soin de lui, Sean, dit-elle d'une voix étranglée. Je reviendrai.

— Je sais, dit-il.

Elle sortit alors de la pièce, portant une vieille valise en cuir qu'elle me tendit. Sur ma tête, elle posa le vieux chapeau melon de Sean, qui m'allait parfaitement.

— Y vient pas, Seanie, Ma ? demandèrent les gosses.

— Non, pas tout de suite, répondit Sheila.

— Seanie, y peut pas venir ! gazouilla le plus petit.

— En route, dit la mère.

Nous traversâmes hardiment le Carré de Choux, droits comme des petits soldats, saluant d'un signe de tête les voisins mais sans nous arrêter pour bavarder. Il y avait beaucoup de gens dehors, excités visiblement par la nouvelle du meurtre de Little. Ils se demandaient avec inquiétude ce qui allait maintenant se passer, semble-t-il, et ils ne nous prêtèrent guère d'attention sinon pour nous saluer d'un geste de la main, quelques-uns d'entre seulement demandant :

— Où vous allez ?

— On part en vacances ! répondit gaiement Sheila. On va voir des amis !

Nous nous éloignâmes, tout simplement, descendant vers la gare, Sheila et les gosses avec moi à leur côté, le bord du chapeau rabattu sur les yeux. Les gosses, voyant le train approcher de la gare tandis que nous descendions la colline, étaient frénétiques. Ils suppliaient leur mère et moi-même de nous dépêcher, mais nous ne leur prêtions aucune attention. Sheila, du moins. Quant à moi, j'étais aussi pressé qu'eux de me retrouver à bord du train.

— Y vont nous laisser ! Y vont nous laisser ! glapissaient-ils.

— Mais non, leur affirma leur mère, ils ne partiront pas sans nous. On a les billets.

Nous arrivâmes pile à la gare en même temps que le train, défilâmes le long du quai et nous hissâmes dans le wagon-lit. Je repérai plusieurs hommes qui, je le savais sans les reconnaître, étaient sûrement des policiers, mais j'évitai de les regarder et ils ne nous prêtèrent aucune attention. Un porteur nous aida à grimper à bord. Un nègre en veste blanche nous indiqua nos places, puis nous informa que l'on servait encore des petits-déjeuners au wagon-restaurant.

Nous traversâmes tous les wagons jusqu'au wagon-restaurant, avec ses nappes blanches, son argenterie massive et une rose solitaire dans un vase sur chaque table.

Je m'assis avec les enfants, qui semblaient aussi indifférents à ma présence que si j'avais été leur véritable père. Par la fenêtre, j'examinai les gens sur le quai. Aucune trace de Davis ou des gars qui s'étaient chargés du sale boulot la nuit précédente, mais il y avait des policiers, bien reconnaissables, qui déambulaient au hasard, le regard attentif, à la recherche d'un jeune homme de haute taille, arborant une moustache.

Le train attendait. Et attendait. Ce foutu engin ne bougeait pas. Je devenais de plus en plus nerveux. De toute évidence, ils n'allaient pas le laisser partir avant d'avoir trouvé le fugitif dont Davis leur avait donné le signalement. D'un instant à l'autre, un groupe de policiers allait faire irruption dans le wagon-restaurant, pour vérifier avec soin l'identité de chaque voyageur. Je me dis que ce serait peut-être une bonne idée de me rendre aux toilettes, mais, comme dans un cauchemar, j'étais incapable de bouger.

Enfin, après une attente interminable, le sifflet retentit, le conducteur hurla — « Attention au départ ! » — le train démarra avec une secousse et la gare commença à défiler à l'envers dans un nuage de vapeur. Un serveur entra, proposant des menus.

Le train sortit de Butte, roulant lentement entre les wagons de marchandises immobilisés, glissant entre les voies de garage où des passages à niveau arrêtaient un bus, ou de rares automobiles, ou une charrette à cheval chargée de légumes frais qui venait ravitailler le quartier.

Les gens saluaient le train de la main et les enfants leur rendaient leur salut.

En lisière de la ville, le train ralentit à l'approche du pont. Il y avait un groupe d'hommes, et parmi eux plusieurs policiers en uniforme, qui parlaient et gesticulaient, mais aucune trace visible des horreurs de la nuit. La locomotive émit un sifflement et s'engagea lourdement sur le pont, traînant après elle la longue file des wagons étincelants. Je regardai fixement l'endroit où j'avais arrêté la Reo.

— Un accident, déclara à sa femme l'homme assis à la table voisine, en sirotant son café.

Il interrogea ensuite le serveur sur la foule amassée là.

— Il paraît qu'un homme a été tué, répondit le serveur. Mais ils savent pas grand-chose de plus, on dirait.

— Un chemineau, commenta l'homme, comme bien renseigné. Ils voyagent accrochés sous les wagons. Quelquefois, ils se saoulent et lâchent prise.

— Ça doit être ça, acquiesça le serveur, affable.

Je me levai sans un mot et passai quelques coupures à Sheila. Je retraversai tous les wagons dans l'autre sens et, parvenu à hauteur du chef de train, je lui montrai nos billets et lui demandai où se trouvait le bar.

— Il n'est pas encore ouvert, Monsieur, me dit le chef de train.

— J'ai besoin d'un verre, lui dis-je. Salement besoin.

Le chef de train me dévisagea.

— Vous venez de Butte, hein ?

Il eut un sourire compréhensif.

— Eh bien, vous trouverez le barman dans la dernière voiture. Il va peut-être vous arranger ça.

Je restai au bar presque toute la journée et me cuitai à mort. À Deer Lodge, et de nouveau à Missoula, je fus pris d'une angoisse insurmontable en voyant la gare approcher. Mais il n'y avait pas trace de policiers ou de shérifs à l'un ou l'autre arrêt et le train ensuite ne s'arrêta plus avant Sandpoint, dans l'Idaho.

Il y avait des journaux de Missoula dans le bar, mais de toute évidence, ils avaient été mis sous presse avant que fussent arrivées les nouvelles de Butte. Le chef de train et un autre employé entrèrent à un moment et déclarèrent qu'il y avait eu des problèmes à Butte. Ils pensaient que ça avait quelque chose à voir avec la grève, mais n'étaient pas sûrs.

Les conversations dans le bar tournaient surtout autour du base-ball et de la Guerre. Je n'y participai pas. Je me contentai de boire et de regarder défiler les montagnes et les forêts.

Vers dix heures ce soir-là, après avoir mis les enfants au lit dans leurs couchettes, Sheila vint me chercher. Je réussis, grâce à elle, à regagner notre compartiment. Elle me serra contre elle dans le lit étroit. Je me cramponnai à elle tandis que nous dévalions le défilé de Columbia River en direction de la mer.

Le lendemain matin, toujours sur le Columbia, je lus les journaux de Spokane. Ils couvraient abondamment le lynchage de Frank Little. On parlait d'émeutes à Butte et de l'intervention éventuelle de l'Armée « pour ramener la paix dans cette ville déchirée par la grève ». Les éditoriaux des journaux étaient consacrés à l'opportunité d'une loi anti-sédition. Le gouverneur du Montana semblait prêt à convoquer une session spéciale du corps législatif afin de promulguer cette loi.

Au bar, les hommes d'affaires et les commis voyageurs discutaient du meurtre, mais je ne me joignis pas à eux. De l'avis général, il semblait que « ça leur ferait les pieds, aux Rouges ». Un voyageur déclara même :

— Ils ont drôlement bien fait, les gars, à Butte. Plus

vite on pendra tous ces traîtres, plus vite la guerre sera finie, et nos gars rentreront à la maison.

À un moment, quelque part à l'ouest de The Dalles, un commis voyageur fit remarquer :

– C'est vache quand même. Butte, c'est un endroit formidable. Ça la fout mal, pour Butte.

– Vous êtes déjà allé à Butte ? lui demandai-je d'une voix pâteuse.

– Ben oui, bien sûr, répondit-il. Un patelin formidable. Mercury Street, hein ? conclut-il avec un clin d'œil.

J'opinai du bonnet, au moins vingt fois, et réussis enfin à articuler :

– Un sacré patelin !

DEUXIÈME PARTIE

CHAPITRE 16

Le Jour des Marmottes* à Butte, en 1951, le soleil était éclatant. Un de ces petits rongeurs, assez stupide pour s'aventurer hors de son terrier en ce beau jour, aurait eu besoin de lunettes de soleil, sans parler d'une toque et d'un manteau de fourrure supplémentaire. C'était là le point de vue de l'Agent Spécial Senkpiel. S'il avait eu un bon petit terrier bien chaud, rien n'aurait pu l'en faire sortir, pas même la faim. Il faisait une température polaire, — 27° à une heure de l'après-midi. Senkpiel glissa les pieds dans ses caoutchoucs, enroula autour de son cou le cache-nez que sa fiancée lui avait tricoté, releva le col de son lourd manteau en tweed, enfila des gants fourrés de peau de lapin et ajusta ses cache-oreilles sous son feutre avant d'oser sortir de l'agence régionale du F.B.I. Lorsqu'il arriva à sa Ford, attribuée par le gouvernement, ses os, et même ses yeux, étaient gelés ! Depuis huit jours, le mercure n'était pas monté au-dessus de — 10, et l'Agent Senkpiel en ressentait quelque nervosité. Il faisait froid dans le Michigan — il était originaire de Grand Rapids — mais jamais à ce

* Ground Hog Day : le 2 ou le 4 février, date à laquelle on croit pouvoir prédire si les grands froids sont terminés. *(N.d.T)*

point, et jamais, bon Dieu, pendant une aussi longue période. Les habitants de Butte se plaisaient à dire que c'était un froid sec, et non cet horrible froid humide du Midwest. Mais à moins vingt-sept, qu'est-ce que ça pouvait bien foutre ? Il commençait même à éprouver un début de panique : peut-être ne ferait-il plus jamais chaud ?

Il lui vint à l'esprit que nombre de gens à Butte vivaient en fait comme des marmottes : ils descendaient tous les jours dans les mines de cuivre chaudes. On disait même que la chaleur était étouffante en bas, que les hommes travaillaient en bras de chemise, ou même torse nu, luisants de sueur. La seule évocation d'une chair nue le fit frissonner. C'était bien la première fois de sa vie qu'Arthur Senkpiel enviait les mineurs.

Après quelques ratés, le moteur gelé consentit à contrecœur à démarrer et, titillant à tour de rôle le frein et l'accélérateur, il réussit à descendre Montana Avenue jusqu'au quartier résidentiel, en bas de la colline, où avait été construite la vieille ville, et que les habitants de Butte appelaient « La Plaine ». Il y faisait encore plus froid, songea-t-il. Le froid s'infiltrait, comme une huile glacée, un suintement presque solide. Il trouva la rue qu'il cherchait et se gara légèrement de guingois sur un bourrelet de neige durcie devant une petite maison en bardeaux blanche. Il coupa à regret le contact, craignant que le moteur refusât de redémarrer.

Il prit un bref instant (très bref, car la température dans la voiture descendait rapidement) pour se remémorer la requête que lui avait envoyée le quartier général du F.B.I. De toute évidence, quelqu'un de très haut placé s'intéressait à Goodwin Ryder, le célèbre auteur de romans policiers. La femme qu'il s'apprêtait à interviewer était soit l'épouse, soit l'ex-épouse de Ryder, le mémorandum n'avait pas vraiment précisé. Il s'agissait en fait d'aller à la pêche aux renseignements, procédé de plus en plus familier pour la plupart des agents du F.B.I. en ce début de la guerre froide : enquêter discrètement à la recherche de sympathies éventuelles ou même d'affiliation avec les communistes. Il supposait que Ryder briguait un quelconque poste au gouvernement. Le mémorandum n'était pas explicite. Il mentionnait néanmoins un nom, celui de Frank Little, sur lequel il convenait de sonder le témoin, en particulier essayer de savoir quelles avaient été les relations de Ryder avec ledit Little, nom qui ne signifiait rien pour l'Agent Senkpiel. Et maintenant, le froid à l'intérieur de la voiture était si mordant que son souffle gelait sur les vitres. Il s'extirpa du véhicule.

La femme qui vint lui ouvrir portait un épais cardigan en laine tricoté à la main qui n'avait aucune chance de masquer l'imposant volume de son opulente poitrine. La porte laissa s'échapper des bouffées humides chargées d'une écœurante odeur de mazout, de fumée de cigarette et de parfum. C'était une femme corpulente d'une soixantaine d'années, aux cheveux roux qui essayaient de grisonner sans succès grâce à de nombreux rinçages au henné. Il serait inexact de dire que l'Agent Senkpiel la trouvait attirante ; en fait, elle lui parut répugnante. Peut-être avait-elle été une beauté, il y avait bien longtemps, mais Senkpiel était trop jeune pour en avoir conscience. À ses yeux, elle était vieille, grasse et laide. Elle était trop maquillée et peu soignée. Des cendres étaient éparpillées sur sa vaste poitrine et l'agent estimait qu'elle n'aurait pas dû être autorisée à porter un pantalon. Pas avant d'avoir perdu quinze ou vingt kilos.

La femme apporta du thé et s'installa ensuite dans un fauteuil à bascule capitonné près du radiateur. Des cristaux de glace créaient d'épais et fantastiques dessins à travers la luminosité des vitres. Elle farfouilla dans l'énorme plastron de son cardigan et en sortit un paquet de Lucky Strike qu'elle proposa à l'agent. Il déclina. Elle alluma une cigarette et commença à tirer sur la première des dix qu'elle allait fumer durant l'entretien. Elle servit le thé, puis, à la stupeur de l'agent, attrapa une bouteille de cognac à portée de main dans une bibliothèque et lui proposa « d'adoucir » son thé.

— Non, merci, répondit-il avec conviction.

Elle haussa les épaules et versa une généreuse rasade dans sa propre tasse.

L'Agent Senkpiel expliqua qu'une agence fédérale — il ne précisa pas laquelle — lui avait demandé de procéder à une enquête. Madame Ryder n'était pas obligée de répondre aux questions, mais il était, quant à lui, tenu d'enregistrer pour son rapport toutes ses réponses, y compris son refus de répondre.

Madame Ryder émit un petit rire bref comme un aboiement, et dit : « Oh la la ! » en haussant ses sourcils dessinés au crayon. Puis, elle demanda à quoi rimaient toutes ces salades. Elle avait une trace d'accent irlandais, ce que l'agent Senkpiel avait trouvé assez courant à Butte.

L'Agent Senkpiel répondit qu'il n'était pas autorisé à le dire, pour le moment, ce qui était relativement faux ; il ne savait pas vraiment, mais s'il avait su, il supposait qu'il n'était pas censé le dire. Pour le moment, on lui avait simplement demandé de poser plusieurs questions. Pouvaient-ils commencer ?

Mme Ryder s'envoya une bonne rasade de son breuvage, fit claquer ses lèvres, légèrement agrandies par le maquillage, et déclara :

— Allez-y, ouvrez le feu !

Elle le plongea dès le début dans la consternation en niant avoir été l'épouse de Goodwin Ryder.

— En fait, expliqua-t-elle joyeusement, on ne s'est jamais vraiment mariés. J'étais mariée à monsieur Paton, voyez-vous. Mais je me suis enfuie avec Goody et on a eu un môme, et Sean Paton a refusé que je le déclare sous son nom. Je ne voulais pas que ce gamin soit un bâtard, alors Goody et moi, on a dit simplement qu'on était mariés. Personne n'a jamais contesté ça.

— Il vous a inscrite comme étant son épouse dans son dossier militaire, protesta l'agent. Vous avez touché ses allocations militaires.

— Eh bien, faites-moi un procès, dit madame Ryder.

— Ça pourrait être plus grave que ça, déclara l'Agent Senkpiel, arborant son air le plus sévère. Mieux valait dès le début mettre les témoins en position d'infériorité.

— Je ne connais pas à première vue les détails de la loi, mais je suis sûr que c'est un délit fédéral.

Elle tendit ses deux poignets, cliquetant de bracelets en argent et en cuivre, comme pressée de se voir passer les menottes. Puis elle éclata de rire et tira sur sa cigarette. Durant tout l'entretien, elle se comporta ainsi, à faire le clown et à plaisanter.

L'agent Senkpiel n'avait jamais procédé à une telle interview, mais il est vrai qu'il avait peu d'expérience en la matière, étant très nouveau dans le métier. Irrité, presque furieux, il resta néanmoins impassible et réussit admirablement à se contrôler. Il ne perçut jamais chez elle la moindre anxiété, en particulier quand il évoqua les événements qui avaient entouré la venue de Goodwin Ryder à Butte en 1917, ou quand il mentionna le nom de Frank Little.

Madame Ryder soutint loyalement qu'elle n'avait pas connu Frank Little, mais qu'on lui avait parlé de lui, bien sûr. Elle n'avait jamais entendu Goody faire allusion à monsieur Little, affirma-t-elle et, pour autant qu'elle sache, Goody n'avait jamais rencontré cet homme.

— Goody était un détective, comme vous, dit-elle. Il travaillait pour les Pinks. Les Pinkerton, ou une de ces agences, je n'ai jamais très bien su. Je ne sais pas ce qu'il faisait — il était briseur de grève, je suppose — mais je suis sûre qu'il n'a jamais été en contact avec Frank Little.

L'agent était dans une position désavantageuse, car il n'avait aucune idée sur l'identité de Frank Little. Il n'avait pas eu le temps de se renseigner, mais il supposait que ça n'avait pas une grande importance : le Bureau l'en aurait informé. Il se promit de consulter le dossier Little dans les archives. Quant à madame Ryder, quel que soit son vrai nom, elle ne fit rien pour éclairer sa lanterne. Et petit à petit, elle se rendit compte, rassurée et surprise, que le F.B.I. ne s'intéressait pas à Frank Little. Ils ne s'intéressaient qu'à Goodwin Ryder. Mais pour quelle raison, ça n'était pas clair.

Qu'est-ce qu'il pouvait bien avoir en tête, le F.B.I. ? se demandait-elle. Elle décida que ça avait sans doute à voir avec l'Armée. Goody devait faire quelque chose pour l'Armée, un film peut-être. C'était un truc — comment déjà ? — un contrôle de sécurité, pensa-t-elle. Les contrôles de sécurité étaient monnaie courante. C'était la mode depuis la Guerre, depuis l'existence du rideau de fer et de la guerre froide, le sénateur McCarthy et toutes ces idioties. Des inepties, bien sûr.

À ce moment-là, elle commença à se détendre et à s'amuser. Elle but encore pas mal de cognac et se laissa aller dans une brume de nostalgie, en pensant à Goodwin Ryder.

— Oh, quel charmant garçon c'était, dit-elle, plus d'une

fois, en secouant la tête. Il était d'attaque toute la nuit, celui-là !

Quant au communisme, elle ne se souvenait pas de l'avoir jamais entendu parler de ça.

— Il était plutôt adepte des nichons, si vous voulez mon avis, ajouta-t-elle avec un clin d'œil irlandais aguicheur et un rire sonore.

Le jeune Agent Senkpiel essaya de retenir un rire qui se transforma en étranglement et renâcla, ce qui l'obligea à sortir précipitamment son mouchoir et à s'essuyer le nez. Son irritation dépassée, il s'amusait, malgré ses inquiétudes professionnelles, son angoisse, provoquée par un froid exceptionnel, et son état dépressif.

Senkpiel n'éprouvait aucune satisfaction à être un agent du F.B.I. à Butte. Il avait vingt-cinq ans et avait espéré obtenir un poste à Washington, D.C. Il travaillait pour le Bureau depuis deux ans. Les temps étaient un peu difficiles, au niveau de la promotion, mais la conspiration communiste qui avait suivi la guerre augurait plutôt bien de l'avenir. Il avait décidé que, s'il n'avait pas gravi d'échelons d'ici la fin de l'année fiscale, il reprendrait ses études de droit.

Un autre aspect de la personnalité de l'agent Senkpiel était un certain romantisme propre au Middle West. C'était la raison, en fait, qui l'avait poussé à s'enrôler dans le F.B.I. Il avait vraiment cru aux histoires de super-flics de la criminelle qu'il avait lues dans les pulp magazines et entendues à la radio — le fait que Monsieur Hoover ait avalisé et autorisé ces histoires l'amenait à les considérer comme fondamentalement vraies. Mais il appréciait également les œuvres de fiction décrivant les combattants du crime : l'un de ses feuilletons favoris à la radio était « Damian Knight », unc énigme policière, basée, d'ailleurs, sur un roman policier de

Goodwin Ryder. Il adhérait aussi fermement aux campagnes lancées par J. Edgar Hoover contre le communisme. Mais lorsqu'il devint membre du Bureau, il découvrit rapidement que le F.B.I. n'avait rien à voir avec l'image qu'on en avait. Évidemment, on ne s'attendait pas vraiment à ce qu'il en fût ainsi, mais il n'y avait pas de gangs démantelés, pas d'espions démasqués, rien. Le travail était ennuyeux. Surtout à Butte, si loin de tout.

Aussi trouva-t-il divertissant d'apprendre que Sheila Ryder-Paton connaissait les acteurs Edward G. Robinson et George Raft.

— Eddie, c'est un type merveilleux, un vrai gentleman, déclara Sheila à Senkpiel. Il collectionne les objets d'art, vous savez. Mmmhmmm. Difficile à imaginer, hein ? Un Juif irlandais, on ne croirait pas, mais en fait, je crois que sa mère était hongroise. Pas du tout un coriace, absolument pas. Ce n'est pas ce qu'on appelle un bel homme, mais oh, ces yeux langoureux ! Son côté « Rico », c'est de la connerie. Il avait des pieds minuscules, des doigts de pied ravissants. Un parfait gentleman. Georgie, il ne me plaisait guère au début. En moins d'une demi-heure, il m'avait mis la main aux fesses ! Mais on a vite réglé ce problème et on est resté bons amis. Il faisait des claquettes, figurez-vous. C'était un danseur. Je crois que c'est Jack Warner, ou un de ces abrutis, qui a pensé qu'il ferait un bon gangster. Évidemment, tous ces gars-là, on ne les connaissait pas quand on est arrivé à Hollywood, mais Goody est devenu très vite copain avec Coop et Clark, et…

— Vous ne parlez pas de Gary Cooper et de Clark Gable, je suppose ? l'interrompit Senkpiel.

— Si, bien sûr. Coop est du Montana, vous savez. Du côté de Helena, ou dans ce coin-là. Myrna aussi.

— Myrna Loy ?

— Qui d'autre s'appelle Myrna ? Seigneur, je la détestais ! Quelle pimbêche ! Pourtant ce n'est jamais qu'une collégienne qui s'est enfuie du Montana. Je suis presque sûre que « Loy », c'est le raccourci de Malloy, qui après tout, est aussi commun que mon Callahan, à Dublin. Enfin bref, Coop avait pris l'habitude de passer chez nous et on causait de Butte. Il a une passion pour la chasse et la pêche et il parlait toujours de revenir par ici — il adore cette région. Je crois bien d'ailleurs qu'il revient, de temps en temps, mais je ne le vois jamais. Goody jouait au poker avec lui et Clark et Papa jusqu'à des heures impossibles. Je vais vous dire une chose, ce Hemingway, c'est un vrai salopard. Il avait une influence horrible sur tous. Sauf sur Goody. Vous pouviez mettre Hem dans une pièce avec une bande d'abrutis et quand ils sortaient de là, ils parlaient tous comme Papa. Mais pas Goody. Goody ne se laissait pas bluffer par lui. Bref, ils buvaient tous beaucoup trop.

Senkpiel était fasciné. Lorsqu'elle lui proposa de nouveau du cognac, il accepta prudemment « une petite larme » dans son thé. Ça n'avait pas si mauvais goût. D'ailleurs, il faisait un froid de chien au-dehors, et la pièce était si chaude et douillette.

Elle lui raconta qu'elle et Goody avaient passé les premières années de leur vie prétendument maritale à San Francisco, après que Goody eut quitté l'Armée.

— Il a été gazé, vous savez. Pendant la Grande Guerre. Il a eu les poumons abîmés.

Senkpiel se demanda comment Ryder avait pu être gazé, mais il ne fit aucun commentaire. Il avait vu un mince dossier sur Ryder comprenant sa carrière militaire : deux passages dans l'Armée, 1918-1919 et 1942-1944. Ryder avait été libéré pour raisons médicales en 1919 à la suite d'une grippe, mais avait de nouveau rejoint l'Armée en 1942, à l'âge avancé de quarante-quatre ans. Ryder n'avait jamais quitté les États-Unis durant la première guerre et ne s'était jamais trouvé dans une zone de combat. Pendant la deuxième guerre, il avait travaillé dans les bureaux à Ft. Ord, en Californie, un poste assez peinard. Mais l'agent laissa passer. Son rôle n'était pas d'informer les informateurs.

— J'ai travaillé comme serveuse pour l'entretenir, pendant qu'il écrivait, déclara Sheila. C'était assez pénible, avec tous les gosses. Goody n'était pas très doué avec eux, je crains bien. (Elle soupira et but une gorgée de thé arrosé.) Je rentrais du restaurant pour trouver Jean et Devvy en train de cavaler dans Post Street à dix heures du soir ! Et le dernier, Alex, en train de pleurer dans son berceau, son petit cul plein de merde ! Et Goody qui tapait comme un enragé sur sa machine, la cigarette au bec — il n'aurait pas dû fumer, à cause de ses poumons, voyez-vous — et qui n'avait strictement rien remarqué de tout ça. Et les gosses n'avaient rien mangé de la journée.

— Avait-il des amis communistes à San Francisco ?

— Communistes ? Grand Dieu, non. Il essayait d'être un écrivain populaire et le seul travail qu'il avait, quand il travaillait, c'était comme perdreau. Il traînait avec les flics, les clochards, les escrocs, et quelquefois, il faisait un petit boulot pour les Pinks — les Pinkerton, pas les cocos. Vous voyez, faire le guet, filer quelqu'un, ou consulter des dossiers au Palais de Justice. Il était très doué pour les filatures, peut-être un des meilleurs. Mais ça ne rapportait pas grand-chose.

Elle secoua la tête, mélancolique.

— N'empêche, c'était le bon temps. Les gens parlent toujours de l'époque où ils en bavaient, où ils étaient pauvres et tout ça, je sais, et ça a l'air idiot, mais c'était quand même le bon temps. Plus tard, quand il est devenu célèbre et qu'on a eu plein d'argent, c'était pas aussi amusant. Goody se tapait toutes ces jolies filles — des starlettes, elles se faisaient appeler, mais c'était rien de plus que des putains — et je le voyais pas beaucoup à la maison. À ce moment-là, on avait eu Molly — le seul enfant de Goody, les autres étaient de Sean. Pour finir, j'en ai eu marre et je suis revenue ici.

Senkpiel ne releva pas la crudité de son langage, qui l'eût pourtant choqué une théière plus tôt.

— Pourquoi êtes-vous revenue ici ? demanda-t-il. Vous n'êtes pas native du Montana ?

Butte n'était pas un endroit où revenir, dans son esprit. Il était sans cesse stupéfait par le féroce attachement des gens du cru à leur pays.

— Seigneur, je n'allais pas rentrer en Irlande, pas vrai ? Mon garçon vit ici. Seanie est un poète, vous savez. Il écrit des jolis poèmes sur les mines et les bootleggers. Il ne partira pas de Butte.

— Alors, c'était votre premier mari qui était communiste ? demanda Senkpiel, s'efforçant de revenir à sa mission.

— Mais qu'est-ce que vous avez à vous obséder sur les communistes ? Personne dans ce foutu pays n'est communiste, bon Dieu ! Pourquoi ils le seraient ? Oh, c'est vrai que Sean a fait partie du I.W.W. C'est ça, le communisme ? Je croyais que ça datait d'avant le communisme. C'était un syndicat ouvrier, en principe. Le pauvre Sean-O, il pensait que le soleil se levait et se couchait dans le trou du cul de Frank Little — elle se couvrit la bouche de la main, faisant mine d'être embarrassée, avant d'enchaîner : non pas que mon Sean soit pédé ou je ne sais quoi dans ce goût-là. Il était tout ce qu'il y a de normal, et plutôt porté sur la chose…

quand il n'avait pas bu, conclut-elle avec un petit rire juvénile.

Senkpiel sourit et poursuivit obstinément son exploration.

— Ryder et votre mari étaient-ils liés ? Je veux dire, c'était de bons amis ?

— Ils étaient copains comme cochon. Évidemment, ils se sont un peu brouillés à cause de moi, surtout après que Goody et moi, on se soit enfuis en Californie. Mais ils se sont réconciliés. Vous savez comment ils sont, les hommes ; ils peuvent être fous d'une femme pendant un certain temps, mais l'amitié, c'est plus durable en un sens. Au bout d'un certain temps, Sean est venu habiter chez nous, de temps en temps. C'est Goody qui a fait faire du cinéma à Sean.

Senkpiel sentit son intérêt se ranimer.

— Monsieur Paton a également fait du cinéma ? demanda-t-il. Dans quelle branche ?

— Sean réglait les projos. Le pauvre homme est mort en 1940. Des problèmes de foie. Oh, il était célèbre ! Sans doute le meilleur de sa profession dans tout Hollywood.

Senkpiel n'avait aucune idée de ce que pouvait être un projo, mais plutôt que de révéler son ignorance, il préféra poser quelques questions sur les étranges relations qui existaient entre madame Ryder (ou Paton, en fait) et les deux hommes.

— Monsieur Paton n'était pas jaloux ?

Cela n'avait rien à voir avec son enquête, mais il était intrigué.

— Au début, si, admit Sheila. Mais il a vu comment c'était. J'étais tout simplement folle de Goody et Sean-O l'admirait, bien sûr, il voyait bien que c'était un type supérieur. Et d'ailleurs, eh bien, moi et Sean, on avait notre petit arrangement personnel, conclut-elle, avec un sourire rusé.

— Ryder était-il au courant de cet, euh, arrangement personnel entre vous et votre, euh, mari ?

— Certainement pas ! Goody aurait piqué une crise ! Il était très jaloux... Pourtant, il trouvait normal de baiser toutes les traînées de Hollywood et moi j'avais qu'à la boucler ! Eh bien, on peut être deux à jouer à ce petit jeu-là. Je me suis fait un plaisir de me taper tous ses amis célibataires — Coop, Georgie, Bogie, tous. Enfin, pas Eddie. Eddie était trop gentleman.

Senkpiel était abasourdi.

— Vous voulez dire que vous... euh, vous êtes *sortie* avec Gary Cooper ? Et les autres ?

Lorsque Sheila eut un sourire entendu, il insista :

— Avec Clark Gable ? Aussi ?

— Il a des fausses dents, vous savez. Et son haleine ne sent pas vraiment la rose.

Senkpiel la crut. Il était persuadé, néanmoins, qu'elle mentait sur un autre point, mais pas celui-là. Quelque chose d'autre. Il essaya de l'imaginer avec Clark Gable, et, étrangement, ce n'était pas trop difficile. Une Irlandaise rousse, rieuse, bien en chair, avec un châssis exceptionnel. Elle devait valoir le coup d'œil, songea-t-il, et il n'y avait pas si longtemps, après tout.

— Monsieur Ryder était-il au courant de ce qui se passait ?

— Je ne faisais pas vraiment de la publicité dans le *Billboard*, répondit Sheila avec un sourire lascif, mais je sais que ça lui est revenu aux oreilles. Votre réputation est plus à l'abri dans Mercury Street, dans Venus Alley, reprit-elle en indiquant la Colline d'un geste. Et c'est sûrement pour cette raison que je suis installée ici dans ce misérable taudis de Butte, plutôt que dans une maison au bord de la plage, à Santa Monica. Non pas que ça m'ennuie de vivre à Butte, j'ai toujours adoré Butte... Les gens d'ici sont bien réels, eux. Mais j'aurais pu être mieux située — plus haut dans la Colline, par exemple, dans Excelsior Street, ou plus loin, près du Country Club.

L'Agent Senkpiel inconsciemment se frotta les oreilles. Inventait-elle tout ça ? Son expérience limitée ne l'avait pas préparé à cette joyeuse rhapsodie. Il arriva à la conclusion qu'elle disait la vérité. La vie de personnes comme Ryder et Sheila était simplement différente de celle des gens ordinaires. Elle ne la trouvait sans doute pas extraordinaire. Il avait envie de l'interroger sur Bogart, mais il ne put s'y résoudre. Ce n'était pas dans sa nature.

— Cette amitié entre messieurs Paton et Ryder... demanda-t-il. Votre mari a-t-il influencé Ryder en faveur du communisme ?

— Sean ? Influencer Goody ?

Sheila ricana. Elle reprit du thé et du cognac et proposa à Senkpiel de le resservir. Il accepta, « juste un peu ». Elle emplit sa tasse à ras bord.

— Sean n'a jamais eu d'influence sur Goody, reprit-elle. C'était des copains simplement, comme le sont beaucoup d'hommes en Amérique.

Elle dévisageait Senkpiel d'un œil rusé

— Ils sont comme des petits garçons, pas vrai ? Je dois pourtant admettre que Gooddy est davantage un homme que n'importe lequel d'entre eux. Ou plutôt qu'il l'était. Il n'est pas en bonne santé, dit-on.

— Est-ce qu'il arrivait à monsieur Ryder de parler du Parti Communiste ou d'autres organisations du même genre, avec monsieur Paton, peut-être ? Non ? insista-t-il, obstiné. Connaissez-vous d'autres personnes qui étaient communistes ?

Elle secoua la tête, une expression à la fois de dégoût et d'indifférence sur le visage.

— Fiston, je ne reconnaîtrais pas un communiste, même s'il me pinçait la jambe, déclara-t-elle. À quoi ils ressemblent ?

— Vous êtes toujours en relation avec monsieur Ryder ?

— Oui, bien sûr. Enfin, de temps en temps. C'est pas comme si on était voisins, hein ? Il vit à New York, maintenant, il est à la colle avec, comment elle s'appelle déjà, l'auteur dramatique ? Mais oui, il m'écrit, quelquefois. Et il donne toujours des nouvelles aux filles. Et Molly m'écrit tout ce qu'il dit. Molly vit à Seattle, vous savez. Jean est dans le coin, à Anaconda.

Comme beaucoup d'habitants de Butte, elle prononçait « Andaconda ».

— J'imagine que vous devez en vouloir à Ryder, maintenant. Après l'avoir soutenu pendant ses années difficiles, vous retrouver ici…

D'un geste large, Senkpiel indiqua le décor.

— Pas autant que d'autres pourraient lui en vouloir, dit-elle. Nous autres Irlandais avons une grande considération pour les artistes. Il écrivait des romans, après tout. Je n'aurais pas pu les écrire. Vous ne pourriez pas non plus. Je crois même que Goody ne peut plus lui non plus. Mais je ne devrais pas dire ça. Il n'a jamais cessé de me surprendre. Je n'ai jamais pensé qu'on irait si loin et qu'on ferait tant de choses. Je savais que ce serait mieux que de vivre avec Sean, et de toute façon je serais partie. Et je me suis vraiment payé du bon temps. Goody nous faisait vivre confortablement quand l'argent rentrait et encore maintenant, il envoie de l'argent. Il a été très bien avec Molly et Jean. Devin travaille à Hollywood. Et maintenant, j'ai encore Seanie. Il m'est d'un grand secours.

– Mais Ryder s'est conduit comme un goujat avec vous, je trouve, protesta Senkpiel.

– C'est un homme merveilleux, insista-t-elle. Goody n'est pas vraiment Milord Percy, mais il a quelque chose dans le ventre, si on va par là. Il est généreux, à sa façon. Il n'a jamais demandé grand-chose, mais il a accepté ce qui lui était offert et y a pris plaisir. Ce n'est pas une mauvaise philosophie, en fait. Si j'avais voulu davantage, je suis sûre qu'il m'aurait donné davantage. Mais je ne demande rien.

Senkpiel, durant quelques instants encore, alla de nouveau à la pêche, se renseignant sur d'éventuelles influences communistes ou fréquentations de Goody Ryder, mais pour finir il renonça à apprendre quelque chose. Il passa le reste de l'après-midi à écouter Sheila évoquer des épisodes grivois de la vie de Cooper et des autres. Il eut droit à une merveilleuse histoire sur Groucho Marx en réponse à une question plutôt faiblarde sur les « influences marxistes ». Groucho lui avait une fois fait une datte lors d'une soirée chez David Selznick et une heure plus tard, Sheila, d'un coup de coude, l'avait expédié dans la piscine.

Vers quatre heures de l'après-midi, Sean Paton Jr., le poète, rentra de sa tournée des bars. C'était un gars gigantesque, un peu empâté des hanches, avec des lèvres très rouges, et il avait un sérieux coup dans l'aile, mais il fut enchanté de trouver sa mère et un ami à peu près dans le même état. Tous trois entreprirent de se mettre à boire sérieusement, et il fallut ramener Senkpiel chez lui, sous le fallacieux prétexte que sa voiture ne voulait pas démarrer.

Le lendemain matin, il faisait plus chaud. La vague de froid était terminée. Senkpiel avait la tête comme une citrouille. Mais en bon agent du F.B.I., il se rendit péniblement au bureau et commença à rédiger son rapport.

– « Le sujet, nota-t-il, semble avoir une vie riche en fantasmes et est visiblement une alcoolique, mais quelques-uns des propos qu'elle a tenus peuvent éventuellement présenter un intérêt pour cette enquête... »

Le lendemain arriva par câble la réponse du Quartier Général.

« Interroger l'informateur sur John J. McParland, ancien agent Pinkerton, avec référence particulière au mois d'août 1917. Le sujet connaissait-il McP. ? Se renseigner aussi sur antécédents Loy, Gable, Fonda, etc. Autres renseignements souhaités si informateur disposé. Référence spéciale à l'affiliation du sujet au Parti Communiste. Dossier suit. » Le dossier était cette fois plus explicite que le précédent. Le Quartier Général, semblait-il, était en ébullition. Ryder était fortement soupçonné d'être membre du Parti Communiste, U.S.A.

Eh bien, Senkpiel était plein de bonne volonté. Butte, brusquement, lui apparaissait comme beaucoup plus agréable. Il avait transmis tous les potins à sa fiancée, une très charmante jeune femme de Grand Rapids, et avait laissé entendre que la situation à Butte semblait s'améliorer.

Il était maintenant accueilli à bras ouverts chez Sheila Ryder. Il prenait soin d'apporter une bouteille de whisky Jim Beam quand il venait lui rendre visite. Sean Jr assistait à toutes les rencontres. Ils avaient tendance à prolonger l'entretien jusqu'à ce que le Beam soit liquidé. Senkpiel et Seanie, parfois, devaient courir chercher une autre bouteille. Senkpiel avait raconté à la mère et au fils son enfance à Grand Rapids, ses espoirs d'avoir de l'avancement dans l'agence et il avait même avoué que, depuis quelque temps, il songeait à reprendre ses études de droit et à quitter l'agence. Ils s'étaient montrés merveilleusement encourageants.

Il se rendait donc souvent chez « Ma Paton », comme il avait appris à appeler Sheila. Par temps froid, ils restaient dans la maison et sirotaient le thé amélioré pendant que Sheila faisait d'autres révélations sur les secrets d'alcôve des stars de Hollywood. Il avait maintenant appris que Charlie Chaplin avait un pénis énorme, que Tallulah Bankhead préférait son propre sexe, tout comme Danny Kaye ! Comme les jours s'allongeaient, néanmoins, et que la température devenait plus clémente, au grand soulagement de Senkpiel, ils allaient parfois faire un tour en voiture et aboutissaient dans une taverne, peut-être une de celles des plus crasseuses et bruyamment animées, les irlandaises, comme la Dink & Myrt. Ils y trouvaient Seanie et toute une bande de joyeux drilles, qui buvaient de la bière toute la sainte journée et jouaient aux fléchettes.

Senkpiel avait complètement changé d'opinion sur Sheila, et aussi sur bien d'autres sujets. Alors qu'il l'avait trouvée au début d'une consternante vulgarité, il avait dû rapidement reconnaître avec une certaine condescendance qu'elle possédait un charme canaille et avait ensuite admis à contrecœur que c'était une dure à cuire et qu'elle était très maligne ; et pour finir, il la découvrait étrangement séduisante. Cette femme avait bien trente ans de plus que lui et n'était pas en très bonne forme, mais bon sang, elle savait comment s'y prendre, avec les hommes. Il avait, en l'évoquant, d'étranges pensées érotiques, dans des moments très particuliers.

CHAPITRE 17

Je viens de tomber sur un mot parfait pour désigner ce que je suis : un piqueur de mots. Je regrette de ne pas l'avoir connu plus tôt. Il peut sauver de bien des situations embarrassantes. Je ne me suis jamais senti gêné lorsque j'étais détective. Pas même quand Dewey m'a dit, un matin au Big Ship, il y a bien longtemps : « Attends, j'vais deviner. T'es un flic. » J'avais été interloqué, mais pas embarrassé. À dire vrai, j'étais plutôt flatté de passer pour un détective, même si je devais nier. Et de toute façon, cela faisait partie du jeu. J'étais prêt à mentir. Je n'étais pas gêné de dire, dans ce contexte : « Je suis reporter, écrivain, instituteur, soldat, chef indien. » Mais quand je devins écrivain, j'avais du mal à le dire. Je savais que c'était un mensonge, je suppose. Étrange, car le propre de l'écrivain, c'est de mentir.

Ma vieille mère disait toujours : « Ne sois pas vaniteux. » Et se considérer comme un écrivain relevait de la pure vanité, car un écrivain était censé *être* quelqu'un, et je savais que ce serait présomptueux de ma part de revendiquer ce titre. Mais se déclarer piqueur de mots, c'est tout sauf présomptueux.

Je me demande si Kafka avait cette préoccupation en tête lorsqu'il décida que Gregor Samsa allait se réveiller un matin pour découvrir qu'il était un scarabée. Je me demande si Kafka se réveilla un matin pour découvrir qu'il *était* quelque chose... quelque chose d'un peu effrayant, peut-être même de pas tout à fait vrai — un écrivain. Je pensais à Kafka à cause de cette phrase célèbre dans un autre de ses récits : « Quelqu'un a dû calomnier K., car par un beau matin il a été arrêté. » Je sais que ça ne se passe pas vraiment ainsi, mais c'est un peu ce qui m'est arrivé. Je n'ai pas été arrêté, mais cela a déclenché une série d'événements qui ont abouti à cette cellule en prison. Le plus intéressant, c'est que je me suis aussitôt senti soulagé.

Depuis quelque temps, j'avais du mal à écrire, ou du moins, à me prendre pour un écrivain. Je pense que j'aurais pu continuer à écrire les histoires de Damian Knight jusqu'au jour où l'on me retrouverait mort derrière ma machine à écrire, juste après avoir tapé «... j'enjambai le cadavre, en prenant soin de ne pas mettre de sang... ». En fait, je pouvais faire ça si je réussissais à trouver une raison de le faire. Peut-être en tant que discipline. Mais je n'écrivais pas ces histoires. Et celles que je voulais écrire, je n'arrivais pas à les écrire.

Je n'ai pas été arrêté, mais j'ai reçu un coup de fil de mon avocat, un très chic type du nom de Bill Browning. J'avais une sacrée gueule de bois.

— Qui ? j'ai demandé.

— Frank Little, déclara Bill.

— Ouais, je l'ai connu ? Et alors ?

— C'était qui ?

Très bonne question, pensai-je.

C'est à ce moment-là que je me suis senti soulagé.

J'expliquai crûment les faits : Little était un militant du I.W.W., il avait été assassiné — en 1917. Pendu aux poutrelles d'un pont de chemin de fer — en 1917. Il ne demanda pas si j'avais été mêlé à l'affaire et je ne lui dis rien à ce sujet.

Si j'avais un avocat qui m'appelait le matin pour me poser une question comme celle-là, c'est parce qu'un sous-comité du Congrès m'avait demandé de témoigner volontairement sur l'influence du communisme dans l'industrie du cinéma. Jusque-là, je les avais tenus à distance. Ils ne m'avaient pas cité à comparaître, parce qu'ils se rendaient compte que je serais un témoin récalcitrant ; et puis ils n'avaient pas grand-chose contre moi, ou si peu. Mais maintenant, ils croyaient, je pense, disposer d'un nouvel élément. Ils voulaient me faire venir à Washington, ce jour même si possible, pour en discuter avec un sénateur.

Bill me dit que le sénateur était « bien disposé ». Cela signifiait qu'il n'était pas nécessairement disposé à me crucifier en public, mais si l'affaire paraissait suffisamment juteuse, il trouverait des clous pour le faire.

Ce jour avait mis trente-quatre ans à arriver. Je n'avais pas tout à fait cinquante-cinq ans, mais j'avais vécu environ dix-sept ans de plus que Frank Little.

L'entrevue eut lieu dans le bureau du sénateur. Il ne joue pas un rôle important, et je ne donnerai donc pas son nom, mais ainsi se déroula l'entretien. Nous étions quatre à y participer, Bill et moi, le sénateur et son adjoint, ou son avocat, ou je ne sais quoi. Le sénateur venait d'un de ces États du centre, pas tout à fait le Sud, pas tout à fait le Nord. Il avait à peu près mon âge. Il avait lu mes livres, dit-il, mais en fait, à en juger par ses propos, il n'avait vu que les films. Il déclara qu'il admirait mon style, mais il ne parla que de Ward Bond, qui avait joué le rôle de Damian Knight dans *What a way to die.*

— J'adorais cette actrice, comment s'appelle-t-elle, Sullivan, qui jouait le rôle de la nana du gangster.

En réalité, Miss Sullivan ne jouait pas dans ce film, mais dans *Cold to the Touch*, (tiré de mon roman *Icy Hand of Death)*. Je ne rectifiai pas. De toute façon, il ne fut guère question de Frank. Pas plus que de Beverly LaFreniere, ma compagne. Beverly courait plus de risques que moi, car elle prenait ouvertement parti pour la gauche, avait fait en Union Soviétique un voyage qui avait eu un grand retentissement, et fait campagne pour promouvoir l'aide aux victimes de la guerre. Moi, je n'étais qu'un de ces libéraux à la noix. N'importe quel programme d'ordre humanitaire pouvait obtenir mon appui, il suffisait de le demander. Mais le problème, c'est que je ne travaillais pas à Hollywood. Je n'y travaillais plus.

Pourquoi tourner autour du pot ? J'étais lessivé. D'après la rumeur, j'étais un alcoolo qui, à force de picoler, n'était plus capable d'écrire. Personne ne m'avait demandé un scénario depuis des années, bien que l'adaptation pour le cinéma d'un de mes romans ou le remake d'un vieux film présentât toujours de l'intérêt. Le feuilleton radio Damian Knight se donnait toujours, mais je n'écrivais jamais aucun des épisodes. La télévision maintenant faisait fureur et si j'étais à l'occasion pressenti pour une série Damian Knight, jamais personne de la N.B.C. ou de C.B.S. ne suggéra que j'écrive le script. À dire vrai, cela ne me gênait guère. Je n'allais jamais au cinéma, ne regardais pas la télé et n'écoutais même pas la radio, sauf la retransmission d'un match de base-ball. Je disposais d'un peu d'argent, grâce aux droits d'auteur et aux rééditions, des trucs de ce genre. Et cela me suffisait. Je pouvais boire autant que je voulais. Je ne mangeais pas grand-chose. Je lisais, surtout. Dostoïevski et des types de ce genre. Je ne lisais jamais aucun des auteurs de thrillers que j'étais censé avoir influencés, comme Hammett et Chandler l'avaient fait. Bon Dieu, même eux, je ne les lisais pas, et ils étaient pourtant bourrés de talent, bien plus que moi. Beverly était toujours furieuse quand je parlais ainsi, mais c'était pourtant la vérité. De toute façon, j'aurais dû être heureux.

Je n'arrivais pas à comprendre ce qui clochait. J'avais une tâche à accomplir, mais je n'étais pas près de m'y mettre. Je ne voyais même pas de quoi il s'agissait. Là-dessus, Bill Browning me téléphona. Dans le bureau du sénateur, la situation ne se clarifia pas vraiment, mais je ressentis une étrange excitation, comme s'il y avait de l'électricité dans l'air. Au début, je mis ça sur le compte de cette situation inhabituelle, de tous ces gars dans le bureau, qui restaient là à attendre, à attendre que je dise quelque chose. Étranges personnages. Pas simplement le sénateur, mais ce type bizarre, Kahane, l'avocat du Comité, je crois. Un type vraiment intense, nerveux. Il n'arrêtait pas de me regarder et de lécher ses lèvres minces, comme s'il voulait me bouffer. Il posait une question, mais Bill, aussitôt, coupait court.

Kahane voulait savoir si j'étais jamais allé à Butte, mais Bill répliquait : « S'agit-il d'une audition de témoin ? » Et ils revenaient alors à un sujet plus général, dans le genre : « Que vous inspirent les auditions de témoins ? En avez-vous vu à la télévision ou avez-vous lu des comptes rendus dans les journaux ? »

De toute évidence, on ne pouvait pas éviter le sujet. Il était omniprésent. Et, de toute évidence, Beverly écumait dès qu'on abordait la question. Elle m'avait longuement expliqué que c'était une atteinte à nos droits civiques, que c'était un signe avant-coureur de la censure, etc. Je comprenais fort bien tout ça. Et je comprenais que c'était grave. Mais je n'étais pas prêt à aller défiler dans les rues pour protester. Je me disais que s'ils voulaient me citer à comparaître, j'irais leur dire, à eux et au public, le fond de ma pensée. Et il semblait bien qu'on allait en arriver là. Après quelques autres questions – Est-ce que j'avais connu Frank Little ? Qu'est-ce que je pensais du I.W.W. ? – que Bill rejeta, le sénateur déclara qu'il voulait nous revoir la semaine suivante. Son état-major essaierait d'organiser un rendez-vous. D'ici là, il espérait que je réfléchirais à la gravité de la menace communiste dans le domaine artistique, en particulier le cinéma, et que je serais prêt à coopérer lorsqu'on me demanderait de témoigner. Pour couronner l'entretien, Kahane fit allusion à « une inculpation ». Mais lorsque Bill lui demanda ce que cela signifiait – inculpation de quoi ? –, Kahane se contenta d'un vilain sourire et répliqua : « Demandez à votre client. »

Dans le train pour regagner New York, je demandai à Bill ce qui allait, selon lui, se passer, et il répondit qu'ils voulaient sans doute entendre mon témoignage, mais à quel sujet, ce n'était pas évident. En voulaient-ils à Beverly ? Pourquoi ne m'avaient-ils posé aucune question sur elle ? Frank Little, alors ? Je racontai à Bill plus ou moins ce qui s'était passé.

Nous attrapâmes le train de justesse, quelques minutes à peine. Je me rendis directement au bar et commandai un grand gin. Je l'avalai d'un trait et en demandai un autre avant même que le train n'eût démarré et ne s'éloignât de la gare. Bill Browning soupira et commanda un Martini. Le train roulait à travers la campagne du Maryland. Tout en regardant défiler le paysage, je remarquai d'un ton négligent :

– Ah, ce bon vieux B & O. J'aime bien le B & O. Pas toi ?

– C'est pas mal, dit Browning.

— Pas mal ? Tu as déjà voyagé sur le Reading ?

— Seulement au Monopoly, répliqua Browning.

— J'avais un oncle qui était chef de train sur le Reading, dis-je. Quand je suis allé à Butte, il m'a laissé voyager à l'œil. Il y avait des espions de Pinkerton à bord, disait-il, qui surveillaient les chefs de train pour être sûrs qu'ils n'empochaient pas le prix des billets. Mais le syndicat savait qui c'était, ils ont imprimé les posters des espions. Mon oncle m'a protégé. Il ne savait pas que j'appartenais à l'Agence. Il m'a fait économiser assez pour que je puisse m'offrir un nouveau complet pour le voyage. En tweed vert, très rugueux. Tu sais comment les caricaturistes dessinent les complets en tweed dans les bandes dessinées ? « Mutt and Jeff » ? « Moon Mullins » ? Tous les contours sont hérissés de piquants. On aurait pu s'écorcher sur ce complet.

— Il y a une autre carte dans le Monopoly, dit Browning. « Allez directement en prison. »

— Ouais. « Ne passez pas par la case départ, ne touchez pas les $ 200. » Tu crois que je vais atterrir en taule ?

— Je ne sais pas quoi penser. Le Sénateur, de toute évidence, s'imagine qu'il te tient, d'une façon quelconque. Est-ce le cas ?

Je fronçai les sourcils, le nez dans mon verre de gin.

— Qu'est-ce qu'ils veulent ?

— Ils veulent des noms, répondit Browning, pour pouvoir continuer leur cirque.

— Et si je leur donne des noms ?

— Tu ne seras peut-être pas obligé de témoigner. Pas en public, du moins. Mais cette histoire d'inculpation m'intrigue. Qu'est-ce qui s'est passé à Butte en 1917, Goody ?

— Ça fait un sacré bout de temps, Bill. Tu te rappelles ce que tu faisais en 1917 ?

— Ça ne me paraît pas si loin, Goody ; mais je n'ai pas vécu une vie aventureuse. Je sais que j'étais à la fac de droit de Princeton. Ça au moins, je me rappelle. Je sortais avec une certaine May.

— Oh, écoute, si c'est de filles qu'on parle... Je souris. Il y en avait une à Butte... Le monde est bien différent, maintenant. Nous sommes plus vieux, bien sûr, mais je me demande si tout changeait aussi vite auparavant ? Ou aussi radicalement ?

— Toutes les générations pensent ça, dit Browning. C'est le résultat des deux guerres mondiales, peut-être. Ou de la Dépression.

— La bombe atomique ? suggérai-je. La radio ?

Nous commandâmes une autre tournée, en contemplant la campagne du New Jersey, tous deux un peu mélancoliques à l'évocation de notre jeunesse.

— J'étais vraiment un bleu à l'Agence à cette époque, déclarai-je enfin. Je ne connaissais rien au communisme, ni à la politique. Je voulais m'enrôler dans l'Armée et me battre contre les Boches. Je voulais m'engager dans l'Aviation. Ah, les avions ! Plutôt des cerfs-volants, en réalité, juste du bois et du tissu.

— C'est la radio, déclara Bill, un peu éméché. Il n'avait pas l'habitude de boire des martinis dans l'après-midi. La radio et l'automobile.

Beverly nous attendait à la gare de Pennsylvania. Je fus ravi. Elle était somptueuse à voir dans une robe de soie qui lui arrivait aux genoux et une étole de renard. Nous déposâmes Bill devant son immeuble, en promettant de l'appeler le lendemain matin, et nous nous offrîmes un bon dîner au Dahlberg's.

Au cours du repas, Beverly n'aborda pas la question de l'audition, mais il n'était guère possible de l'éviter. De retour chez elle, elle m'emmena dans la bibliothèque, une pièce que j'aimais, comme elle le savait. La bonne avait allumé un feu dans la cheminée. Le dos au feu, je savourai sa chaleur, tandis qu'elle se servait un cognac dans un verre ballon et préparait un whisky soda pour moi. Je la dévorais des yeux. Elle n'était pas vraiment belle, mais fichtrement séduisante. Bien charpentée, elle avait un beau visage, une silhouette svelte et élancée avec une poitrine épanouie mais des hanches minces — mélange qui me séduit particulièrement. Elle avait de la présence, et rayonnait d'intelligence.

— Alors, Geed, commença-t-elle d'un ton animé lorsque nous fûmes installés dans nos fauteuils, dans quel sale coup tu t'es fourré, quand tu vivais à Butte ?

— Beuh ! ne me parle pas de Butte ! J'en ai marre de Butte. Parlons plutôt de toi et de ce bruit qui court, bon Dieu.

— Je t'ai dit que ça ne tenait pas debout, répondit Beverly.

Je bus une gorgée de whisky tout en la dévisageant. Puis je haussai les épaules.

— Après tout, c'est ta vie.

— Pas du tout, Geed, répliqua-t-elle vertement. Nous avons vécu trop de choses ensemble pour que tu puisses dire ça.

J'acquiesçai d'un signe de tête.

— Mais nous n'avons pas toujours tout dit, n'est-ce pas ?

— Pas tout, reconnut-elle. Sommes-nous censés tout dire ? Il y a quelque chose que tu voudrais savoir ?

— Je ne sais pas. Je ne veux peut-être pas tout savoir. Nous n'avons jamais parlé du Parti, par exemple, et en ce moment, il semble qu'on a eu plutôt raison. Une bonne idée, en tout cas. Tu n'as pas vu ce petit merdeux de Kahane. Le prétendu avocat.

Je simulai un frisson.

— Il me fout la trouille.

— Je l'ai vu à la télé. Je l'ai trouvé répugnant. Dis-moi, ces gens s'intéressent vraiment à tous ces potins sur le Parti ?

Je réfléchis un moment.

— Non. Je vois où tu veux en venir. En fait, ils n'ont pas vraiment d'idée sur le Parti, sur le marxisme et tout ça. Pour Kahane et le Sénateur, c'est juste un moyen de se faire de la publicité. C'est drôle, mais Kahane me rappelle certains cocos que j'ai rencontrés. « L'apparatchik », comme ils disent.

— Mais pourquoi s'intéressent-ils tellement à Butte ?

— Butte, soupirai-je, en hochant la tête. J'étais fatigué. Mais soudain, une image me traversa l'esprit. Je me penchai en avant, comme pris de haut-le-cœur et beuglai : « Biouuuu-tte ! » Je ne pus m'empêcher de rire en voyant la mine horrifiée de Beverly.

Mais ce rire faillit me tuer. Il dégénéra en quinte de toux. Elle se força à demeurer assise, je voyais bien, tandis que je toussais et toussais jusqu'à ce que je me calme enfin, retombant au fond de mon fauteuil, suffoquant comme une truite échouée sur le sable, épuisé.

— Bon Dieu, j'ai cru que j'allais y passer cette fois. Ça m'apprendra à essayer de plaisanter avec ça.

— Trop de cigarettes… fit-elle, s'essayant à un petit rire dégagé.

— Trop d'années. De toute façon, j'ai déjà diminué les cigarettes. Et ne mets pas ça sur le dos de la gnôle.

J'agitai mon verre vide pour appuyer mes dires.

Elle se leva et me resservit. Je bus une gorgée de whisky et me détendis, appuyant ma tête en arrière.

— C'est quoi, cette plaisanterie ? demanda-t-elle.

— Oh, rien. « Bioutte », c'est tout.

Je me redressai.

— Un gars que j'ai connu là-bas. C'était sa blague favorite. Il faisait mine de vomir, il appelait ça « dégueuler tripes et boyaux ».

— Frank Little ?

— Non. Non. Dewey.

Je secouai lentement la tête, émerveillé.

— Dewey Thacker. Je m'étonne même de me rappeler son nom. Une autre vie. Non seulement on oublie beaucoup de choses, même importantes, mais on avait sans doute des points de vue complètement différents à l'époque et ce qui paraissait alors d'une importance capitale n'a plus la moindre importance maintenant. Une femme s'est approchée de moi il y a quelques années — pendant une soirée à Beverly Hills.

Elle m'a dit : « Goody, tu te souviens de moi ? Baltimore ? Nous étions dans la même école. Nous étions fous l'un de l'autre. »

Eh bien, j'ai fini par me souvenir d'elle, à force, mais pas en tant que petite amie — je ne l'ai jamais touchée. En tout cas, c'est le souvenir qu'elle en avait gardé.

Beverly ne prêta aucune attention à cette petite pirouette.

— J'ai l'impression, dit-elle, que le Sénateur s'imagine tenir quelque chose d'important. Quelque chose de spécial. Qu'est-ce que Butte a de tellement spécial ?

— Enfin, bon sang, Bev. Tu sais que c'est l'impression qu'il aime donner. Lui et Kahane, ce salopard. Ils ne savent rien de rien. Mais, bon Dieu, tout le monde cache des cadavres dans son placard. Je préférerais parler d'autre chose. Comment ça se passe, la pièce ?

— Horrible. Mes personnages ne décollent pas le cul de leurs chaises. Ils restent assis là, à bavasser. On dirait une fête de patronage.

— L'action doit révéler le caractère, dis-je. Tu ne voudrais pas qu'un gars s'approche de la fenêtre, où on a collé un morceau de papier goudronné, et s'exclame : Ah, l'Afrique !

Elle rit, puis demanda à brûle-pourpoint :

— Qui c'était, ce gars, à Butte ? Celui qui faisait mine de vomir ?

— Dewey ? Simplement un mineur dont j'ai fait la connaissance à Butte. Un jeune un peu braque du Bronx, ou de Jersey, je ne suis pas très sûr. Il avait un accent à couper au couteau. On n'était que des mômes alors…

— Geed ?

— Hein ?

Il me fallut un moment pour faire surface. Je levai le verre de whisky, mais il était vide.

— J'ai dû m'assoupir, non ?

— Il est tard, dit Beverly. Tu as eu une longue journée. Si tu dormais un peu ?

Elle observa une pause, avant d'enchaîner :

— Tu peux rester ici.

— Merci.

Je me levai et m'étirai. J'étais tout engourdi. Je me dirigeai vers le petit bar et me versai deux doigts de whisky sec. Avec un claquement de langue, je remis le bouchon sur la carafe. Dans la chambre à coucher, elle sortit un de mes pyjamas. Je le mis, épuisé. Je songeai à lancer une plaisanterie sur ma grande fatigue — nous n'avions pas fait l'amour depuis pas mal de temps —, mais j'y renonçai.

Le lendemain matin, j'étais dans un sale état et espérais que Bev n'allait pas continuer à insister pour que j'évoque mes souvenirs. Le téléphone sonna plusieurs fois. Des reporters, pour la plupart, qui avaient été prévenus, probablement par le bureau du sénateur, que j'allais être convoqué. Bill Browning appela vers dix heures.

— Goody, il faut qu'on se parle.

— Je t'ai dit tout ce que je savais. Qu'est-ce qui se passe ?

— Le Sénateur veut te voir lundi matin. Il faut que nous décidions de ce que nous allons faire.

Je demeurai silencieux. Bill reprit enfin :

— Alors ? Qu'est-ce qu'on fait ?

— C'est toi l'avocat, Bill. Qu'est-ce que tu veux que je fasse, bon Dieu ? Que je n'y aille pas ?

— Je peux te conseiller sur des problèmes juridiques, Goody, mais là, il s'agit d'une décision qui engage ta carrière. Veux-tu continuer à travailler pour le cinéma ? Il entreprit ensuite de m'expliquer que beaucoup de gens étaient mis sur la liste noire, empêchés de travailler sur des films ou à la télévision, parce qu'ils refusaient de coopérer. Depuis quelque temps, un simple soupçon semblait suffire à enclencher le processus.

— Ça va si mal que ça, hein ? Écoute, de toute façon, je ne travaillais plus. Mais quand même, ce n'est pas comme si j'avais été mis officiellement à la retraite. Je ne voudrais pas qu'on me dise carrément que je ne peux plus travailler. Merde après tout, je devrais peut-être reprendre du service comme flic.

Bill ne riait pas, lui.

— Goody, c'est sérieux, tu sais. J'ai appelé un ami à Hollywood. Il a entendu dire que tu avais des ennuis. Il paraît que David a parlé à Kahane.

— Selznick ? Je n'ai jamais travaillé avec Selznick.

— C'est peut-être quelqu'un d'autre. Mais il dit qu'on peut contacter Kahane, qu'il transigera.

— Je croyais que nous le savions déjà. Ils veulent des noms, c'est bien ça ?

— Je suis prêt à parier qu'ils accepteront une audition à huis clos et qu'il te suffira de déclarer que tu n'es pas membre du Parti Communiste.

Je réfléchis longuement à cet aspect du problème. Je me trouvais dans la salle à manger de Beverly.

— Pas de noms ? demandai-je.

Une légère pause avant que Bill ne déclare :

— Certains témoins ont simplement lu une liste de noms… des noms qui avaient déjà été… euh, mentionnés.

— Tu plaisantes, non ?

— Pas du tout, Goody.

— C'est quoi, ces petits rigolos ? Et Bev dans tout ça ?

— Bev ?

— Ouais. D'après les bruits qui courent, on va demander à Beverly de témoigner. Ce truc, ça laisserait Beverly en dehors du coup ?

Je lui adressai un clin d'œil de l'autre côté de la table. Elle secoua la tête et baissa le nez dans sa tasse de café.

— Je n'ai entendu parler de rien au sujet de Beverly.

— Bill… tu ne trouves pas que tous ces gars sont vraiment cinglés ? Et si je lisais ma propre liste, en commençant par Lénine, et en continuant avec Trotsky et Staline ?

— Goody…

— Je n'ai rien contre la lecture d'une liste, Bill. Mais même une audition à huis clos est sûrement enregistrée. D'accord ? Dans quelques années, personne peut-être ne se rappellera les noms — sauf bien entendu, les gars dont on aura donné le nom. Mais tout le monde se rappellera que j'ai nommé des gens, même si c'était Dagwood Bumsqtead et, oh, Ronny Reagan. Je crois que je n'aime pas beaucoup cette idée, Bill.

— Goody, et si j'appelais Kahane pour lui dire que nous réfléchissons ? D'accord ?

— Je ne pige pas, Bill. Pourquoi ne pas aller tout simplement là-bas lundi et voir comment ca se goupille ?

— D'accord, Goody. Mais appelle-moi.

Je raccrochai et me servis un whisky bien tassé. Je trouvais bizarre toutes ces salades à propos de Hollywood. Pourquoi qui que ce soit à Hollywood pouvait bien se soucier de ce qui m'arrivait ? Je levai les yeux vers Beverly assise en face de moi. Voilà bien quelqu'un qui pouvait les intéresser, pensai-je. Je bus mon whisky tandis qu'elle examinait le fond de sa tasse.

— Est-ce que nous nous connaissons vraiment bien, tous les deux ? demandai-je.

Elle attendit un moment avant de répondre :

— En tout cas, nous nous connaissons depuis pas mal de temps. Pourquoi ?

— Ça t'intéresserait d'écrire un scénario avec moi ?

Elle haussa les épaules.

— Pourquoi pas ? Tu as un projet en tête ?

— Non. Je me demandais simplement. Foutons le camp d'ici. Je ne peux plus supporter ces coups de fil.

Beverly suggéra un match de base-ball. Les Yankees jouaient contre les Tigers, mais je fis la grimace et elle renonça à cette idée. Puis elle se souvint qu'une amie lui avait proposé de lui prêter son cottage à Long Island, au-delà de Hamptons.

— Trop loin, dis-je, mais elle me fit remarquer que même si le trajet était assez long, il était encore tôt dans la journée. Cela nous ferait du bien de quitter la ville. Nous pouvions passer chez Laskewitz, le traiteur, acheter des mets exquis, nous promener sur la plage, passer la nuit et revenir le dimanche soir. Le projet était tentant. Nous pourrions ne voir personne.

Ce fut amusant de choisir la nourriture. Je ne suis pas gourmand, en fait je ne mange presque rien, mais bizarrement, je m'intéressais aux mets de choix. Nous achetâmes des tonnes de jambon de Parme, un plein seau d'huîtres, du fromage blanc, du saumon fumé, des miches de pain de seigle, un beau quart de brie et un morceau de port-salut, de la salade de pommes de terre, de la salade de chou cru, trois pâtés différents après les avoir goûtés sur place, plus des cornichons, des bouteilles de vin, de whisky et de cognac. Le magasin emballa tout ce qui était périssable dans la nouvelle glacière portative de Beverly. J'étais à court de liquide, mais Beverly était en fonds.

Nous passâmes à mon appartement pour que je puisse prendre une douche, me changer et mettre quelques vêtements dans un sac, puis nous nous dirigeâmes vers le Brooklyn Bridge. C'était le début de l'automne et il faisait un temps superbe. Beverly avait une nouvelle Buick et conduisait avec beaucoup d'autorité. Il y avait pas mal de voitures sur la route, mais la circulation s'améliora au-delà de Babylon. Le match Yankees-Tigers était retransmis par la radio. Les Yankees avaient un nouveau joueur du nom de Mickey Mantle qui avait déjà marqué deux coups de circuit avant que j'allume le poste.

— Tu as eu une liaison à Butte ? demanda Beverly.

— S'agit-il d'un intérêt d'ordre professionnel ? répliquai-je.

— Simple curiosité. Tu sembles assez réticent pour en parler et l'idée m'est venue que tu avais peut-être eu une liaison. Mais je ne veux pas être indiscrète.

Je ne pus m'empêcher de rire. De toute évidence, elle avait envie de savoir, mais ça semblait drôle, au bout de tant d'années.

— Oh, il y avait une fille, dis-je. Rien de sensationnel.

— Comment elle s'appelait ?

— Sheila.

— Parle-moi d'elle.

Elle regardait droit devant elle, absorbée, apparemment, par la route. Nous nous trouvions du côté de Shinnecock, et les Yankees gagnaient haut la main. Je tournai le bouton du poste jusqu'à ce que je tombe sur le match de foot Armée-Cornell, qui me sembla approprié pour ce temps d'automne, vivifiant.

— Je ne me rappelle pas vraiment les détails, répondis-je.

— Rien ? Oh, fais-moi plaisir, Geed. Raconte-moi quelque chose d'amusant. Et coupe-moi ce match imbécile.

— Quelque chose d'amusant ? Eh bien, c'était une jolie fille. On est allé plusieurs fois dans un endroit appelé les Jardins de Columbia.

— C'était quoi ? Une brasserie ?

— Non, un grand parc d'attractions à l'entrée de Butte. Il fallait prendre un tram spécial pour s'y rendre. Le parc avait été construit par un des Rois du Cuivre. Il y avait un lac artificiel, un pavillon, des montagnes russes.

— Des montagnes russes !

Beverly se mit à rire.

— Excuse-moi. J'ai eu soudain la vision d'un jeune Goodwin Ryder et de cette opulente petite Irlandaise faisant l'amour sur les montagnes russes.

Je ne pus m'empêcher de rire.

— Eh bien, elle était irlandaise, justement. Tu dois avoir un don de double vue.

— Mais pas en ce qui concerne les montagnes russes !

— Oh, non. Ça s'est passé en haut d'une colline. On prenait un petit sentier, au-delà du lac. Il y avait des pins assez rabougris... Je me rappelle l'odeur des pins.

Il faisait chaud au soleil. Une fois arrivés en haut, on ne savait pas trop comme s'y prendre. On restait assis là. Pour finir, au désespoir, je me suis mis à parler des nuages. Je me rappelle qu'elle m'a dit avoir bâti des châteaux de nuages quand elle était petite et qu'elle marchait sur la plage, près de Dublin, je crois. « Le long de la côte », disait-elle. Elle imaginait toutes sortes de choses.

— Nous arrivons à la côte nous aussi, déclara Beverly, quittant la grand-route.

Le cottage était petit, niché derrière les dunes herbeuses. Il y avait d'autres cottages aux environs, mais assez loin et guère visibles. Nous rangeâmes les provisions et descendîmes ensuite, dans le soleil de cette fin d'après-midi, jusqu'à la plage. Nous parcourûmes une bonne distance, chassant devant nous des troupeaux de bécasses et nous indiquant mutuellement les avantages et les défauts de telle ou telle vaste maison. Beverly trouvait elle aussi qu'une construction plus modeste, comme celle que son amie lui prêtait, était plus appropriée pour le bord de mer. Elle était contente que je paraisse de meilleure humeur et comme revigoré. Et je me sentais en effet beaucoup mieux. Tout d'abord, ma gueule de bois était terminée, peut-être grâce à la fraîcheur de l'air marin. J'avais avalé quelques gorgées d'une flasque que j'avais remplie au cottage. Nous échangions des plaisanteries et escaladions l'une après l'autre des dunes de sable sans nous plaindre.

Comme nous approchions du cottage, nous nous assîmes dans l'herbe clairsemée de la plage pour observer un grand cargo qui se détachait sur la mer. Quelques voiliers naviguaient encore. D'immenses bancs de nuages blancs dérivaient vers le large. Nous restâmes assis un moment sans mot dire, puis Beverly demanda :

— Ils étaient comme ça, les nuages ?

— Quels nuages ?

— Ton escapade… avec Sheila.

— Escapade !

— Bon, d'accord, ton premier rendez-vous galant.

— J'aime mieux ça, dis-je, amusé.

— Vous avez parlé de nuages, m'encouragea Beverly.

— Ce n'était pas des nuages comme ceux là, dis-je. Ils étaient plats, comme des disques.

Comme j'en restais là, Beverly enchaîna :

— Il commence à faire froid. On devrait ramasser du petit bois pour la cheminée.

— Bonne idée.

Une agréable odeur d'air marin et d'humidité flottait dans la maison, mais l'odeur du feu de bois s'y substitua rapidement. Pour une fois, j'avais faim et nous dévorâmes le dîner. Ensuite, un verre de vin à portée de main, nous nous installâmes près du feu pour fumer et parler de choses et d'autres. Je savais que Beverly voulait que j'évoque à nouveau mes souvenirs, mais je résistai. Beverly manifesta quelque impatience.

— Cette fille… commença-t-elle.

— Cette femme.

— Bon, d'accord, cette femme. Elle était douée ?

— Douée ? Mais bon Dieu !

— Tu sais de quoi je parle, dit Beverly avec un petit sourire torve.

— Écoute, tu n'as pas envie d'entendre parler de ça.

— Mais si, bien sûr. Raconte.

— Tout ?

— Enfin, merde, Geed. C'était quoi, une épopée sexuelle ?

Je faillis me mettre à rire.

— Pas vraiment. Mais tu n'es pas loin du compte. Sheila était… disons qu'elle débordait d'énergie.

Beverly rit.

— Eh bien, c'est déjà ça. Comment ça a commencé ?

— Oh, il ne s'est presque rien passé en réalité, pas la première fois, en tout cas. Mais nous… enfin, je n'arrivais pas à me lancer… jusqu'au moment où, pour finir, c'est arrivé tout naturellement.

— Naturellement, répéta Beverly. J'ai toujours fantasmé et rêvé de faire l'amour dans la nature.

— Je ne te le recommande pas. On se sent vraiment vulnérable. C'était comme si la ville entière de Butte — sans parler des visiteurs des Jardins — avait pu lever la tête et me voir, le cul à l'air.

— Tu étais amoureux, dit Beverly.

— Disons que j'avais le béguin. Je croyais être amoureux.

— Tu ne l'avais jamais été auparavant ?

— Pas… pas tout à fait comme ça. Pas d'une femme adulte.

— Tu étais vierge ?

Je bus le fond de mon verre de vin et haussai les épaules.

— Ouais, je l'étais.

Je me levai et m'étirai. Le feu était presque éteint et Beverly semblait endormie, pelotonnée dans une couverture au fond du vieux canapé qui sentait le moisi. Mais lorsque je jetai quelques morceaux de bois flotté sur les braises, ils s'enflammèrent rapidement et Beverly releva la tête.

— Fatigué ? demanda-t-elle.

— Épuisé. Allons nous coucher.

— Je voulais entendre le reste, dit-elle d'une voix ensommeillée.

Je restai un moment immobile, les mains dans les poches, la tête rejetée en arrière, à regarder le plafond.

— Il n'y a pas grand-chose à raconter, déclarai-je enfin.

— Eh bien, veux-tu du thé ? Quelque chose à manger ? Il y a du pâté...

— Non.

Je me servis un peu de whisky, le bus rapidement, allumai une cigarette. Beverly attendait, m'observant.

— Je ne peux pas te dire grand-chose. Nous nous sommes payé du bon temps, et puis un matin, très tôt, je suis descendu à la gare et j'ai pris un billet pour San Francisco.

— C'est tout ? fit Beverly, en se redressant.

Je levai les épaules.

— Je ne sais pas... c'était décevant, en un sens. Ça ne s'était pas bien passé pour moi à Butte. Sheila était mariée, vois-tu. De toute façon, tout ça ne me concernait plus. Je suis descendu sur la côte, j'ai traînaillé pendant quelques semaines, puis je me suis engagé dans l'Armée.

— Et tu as été gazé.

Je me mis à rire.

— Ça, c'est un truc qu'ont lancé les agents de presse du studio quand j'ai commencé à travailler pour la Paramount. Comment aurais-je pu être gazé ? Je n'ai jamais participé à aucun combat... Je n'ai même jamais quitté les États-Unis. Non, j'ai attrapé la tuberculose. Les toubibs de l'armée ont toujours soutenu que j'étais déjà tubard avant même de m'engager, mais j'avais subi une visite médicale au centre de recrutement, donc ça n'a pas marché. J'ai passé quelque temps à l'hôpital, à ce moment-là et plus tard. J'ai touché une pension d'invalidité. Ça n'était pas grand-chose, mais sans elle, je pense que je ne serais jamais devenu un écrivain. Je disposais de beaucoup de temps, j'avais un peu d'argent. Je ne pouvais effectuer aucun travail manuel, ce qui ne m'était d'ailleurs jamais arrivé. J'ai rédigé quelques textes publicitaires, j'ai écrit des nouvelles pour les magazines. J'ai même fait quelques boulots pour l'Agence, de temps en temps.

— Tu as travaillé pour l'Agence après Butte ?

— Pourquoi pas ? Personne n'en a jamais parlé. Pas un mot.

C'est sur la Côte Ouest que j'ai fait ces boulots. J'ai écrit mes premières nouvelles... Elles ont bien marché. J'ai vendu un ou deux romans, ensuite j'ai travaillé pour le cinéma.

Beverly secoua la tête, en riant.

— Je n'ai jamais entendu parler d'une carrière aussi rapide. Je veux dire... je savais que tu avais réussi quand j'ai fait ta connaissance, mais... je suppose que je ne comprenais pas comment c'était arrivé. J'ai lu les romans... Je ne sais pas...

Elle secoua la tête de nouveau.

— À t'entendre, c'était tellement facile, mais je crois que tu évacues les moments difficiles.

— C'est lourd, les moments difficiles.

— Alors, où voulait-il en venir, le sénateur, en t'interrogeant au sujet de Frank Little ?

Je haussai les épaules.

— Mystère. Je pense qu'il essayait d'établir un lien avec le mouvement communiste, peut-être avec le mouvement ouvrier. On sera fixé lundi, je suppose.

— Et Frank Little, tu le connaissais ?

— Oh oui, je le connaissais.

— Eh bien ? Qu'est-ce qui lui est arrivé ?

Je haussai les épaules. Je me détournai pour me diriger vers la chambre et commençai à déboutonner ma chemise. Sans me retourner, je lançai :

— Je ne l'ai jamais revu après ça.

— Non ? Alors, qu'est-ce qui s'est passé, à Butte ?

Beverly me suivit dans la chambre. Je m'assis au bord du lit et la regardai enlever son sweater, laisser glisser sa jupe.

— Oh, il y a eu des problèmes avec le syndicat. Frank militait pour le I.W.W. Mais ils ont perdu les élections. de toute façon. Bon Dieu, ils n'ont jamais gagné une élection. En fait, quelques jours plus tard, il y a eu une émeute. J'ai entendu dire que le gouverneur avait fait appel aux troupes fédérales. Ils ont promulgué une loi martiale, je crois. Fini, le syndicat, du moins pendant quelques années. Les hommes se sont remis au travail tout simplement.

— Quel dommage.

Beverly éteignit la lumière, se glissa dans le lit, nue, et se pelotonna contre et moi.

— Qu'est-il arrivé à Frank ? répéta-t-elle.

— Frank...

Un long silence s'ensuivit dans l'obscurité, puis je repris :

— Eh bien, je suppose que Frank a repris la route. Que sais-tu de Frank Little, d'ailleurs ?

— Je n'avais jamais entendu parler de lui avant vendredi. Je crois qu'il jouait un rôle important dans le mouvement ouvrier.

— Pas si important que ça. Pas autant que Haywood ou Moyers. Ou Eugene Debs. Et qui se rappelle encore ces gars-là ? Frank... je n'ai pas entendu prononcer son nom depuis vingt ans. C'était...

J'hésitai.

— Quoi donc ?

— Un des nôtres, simplement.

Mon rire était un peu tremblant.

Nous étions dans les bras l'un de l'autre sous les couvertures qui sentaient le moisi, nous réchauffant mutuellement. Au bout d'un long moment, Beverly demanda :

— Et Sheila ?

— Quoi, Sheila ?

— Eh bien, qu'est-elle devenue ?

— Oh, elle a fini par quitter son mari, elle est venue sur la côte. Je l'ai revue pendant quelque temps, puis j'ai perdu sa trace.

— Elle avait des mômes ?

— Oui, plusieurs. J'ai revu l'aîné il y a un ou deux ans. Il avait je ne sais quel boulot dans le cinéma, quelque chose de technique.

Elle demeura silencieuse un long moment et, alors que je la croyais endormie, elle dit :

— L'Amérique.

Ouais, pensai-je, l'Amérique.

CHAPITRE 18

Au bout d'un moment, la respiration de Beverly se fit plus profonde. Je gardais les yeux grands ouverts dans l'obscurité. Le vent effleurait le fragile cottage et il me semblait entendre le ressac.

Enfin, c'était la version abrégée, songeai-je. C'était très bien ainsi. Le but était atteint. La version intégrale était trop grinçante. Impubliable.

Beverly était une femme remarquable. Ni trop jeune, ni trop vieille. Elle pouvait encore éveiller ma libido, ce qui était plaisant, et on n'était pas obligé de tout lui expliquer, ce qui était plus plaisant encore. Nous nous connaissions depuis longtemps ; et nous avions même été amoureux durant un certain temps, et l'étions toujours, d'un façon moins passionnée. C'était l'unique femme avec qui je me sentais parfaitement à mon aise. Nous pouvions parler. Jamais elle ne me culpabilisait parce que je buvais ou n'écrivais pas, bien qu'à l'occasion, elle me fît des remontrances à ce sujet. Elle se montrait compréhensive. Elle me pardonnait tout, même des histoires avec d'autres femmes, encore qu'il y en ait eu fort peu depuis quelques années.

Une des raisons pour lesquelles nous nous entendions si bien, songeais je, c'était que nous ne parlions guère de nous-mêmes. Il y avait des tas de choses que nous ignorions l'un sur l'autre. Nous discutions livres, littérature, art, politique. Des conversations d'adultes. Des problèmes graves, mais rien de plus personnel que des échanges d'opinions.

Je m'étonnais de lui en avoir tellement dit à propos de Butte, la veille au soir et aujourd'hui. Mais il aurait été injuste pour elle de tout lui raconter, de lui imposer ce fardeau. Elle ne s'en serait pas plainte, j'en étais sûr, mais ce qu'elle ignorait ne pouvait lui faire de mal.

L'histoire serait intéressante à écrire un jour, néanmoins. Mais elle exigeait un traitement spécial. Il ne faudrait rien omettre d'important et le récit devrait être aussi simple et authentique que possible.

Était-il possible de se montrer rigoureusement honnête pour relater ces événements ? Je n'en croyais rien. Même si on se rappelait tous les détails après trente et quelques années. C'était pourquoi la fiction était nécessaire. La vérité à l'état pur est, j'en suis convaincu, intraduisible, même en étant tout à fait assuré qu'il n'y aura aucune répercussion – c'est impossible en soi. Mais supposez que vous puissiez en être sûr ? Ce serait quand même impossible. Les plus grands écrivains sont d'accord là-dessus. Bon Dieu, même deux témoins oculaires d'un simple accident de voiture n'arrivent jamais à être complètement d'accord sur ce qu'ils ont vu. Mais la fiction permet de dire la vérité, d'expliquer comment ça s'est passé, sans s'occuper des détails futiles.

Quelque chose se passe et vous en êtes témoin. À votre description de l'événement, vous apportez toute votre expérience émotionnelle et intellectuelle. Cela me rappelait une vieille plaisanterie concernant un éléphant. Après des années d'études, le Juif écrit *L'Éléphant et la question juive*. Le Français écrit *La Vie sexuelle de l'Éléphant*.

L'Allemand écrit *L'Éléphant. Une Introduction en six volumes.* Goodwin Ryder écrit… qu'est-ce que j'écris ? *L'éléphant meurt seul* ? Quelque chose comme ça.

Eh bien, c'était là le problème, n'est-ce pas ? À un moment quelconque, il était arrivé quelque chose à mon œuvre de fiction. Elle était devenue trop fabriquée, ou je ne sais quoi. Mes histoires semblaient excellentes, elliptiques, cruelles... véridiques, comme peut l'être la bonne fiction, mais je ne pouvais plus les écrire. Ça n'avait plus aucun sens. Je m'étais piégé moi-même par mes écrits. Damian Knight était devenu trop réel. Ou plutôt, non, ça n'était pas le cas. L'effet Damian Knight était devenu trop réel, trop lourd à porter, parce que les autres le prenaient plus au sérieux qu'ils n'auraient dû et du coup, j'avais cru que je devais en faire autant. Mais il me paraissait évident que Damian Knight était un malheureux raté, une création creuse, facile, bavarde, et il devenait pénible maintenant d'avoir affaire à lui.

Le cottage grinçait et l'herbe bruissait contre les bardeaux. Je me sentais gelé et angoissé. Je n'étais pas à jeun, mais je n'étais pas saoul non plus. Je me trouvais dans un état second, au-delà de l'alcool. Une sorte de super-sobriété. Tout paraissait vide et creux. Vide. Où donc étaient passés les autres ? C'était inquiétant. Un chemin s'ouvrait brusquement devant moi, surgissant de ce coin rempli de monde. Ce coin où je me trouvais, en compagnie de Damian Knight, de belles mômes sensuelles, de malfrats stupides, de flics costauds, de vendeurs de journaux à la langue bien pendue, de chauffeurs de taxi. Je n'avais pas envie de m'aventurer dans ce chemin, mais, durant un court instant, je compris que c'était peut-être possible.

M'aventurer d'un pas seulement. Tous ceux qui m'étaient familiers étaient assis à ma table, se pressaient autour de moi, m'adressaient des sourires entendus, m'encourageaient de leurs exclamations. Ils avaient bloqué mon champ de vision depuis si longtemps que j'avais oublié de regarder au-delà d'eux… Je m'étais lassé d'essayer de les écarter. Et maintenant, comme si une brise fraîche avait dissipé la brume, il y avait ce chemin, au bout d'un étroit couloir toujours encombré d'ombres, de privés et de bonnes femmes, mais où s'ouvrait encore un passage libre, pour un homme qui aurait bien voulu faire le pas.

Si je pouvais me dire à moi-même, comme je n'avais pas réussi à le dire à Joe Davis et au gars dans la Packard… Okay, allons-y.

C'était Frank, je le voyais bien. J'avais toujours eu envie d'écrire l'histoire de Frank, mais je n'avais jamais réussi à parler de lui. Je ne voyais pas comment je pouvais expliquer qui était Frank et le rôle qu'il avait joué et… Encore maintenant, j'avais la gorge nouée et les yeux qui brûlaient.

Damian Knight tire d'abord et ensuite seulement il « résout » le mystère, par le truchement d'un petit monologue intérieur au-dessus du cadavre. C'était une manière de faire que je ne connaissais pas. Ainsi sont les romans. Ils font le travail pour nous. Ils ont leur propre logique et leurs propres règles. Les romans avaient eu une valeur dans ma vie, mais ils m'avaient entraîné bien loin de Frank. Il n'y avait pas de place pour Frank dans ces règles et cette logique.

Ce que Frank, ou Joe Davis, ou moi-même, avions fait, était fait, une bonne fois pour toutes. Ainsi se perpétuerait l'événement, tel qu'il s'était produit, dans le temps où il s'était produit. Ce que je rêvais de faire, c'était lui redonner vie maintenant, et pour les temps à venir. Il revivrait sous une forme bien à lui, mais il contiendrait une certaine vérité. Sa propre vérité, bien entendu, mais qui serait aussi proche de celle de Frank que je pourrais le supporter. Et pour la première fois depuis longtemps, j'avais une idée de ce que pourrait être la forme de ce récit.

Cela commencerait, comme toujours, avec Dewey.

Une heure environ avant l'aube, j'arrachai Beverly, affolée, à un profond sommeil. Je suffoquais, rigide, tétanisé, totalement incapable de bouger. J'avais l'impression de tomber, de dégringoler dans un espace glacé. Mais en même temps, je me rendais compte que j'étais immobile. Je me demandai si j'étais mort. Je n'avais aucune idée de la façon dont j'étais arrivé ici, mais j'étais en proie à une peur mortelle. Je savais que continuer à vivre n'avait aucun sens, aucun. Si seulement j'avais pu me réveiller. Ou du moins, si tout pouvait cesser d'exister.

J'entendis alors Beverly s'écrier :

— Oh mon Dieu ! Tu as une attaque ?

Elle bondit du lit et alluma le plafonnier. J'étais étendu, les bras collés au corps, les poings crispés, les yeux grands ouverts, le regard fixe, les mâchoires crispées en une grimace douloureuse, les lèvres retroussées en un horrible sourire.

Terrifiée, Beverly se rua dans l'autre pièce et en revint aussitôt avec une bouteille de whisky et un verre. Elle emplit le verre à moitié, en renversant une partie, et le porta à mes lèvres. Il heurta mes dents. Mais une partie de l'alcool pour finir glissa dans ma gorge. Je m'étranglai, puis me mis à tousser, lui crachant le whisky à la figure. Pris de convulsions, secoué de haut-le-cœur, je me pliai en deux.

Accroupie près de moi, elle me prit dans ses bras et je me balançai d'avant en arrière en gémissant, durant de longues minutes. Je réussis enfin à laisser échapper un sanglot et m'arrachai aux bras de Beverly, m'entortillant dans les couvertures humides. J'étais dévoré de remords. Agenouillé sur le lit, la tête entre les bras, je pleurai amèrement.

— Ohh, ohh, ohh, gémissais-je sans pouvoir m'arrêter, incapable d'articuler autre chose.

Elle se rapprocha de moi, passa un bras sur mes épaules, me serra étroitement contre elle et essaya de me réconforter, murmurant désespérément :

— Chéri, chéri…

Mais elle ne comprenait pas ce qui se passait et d'ailleurs, je ne le savais pas moi-même. J'étais simplement submergé, emporté par cette terrible émotion. Il me semblait que j'avais failli me noyer et que je me retrouvais gisant sur le rivage. Pendant plus de dix minutes encore, je pleurai sans pouvoir m'arrêter, puis je finis par retrouver mon self-control et repris petit à petit conscience du présent. Je pleurais toujours, mais je me mis aussi à gémir doucement et à marmonner des mots dépourvus de sens, les répétant sans trêve jusqu'à ce que mes larmes se tarissent enfin. Je poussai alors un énorme soupir et demeurai silencieux. Lentement, je découvris que je pouvais déplier mes jambes et réussis enfin à m'étendre de tout mon long, à plat ventre.

Beverly retapa le lit et se glissa à côté de moi. J'étais encore secoué de tremblements, de temps à autre, mais je me cramponnais à elle, le visage enfoui dans la chaleur de son sein.

— Oh, merci, ne cessai-je de répéter, en alternance avec : Je suis désolé, je suis vraiment désolé…

— Oh, mon chéri, ça ne fait rien… chuchotait-elle en m'étreignant et en me tapotant le dos.

Oh, je lui étais si reconnaissant de sa gentillesse, de sa douceur, de sa compassion.

Il me fallut bien une bonne demi-heure pour réussir à me maîtriser complètement. Je me redressai alors sur mon séant, m'essuyai le visage avec la couverture, sans regarder Beverly. Redressée sur un coude, elle tendit vers moi l'autre bras, mais accablé de honte maintenant, je la repoussai doucement.

— Où est la gnôle ? demandai-je enfin, avec un petit rire tremblant.

Lorsqu'elle me tendit le verre, je le vidai d'un trait, puis m'étendis sur le dos, savourant la sensation de chaleur qui se répandait dans ma gorge, ma poitrine, mon ventre.

— La lumière, dis-je.

Elle se leva pour aller éteindre puis revint dans le lit. Je me tournai vers elle, éperdu de reconnaissance, et l'enlaçai. Au bout d'un moment, je réussis à basculer sur le dos et poussai un profond soupir. Quelques minutes plus tard, j'étais suffisamment maître de moi pour déclarer, d'une voix haletante, éraillée :

— Je t'ai menti. Je suis désolé, Bev.

— Menti ? demanda-t-elle dans l'obscurité.

— Au sujet de Frank.

— Quoi donc, Frank ?

— Je l'ai tué, dis-je simplement.

— Oh mon Dieu ! murmura-t-elle. Tu as tué Frank Little ? C'est donc de ça qu'il s'agit ? Le sous-comité et tout ?

— Non, non, non, dis-je, irrité, en secouant la tête. Ils ignorent tout de cette histoire. Ils ne peuvent rien savoir. De toute façon, je n'ai pas… enfin, je n'ai pas vraiment tué Frank. Mais je ne les ai pas empêchés de le faire.

Je m'assis et tâtonnai dans le noir le long du lit à la recherche de la bouteille. Puis je m'étendis de nouveau. Je sentais bien que Beverly attendait.

— Je me suis répété et répété que je n'aurais rien pu faire, de toute façon, et puis… eh bien, j'ai cessé d'y penser et au bout d'un certain temps, j'ai même oublié. J'en suis venu à l'évoquer, je suppose, comme si c'était une histoire que j'avais écrite dans le temps, il y avait bien longtemps, et qui s'était mal terminée.

Je commençai à lui raconter ce qui s'était passé, rapidement, ne relatant que les détails essentiels, d'un ton aussi neutre et dépourvu d'émotion que possible. J'avais peur de trop m'impliquer dans ce récit, de m'aventurer de nouveau dans ce maelström. Beverly était étendue à côté de moi, le cœur aussi glacé que moi, j'en suis sûr, tandis que les mots, désincarnés, flottaient dans l'obscurité au-dessus de nous comme la fumée d'un tripot. Je sus qu'elle pleurait pour finir, bien qu'elle s'efforçât de le cacher. Dans la pénombre, je devinais des larmes coulant sur ses joues.

— C'était un coup monté, dis-je. Joe allait tout me mettre sur le dos, si on en venait là. Je me suis enfui, Bev. Peu importait, d'ailleurs, Frank était mort, bien sûr. Ils l'ont pendu à une poutrelle du pont, avec une pancarte sur son maillot de corps — le truc des Vigilants, « 3-7-77. Premier et dernier avertissement ! Que les autres prennent garde ! »

— Pauvre Frank, dit-elle doucement.

— Oui… pauvre Frank.

Je demeurai un long moment silencieux avant d'ajouter :

— C'était… — ma gorge se serra. Frank, c'était un type bien.

*

Il était midi quand je me réveillai enfin. Beverly s'était levée plus tôt et j'avais vaguement le souvenir de l'avoir vue sortir. De ma vie, je n'avais jamais dormi aussi profondément, un sommeil sans rêve, si reposant. Elle avait fait du feu, préparé du café et était même allée chercher le *Times* de New York. Les reliefs du pique-nique avaient été débarrassés, mais elle avait pris soin de laisser la bouteille de whisky sur la table. Elle était même allée se promener, dit-elle, malgré une légère bruine.

Je m'habillai et sortis de la chambre, me sentant un peu penaud. Beverly était assise dans un vieux fauteuil à bascule près du feu. Elle était en train de lire *Taps for Private Tussy**, un roman populaire que quelqu'un avait laissé sur une étagère à côté du manteau de la cheminée. Je m'approchai et l'embrassai sur la joue. Ma barbe était drue, mais elle ne se plaignit pas.

— Il y a du café ? demandai-je, d'une voix rocailleuse.

— Eh bien, je suis contente de te voir en vie, dit-elle. Je vais en refaire. Pas de douche, je crois bien. Mais je peux faire chauffer de l'eau si tu veux te raser ou faire ta toilette.

— Ça serait formidable. Dis donc, c'est le *Times* ? Bon sang, Bev, tu es épatante.

Je m'assis derrière la table de la petite cuisine.

Le *Times* annonçait que le romancier Goodwin Ryder avait des ennuis avec le Sous-Comité du Congrès, mais que d'autres révélations étaient imminentes. Je posai le journal sans faire de commentaires et observai Beverly. Je voulais faire allusion à la nuit précédente, mais elle affichait une certaine indifférence. Pour finir, je commençai :

* *Extinction des feux pour le soldat Tussy. (N.d.T.)*

— Euh, à propos de cette nuit, Bev…

— Je me suis vraiment fait du souci pour toi, dit-elle. Tu te sens bien ? J'avais peur que tu aies une crise cardiaque.

Elle trichait. Peut-être était-ce une proposition. Si je le voulais, nous pouvions prétendre que j'avais simplement eu un malaise. Je fis la grimace.

— Ça va. Je me sens bien, maintenant. Ça n'avait rien de physique, tu sais. Du moins, je ne pense pas. Ne t'inquiète pas, j'irai voir le docteur Machinchouette. C'est cet autre truc…

— Bon, et alors ? dit-elle, tout en préparant un feu dans le petit poêle à bois. Je suis contente que tu me l'aies dit… que tu l'aies dit à quelqu'un, au moins.

— Écoute… Je suis content que tu saches. Que quelqu'un sache. J'espère seulement que tu ne penses pas que je suis en général aussi… — j'essayai de rire, de façon peu convaincante — aussi pleurnichard.

Elle me gratifia de son sourire le plus insolent et répliqua :

— Il n'y a rien d'anormal chez toi, Geed. Mais je suis contente que tu m'aies dit ce qui s'était passé pour Frank. La prochaine fois, ce sera mon tour, pour les grandes eaux !

Quand l'eau chaude fut prête, et que ma barbe fut rasée, je regagnai la cuisine.

— Bon Dieu, je crève de faim ! dis-je.

Pendant qu'elle préparait le petit-déjeuner, je feuilletai de nouveau le journal, me concentrant sur la page des sports tout en buvant du café.

Je mangeai quatre œufs et nous finîmes tout le bacon.

— Ça fait des siècles que je n'avais pas eu un tel appétit au petit-déjeuner, dis-je, en liquidant le dernier toast, puis je la regardai mon amie dans les yeux, pour lui dire :

— C'est vraiment chic de ta part de me supporter, Bev.

— Tu n'es pas si difficile à supporter, dit-elle. J'en ai vu… enfin, je ne suis plus vraiment un bébé, tu sais.

Après avoir lavé et essuyé la vaisselle, je mis de l'ordre dans la maison, avec Bev. À un moment, je me surpris à couver des yeux la bouteille de whisky posée sur la table. Bev détourna la tête. Un verre aurait été le bienvenu maintenant, mais j'avais l'impression de me trouver devant une porte entrebâillée — peut-être comme ça m'était arrivé un jour, à Butte. Je pris une décision qui me fit du bien.

— Geed, tu connais Dick Krehling ?

Je levai les yeux de la rubrique littéraire du *Times*.

— Krehling ?

Le nom m'était familier, mais, sur le moment, je ne parvins pas à le situer.

— Oh… ouais… enfin, non, je ne le *connais* pas, mais ça me dit quelque chose. D'où connais-tu Krehling ?

Je posai mon journal et la dévisageai avec attention. Elle paraissait nerveuse.

— Je connais très bien Dick Krehling, dit-elle. Depuis un certain temps.

Je réfléchis un moment. Et pour finir, je déclarai :

— Je vois.

— Je l'ai appelé ce matin, dit Beverly, depuis le village. Il est en route pour venir ici.

Je poussai un soupir et me levai. Ayant trouvé une pipe, je la bourrai et l'allumai. Je me dirigeai vers le feu, près de s'éteindre, et, d'un geste machinal, posai une bûchette sur les braises. Une rafale de vent fit crépiter la pluie sur les bardeaux. Pour finir, je déclarai :

— Je regrette que tu aies fait ça.

— J'étais obligée, Geed.

— Non, je ne pense pas. Mais tu l'as fait. Et maintenant, il va arriver.

Je haussai les épaules.

— Eh bien, nous n'avons plus qu'à attendre, je suppose.

Je m'assis et repris le journal. Beverly restait immobile sur sa chaise, l'air malheureux, *Taps for Private Tussy* posé sur les genoux. Elle fit une tentative pour lire, mais au bout d'un moment, se leva et prit le ciré jaune accroché au mur.

— Je vais faire un tour, dit-elle.

J'acquiesçai d'un signe de tête.

— Très bien, dis-je en la regardant. C'est sans doute une bonne idée. Je vais attendre Krehling.

Je tirai sur ma pipe. Cela me calmait en fait. Je reportai mon attention sur le journal.

Le vent était plus fort J'entendais les vagues déferler et je me dis que la promenade ne devait pas être tellement agréable pour Beverly, mais que cela l'aiderait peut-être à se sentir mieux. Après la tension qui avait régné dans le cottage bien chauffé, le vent vif, chargé d'humidité, pouvait lui apporter un soulagement. Au bout d'un moment, j'entendis une voiture remonter en cahotant l'allée en direction de la maison.

Krehling était un homme enjoué, de petite taille, avec un visage ordinaire, mais presque beau. Trapu, âgé d'environ quarante ans, c'était un brun au regard intense, mais, par ailleurs, impassible. Il m'expliqua pourquoi Beverly ne m'avait jamais dit qu'elle était membre du Parti Communiste. Son anglais était parfait, mais même sans trace d'accent, il ne s'exprimait pas comme un autochtone.

— Il n'y avait aucune raison, disait Krehling. Nous lui avons demandé de n'en rien faire et, bien qu'elle n'ait pas été d'accord, elle a accepté.

— En bonne communiste, observai-je, ironique.

Krehling ne sourit même pas, se contentant de hausser légèrement les épaules, la tête penchée sur son épaule droite.

— Ça suffisait déjà bien qu'elle soit publiquement associée à vous, dit-il. Beaucoup de gens, sans aucun doute, la supposaient de gauche, mais de toute façon, ils l'auraient su en lisant ses pièces de théâtre et ses articles de journaux. Il n'y a rien de plus à dire à ce sujet. Mais nous avons besoin de savoir si vous allez témoigner.

— Non, bien sûr.

— Nous pensons que vous devriez, dit Krehling.

Je le dévisageai, essayant d'assimiler cette surprenante idée. Et je pensai aussitôt après, qu'en fait, je m'y attendais.

Krehling poursuivit :

— Ceux qui sont disposés à vous croire communiste sont maintenant convaincus, et ceux qui ne l'admettent pas ne seront pas influencés — ça les encouragera plutôt — si vous vous révélez coopératif envers le Comité.

— Mais à quoi servirait mon témoignage ? Vous ne voulez sûrement pas que je donne des noms...

— Non, non, vous ne désignerez personne qui n'ait déjà été nommé, dit Krehling. Nous vous fournirons une liste de noms et le Comité ne soulèvera aucune objection.

— Mais c'est absurde !

— Comme vous dites. Mais ils auront atteint leur objectif, à savoir montrer qu'il existe des communistes haut placés en Amérique, dans le domaine artistique, en particulier les arts populaires — et cela ne nous gêne pas, après tout, que les gens le sachent.

Je réfléchis à cette idée, puis songeai aux procès de Moscou, au cours desquels de vieux Bolcheviques célèbres s'étaient levés pour avouer leurs méfaits. Après quoi, on les avait emmenés et fusillés. Selon toute vraisemblance, je ne serais pas fusillé. Je ne pus réprimer un sourire.

— Ainsi donc, c'est la version américaine des procès de Staline, dis-je. Cela donne à penser que Staline n'est pas fou, puisque nous en faisons autant ?

— Vous croyez ça ? demanda Krehling en haussant les sourcils. Il s'agit plutôt de Miss LaFraniere, je crois. Ils veulent l'assigner à comparaître, mais si vous acceptez de témoigner, elle ne sera pas convoquée.

J'encaissai la nouvelle, puis jetai un regard nerveux autour de moi. La bouteille de whisky était sur la table, à moins de quatre mètres. Je décidai plutôt de reprendre ma pipe et passai quelques secondes à la bourrer et à l'allumer.

J'estimais avoir le droit de réfléchir à cette forme alternative d'exécution. Ainsi donc, Beverly était plus importante. Elle était pour ainsi dire en sommeil. Il ne fallait surtout pas la démasquer. Démasquer Goodwin Ryder n'avait aucune importance, de toute évidence. Non que je sois membre du Parti, mais c'était là une distinction que le Comité ne ferait pas.

— J'y réfléchirai, dis-je.

Krehling eut presque l'air exaspéré.

— Pourquoi ne pas vous décider maintenant ? demanda-t-il.

— Ce n'est pas une décision si facile à prendre. Le sénateur laissait entendre des choses bizarres, vendredi.

— Bizarres ? Je ne vois pas ce que vous voulez dire.

— Vraiment ? Eh bien, il proférait des menaces. La principale émanait de cette petite larve de Kahane. Des menaces sur… enfin, ça n'était pas clair.

— Oh, oui. Nous nous sommes interrogés à ce sujet. Un événement dans votre passé. À Butte, Montana. En août 1917. Krehling, en fait, sourit. Une année lourde de sens.

— Pour moi, en tout cas.

Krehling fronça les sourcils.

— On m'a dit que vous ne possédiez pas des connaissances très approfondies de la théorie.

— Non, c'est exact. La théorie n'a jamais été mon fort. La pratique… me convient mieux.

— Vous parlez de « bons communistes ». Êtes-vous un bon communiste ?

— Ni bon ni mauvais. J'ai éprouvé pas mal de difficultés, au long des années, à me montrer bon à quoi que ce soit. Je ne suis pas très sociable, probablement.

Je rallumai ma pipe.

— J'ai songé à m'inscrire au parti, pour m'associer concrètement à quelque chose, mais ça me posait des problèmes.

— Vous n'êtes pas en désaccord avec la cause ?

— Je pensais que le socialisme était une juste cause, mais la version soviétique… enfin, il y a des problèmes.

— Oui. Vous voulez donner votre propre interprétation du socialisme. Vous ne voulez pas accepter la discipline. C'est très américain, en réalité.

Cette fois, Krehling réussit à grimacer, une grimace qui exprimait à la fois sa consternation, ses regrets, son mépris.

— Qu'allcz-vous faire ?

Je ne répondis pas. Krehling s'en alla.

La bouteille de whisky fut le dernier objet à être emballé, mais je ne fis pas un geste dans sa direction, et pour finir, Beverly l'attrapa au vol pour la fourrer dans un sac avec le reste de la salade de pommes de terre et des bouts de fromage desséchés réempaquetés à la va-vite. Je pris le panier et le portai à la voiture. Lorsqu'elle le boucla dans le coffre, je ne fis aucune réflexion.

Il plut durant tout le trajet de retour à New York. Nous avions du mal à communiquer, semblait-il, et au bout d'un moment, le silence devint oppressant. Je ne voulais pas qu'elle s'imagine que j'étais fâché contre elle, bien que je le fusse, mais pas tellement tout compte fait. Nous étions presque arrivés à Manhattan lorsque je déclarai :

— Je crois que j'en ai peut-être fini avec la gnôle, enfin.

Elle était manifestement enchantée, mais elle ne fit aucun commentaire. En fronçant les paupières, elle regardait tomber la pluie.

— Tu me détestes ? demanda-t-elle.

— Un peu seulement.

Elle me jeta un bref coup d'œil, et je lui souris, puis elle reporta son attention sur la route. Il pleuvait toujours à verse.

Je poussai un soupir.

— Il est terriblement tard pour découvrir tant de choses à la fois, dis-je. Je croyais savoir tout ce que j'avais besoin de savoir.

Nous approchions de la ville. Il pleuvait toujours.

— Est-ce que Sheila et toi… commença Beverly, laissant la question en suspens.

— Nous avons vécu ensemble comme mari et femme pendant quelques mois, dis-je d'un ton négligent, à San Francisco, jusqu'à ce que je me retrouve sans un rond.

Alors je me suis engagé dans l'Armée. Je lui ai écrit quelquefois, lui ai envoyé un peu de fric, et puis nous avons cessé de nous écrire. Je ne l'ai jamais revue après ça. C'était une fille bien.

– Oh, Geed.

– Nous n'avons pas vécu une grande tragédie, repris-je d'un ton rogue. Ça a toujours plus ou moins cloché entre nous. Je me suis payé du bon temps, après notre rupture, et ça tombait juste au bon moment, quand j'étais encore assez jeune pour en profiter et assez vieux pour apprécier. Mais cette pauvre Sheila, elle ne s'est guère payé du bon temps, pas avec moi en tout cas. Je n'aurais pas voulu que ça finisse ainsi, mais c'est comme ça que ça tourne, quelquefois.

Beverly bifurqua à la sortie du pont et prit la direction de Riverside.

– Et les gosses ? demanda-t-elle.

Je haussai les épaules.

– Je ne sais pas. J'ai entendu dire que Sheila était retournée à Butte – pendant un certain temps, du moins. Il paraît qu'elle s'est remise avec Sean, mais peut-être l'ai-je rêvé simplement. J'ai quand même vu son fils aîné, Devin, aux studios de la Paramount, quand j'écrivais des scénarios. Il travaillait dans le cinéma, comme technicien, éclairagiste ou je ne sais quoi. Je ne lui ai jamais parlé. Je ne pensais pas qu'il savait qui j'étais, mais je me trompais peut-être. Les mômes étaient encore tout petits quand nous nous sommes séparés.

Au bout d'un moment, je repris :

– C'était une femme formidable. Elle a fait beaucoup pour moi. Mais c'était il y a bien longtemps.

– Dans un autre pays, dit Beverly, qui ajouta sous cape : et d'ailleurs, la donzelle est morte.

– Hein ?

— Rien. On va chez moi ? demanda Beverly.

— Non. Ramène-moi d'abord. Il faut que j'appelle Bill et que je le consulte, pour demain.

Elle stoppa devant mon immeuble.

— Geed, je veux aller avec toi à Washington demain.

— Non, répliquai-je d'une voix ferme. Tu me regarderas à la télé.

Je me mis à rire.

— Ne fais pas cette tête. Je reviendrai. Bill est un très bon porte-parole. Nous trouverons une astuce pour nous en sortir.

— Je serai ici, dit-elle.

— Bien… C'est… C'est ce que je veux.

Nous échangeâmes un bref baiser, et je sortis sous la pluie.

CHAPITRE 19

Le lundi matin, les portes de la salle d'audience étaient fermées à clef. Une pancarte annonçait : « Auditions suspendues jusqu'à nouvel ordre. »

Browning poussa un juron.

— Bon Dieu, ils auraient pu nous prévenir, quand même ! s'exclama-t-il.

Comme en réponse, un mince jeune homme au nez pointu, à l'air obséquieux, apparut.

— Monsieur Ryder ? monsieur Browning ? J'appartiens au bureau du Sénateur. Nous avons essayé de vous contacter, mais...

— Qu'est-ce qui se passe ? demanda sèchement Bill.

L'assistant jeta un regard nerveux autour de lui, mais personne en vue n'était susceptible de nous entendre.

— Un nouveau témoignage est intervenu, dit-il. Le Sénateur aimerait que vous passiez le voir à son bureau.

Je regardai Browning qui haussa les épaules. Nous suivîmes l'assistant. Dans son bureau, le Sénateur était tout sourire.

— Je tiens à vous remercier, messieurs, d'être venus si rapidement, dit-il, en indiquant la banquette en cuir. Asseyez-vous. Fiston, apporte un café à ces messieurs — il observa une pause, m'effleurant du regard —, à moins que vous ne préfériez quelque chose de plus corsé.

— Laissez tomber le café, dit Browning. De quoi s'agit-il ?

Je m'assis et examinai le luxueux bureau. Deux autres hommes s'y trouvaient déjà. L'un d'eux était l'Avocat du Sous-Comité, David Kahane. L'autre était un type trapu de cinquante ans et quelques qui me sourit aimablement. Il tenait son chapeau à deux mains entre ses genoux et le faisait tourner lentement. Son visage me parut familier, mais je n'arrivais pas à le situer.

Le Sénateur s'assit derrière sa vaste table de travail au plateau nu.

— Eh bien, voyez-vous, Browning, votre client ne s'est pas révélé un témoin très coopératif. Comme vous devez en avoir conscience, le peuple américain manifeste un grand intérêt pour ces auditions.

— Ce cirque, vous voulez dire, commenta Browning, grâce à vos caméras de télévision.

— Ce ne sont pas mes caméras, rectifia aimablement le Sénateur. Mais je ne peux pas dire qu'elles me gênent. Le problème, c'est que ça n'est pas très édifiant pour le public américain quand un témoin comme monsieur Ryder, comparaissant ici, se contente de dire « Je refuse de répondre », et invoque le Cinquième Amendement.

— Qu'est-ce qui serait plus édifiant ? demandai-je d'un ton sec. Que je dénonce des gens ?

— Ce serait bien si vous pouviez dénoncer le communisme, dit le Sénateur, et que vous nous aidiez à dévoiler l'infiltration massive du gouvernement des États-Unis et des arts populaires par des espions russes.

— Je n'ai rien à voir avec l'Union Soviétique, dis-je. En ce qui me concerne, je considère que Staline fait à peu près le même travail que vous avec ses procès à grand spectacle.

Le Sénateur parut enchanté.

— Eh bien voilà ! Pourquoi ne pas dire ça, précisément, ou quelque chose dans ce goût-là ? Je ne peux pas dire que j'apprécie la comparaison avec Joseph Staline, mais si vous acceptiez d'omettre cette réflexion…

— Allez vous faire foutre, répliquai-je.

Le Sénateur prit un air désolé.

— Je craignais ce genre de réaction. C'est la raison pour laquelle j'ai invité monsieur Thacker ici ce matin.

Il indiqua d'un geste l'homme au chapeau.

L'homme sourit et dit :

— Salut, Goody.

Déconcerté, je regardai le Sénateur.

— Qui est-ce ? demandai-je.

— Dewey Thacker, dit l'homme en se levant. Ça fait une paye, pas vrai, p'tit ? On a pas mal changé tous les deux, mais j't'aurais r'connu n'importe où.

— Je ne connais pas cet homme, dis-je.

— Allons donc, Goody, dit Thacker. Son visage soudain se fendit en un large sourire et il poursuivit, avec un fort accent de Jersey : Viens pas m'dire qu't'as oublié Butte ? C'patelin d'vait être encore plus toxique que j'croyais !

— Seigneur Dieu ! dis-je. Dewey ? Qu'est-ce que tu fais là ?

Thacker haussa les épaules.

— Demande-leur, p'tit. À mon avis, ça a quelque chose à voir avec Frank Little.

— C'est bien ça, dit le Sénateur, souriant. Nous avons enquêté sur vos activités, monsieur Ryder. En remontant jusqu'à 1917. Une date tout à fait mémorable dans l'histoire du monde, incidemment.

— Si je me souviens bien, il n'existait pas à l'époque de gouvernement soviétique, dis-je. Kerensky essayait de former un gouvernement provisoire.

— Il y avait des communistes, néanmoins, dit le Sénateur. Mais là n'est pas la question. La question, c'est qu'un nommé Frank Little est mort de façon prématurée en 1917, et que vous avez été impliqué dans son décès. Thacker, ici présent, peut en témoigner.

— Dewey ?

Je me tournai vers lui, incrédule.

— Pourquoi ? Que peut-il savoir ?

— J'étais là, p'tit, déclara Thacker, comme pour s'excuser.

— Mais tu étais un mineur, tu…

Thacker secoua la tête lentement, une expression gênée mais amicale, presque amusée, sur le visage.

— T'étais vraiment naïf, p'tit. On pourrait dire, j'pense, que l'Vieux a commis une erreur avec toi. Mais peut-être pas, après tout. J'ai lu tes bouquins, en tout cas, plus tard. J'ai bien aimé. C'était vraiment bon. J'aimais surtout tous les trucs sur l'Agence. Et j'adorais Damian Knight. Génial, vraiment !

Browning interrompit cet échange amical en s'adressant au Sénateur.

— Alors, quelle est la situation, au fait ?

— Eh bien, maître, il semble que votre client soit vraiment dans la… euh, dans la mélasse, répondit le Sénateur. Je suppose que vous avez transmis notre proposition à monsieur Ryder ?

Comme Browning acquiesçait, le sénateur enchaîna :

— Et qu'il a refusé ?

Il se tourna vers l'Avocat.

— Expliquez la situation, David, dit-il.

L'Avocat du Sous-Comité avança d'un pas.

— Comme vous le savez, monsieur, il n'existe pas de prescription en matière de meurtre. En réalité, personne n'a jamais été accusé de quoi que ce soit dans l'affaire Frank Little. Mais cela ne signifie pas que votre client ne pourrait pas être mis en accusation et nous estimons qu'avec l'assistance de Thacker, nous pourrions disposer d'un dossier extrêmement solide.

N'en croyant pas mes oreilles, je dévisageai l'avocat.

— Oui, nous avons bon espoir, m'affirma Kahane. Mais une question se pose : à qui cela profiterait-il ? Et il semble que ce ne serait ni au Comité ni à vous, monsieur Ryder. Mais en revanche, cela pourrait créer une sorte de figure de martyr communiste, en la personne de Frank Little.

— Qui a été, à juste titre, oublié, intervint le Sénateur. Vous voyez, messieurs ? Nous ne tenons pas vraiment à aboutir à ce résultat. Mais c'est en quelque sorte notre devoir, n'est-ce pas ? Voyez-vous, Ryder, poursuivit-il patiemment, vous avez en fait pissé dans votre chapeau lorsque vous avez admis que vous connaissiez Frank Little. À l'audition, on vous interrogera à ce sujet. Beaucoup de gens, dont pas mal de reporters, je suppose, voudront savoir qui était Frank Little. Mais ça n'est pas tellement important. Je pense que nous pouvons affronter ce problème. Ce qui est important, c'est que votre témoignage sera consigné, et concernera Frank Little. Maintenant, si je décide d'insister sur ce point et si vous refusez de répondre, vous serez inculpé, pour le moins, d'outrage au Congrès. Difficile de savoir ce qu'un grand jury pourrait en tirer, franchement.

Un timbre à ce moment-là retentit sur le bureau du Sénateur et il appuya sur un bouton de l'intercom. La voix d'une secrétaire résonna :

— Vous devez participer dans dix minutes, monsieur, au vote concernant l'intervention en Corée.

— Merci, ma chère, répondit le Sénateur.

Il se leva, tira sur les pans de sa veste, rectifia sa cravate.

— Eh bien, les affaires de la nation m'appellent, messieurs. Vous voudrez bien m'excuser. Je pense que vous pouvez régler ce problème avec Dave. Merci d'être venu.

Et, le visage épanoui, il sortit d'un pas pressé.

Kahane attendit sans mot dire. Pour finir, néanmoins, il se décida à demander :

— Alors, votre décision, messieurs ?

Avant que Browning ait pu répondre, je déclarai :

— Puis-je avoir un certain temps pour réfléchir ?

Kahane haussa un sourcil.

— De combien de temps s'agirait-il ?

— Une quinzaine de jours.

Kahane fronça les sourcils et baissa les yeux vers ses chaussures cirées à la perfection. Il secoua la tête avant de la relever.

— Non, je ne pense pas. Vous avez déjà attiré l'attention de la presse. Un hiatus aussi long suggérerait qu'un marché a été conclu. Non, non, c'est impossible, je le crains.

— Une semaine, dis-je.

Kahane gonfla les joues et expira l'air lentement.

— Une semaine ? Voyons... Nous sommes aujourd'hui lundi, il ne reste donc que quatre jours...

Il me dévisagea soudain d'un regard perçant.

— Pourquoi demandez-vous ça ?

— C'est une décision importante, répondis-je. Une décision vitale. Elle va me torpiller en tant qu'écrivain. J'ai besoin d'y réfléchir.

Kahane étudia longuement le problème, sans me quitter des yeux. Enfin, il déclara :

— Cette affaire de Corée est très importante. Elle pourrait fournir une excuse raisonnable pour suspendre les auditions pendant un jour ou deux. Je pense que nous pouvons vous accorder quarante-huit heures.

Dewey Thacker nous rattrapa au moment où nous sortions de l'immeuble.

— Hé, p'tit ! lança-t-il. J'espère que tu n'es pas furieux.

— Monsieur Thacker, intervint l'avocat, mon client ne peut pas vous parler. Pas maintenant, du moins.

— Oh, ça ne fait rien, Bill.

Je pris Dewey à l'écart et l'examinai avec attention. Il était plus corpulent et avait l'air plus coriace, mais il avait toujours son regard bleu et limpide et son air jovial. J'étais, malgré moi, content de le voir. Je ne pus m'empêcher de sourire devant ce visage épanoui.

— Non, je ne suis pas furieux, Dewey. C'est chouette de te revoir. Je regrette seulement de ne pas avoir vu ce que tu étais, là-bas, à Butte. Mais tu m'as l'air en pleine forme. J'en suis ravi.

Thacker sourit.

— Tu n'as jamais été taillé pour être flic, petit. Tu n'avais pas l'étoffe nécessaire. Très peu d'gars en sont capables. D'ailleurs, c'est pas vraiment un métier, hein ? Mais toi et quelques autres écrivains, vous avez fait un truc formidable pour la profession. Toi surtout. Vous nous avez transformés en héros. Ça nous a beaucoup aidés. Il faut que je t'remercie pour ça. Mais t'étais pas idiot. Tu voyais bien en quoi consistait le métier de détective, je crois. On faisait notre boulot, tout simplement. On savait de quoi il s'agissait. J'n'ai pas trop de regrets. T'en as ? J'espère que non.

— Non, ça va, dis-je. Ça n'a pas tourné comme je

l'espérais. Écoute, on pourrait peut-être se voir un jour et parler de tout ça, quand cette affaire sera terminée.

— Ça serait formidable, Goody. J'aimerais bien, dit Thacker.

Il fronça les sourcils, l'air concerné, et ajouta :

— Tu es dans une sacrée mélasse, petit. Je me demande si je pourrais pas faire quelque chose pour toi.

— Dans quel genre ?

— Oh, je sais pas. J'ai toujours pensé qu'on t'avait vraiment pas fait de cadeaux, mais comme tu semblais t'en tirer pas mal, je me suis dit que c'était pas trop grave. Mais maintenant… Tu sais, Goody, j'plaisante pas quand j'te dis que je m'sens redevable envers toi… comme nous tous. Je, euh… je sais une ou deux choses…

Il fourra les mains dans ses poches et contempla ses pieds un instant avant de dire :

— Je fais toujours le même boulot, tu sais.

Je songeai durant quelques secondes à cette proposition. Que pouvait-il faire pour moi, ce rustre ? Ce rustre qui m'avait tellement bien possédé trente-cinq ans auparavant ? Même Joe Davis ne m'avait pas blousé à ce point.

— Tu parles de McParland ? demandai-je calmement.

Thacker eut un large sourire.

— Tu peux me joindre à ce numéro.

Il sortit une main de sa poche, une carte entre les doigts, qu'il glissa dans la poche de ma veste.

— Bien le bonjour à la petite dame de ma part.

Après un signe joyeux de la main, il se détourna et s'éloigna.

CHAPITRE 20

La prison a quelque chose de très reposant. Pas toutes les prisons, évidemment. Mais dans de nombreux cas, elle apporte un véritable soulagement aux tensions et aux angoisses de la vie réelle. Tout d'abord, chaque individu, homme ou femme, qui va en prison et qui est, pour finir, condamné et enfin fixé sur son sort, a été la proie de terribles tourments éprouvants pour les nerfs : poursuite, capture, aveux, mensonges, dénégations, le verdict, le jugement, la condamnation… et ainsi de suite.

Mais enfin, vous voilà fixé sur votre sort. Vos ennuis sont terminés. Vous êtes sous la responsabilité de l'État. L'État doit vous nourrir et vous vêtir, vous fournir soins médicaux et dentaires. Bien entendu, pour beaucoup, c'est le moment de la plus grande peur. L'État va-t-il me protéger ? Est-ce que ce sera l'enfer ? Et pour beaucoup, en effet, ce sera l'enfer, parce que l'État ne peut pas, après tout, vous protéger de vos nouveaux compagnons.

Mais la prison, c'est une société en soi. La plupart des gens peuvent s'en accommoder, rarement néanmoins en jouissant du même confort et de la même tranquillité que celles qu'ils auraient pu connaître à l'extérieur. Mais combien d'entre eux en réalité avaient vraiment accès à ce confort et à cette tranquillité ? Est-ce que je ne viens pas de dire qu'ils avaient justement traversé l'enfer avant d'arriver en prison ?

Cela avait certes été mon cas, et pour moi, me retrouver en prison était un vrai soulagement. J'étais délivré de toutes les pressions diverses que je viens d'indiquer et, ce qui n'est pas négligeable, j'échappais à mes amis et à tous ceux qui se souciaient de moi. Mais surtout, j'échappais à moi-même. La prison était assez correcte, ce qui était bien rassurant. Pas de malfrats musclés, homosexuels, pas de gardes brutaux et sadiques, pas de travaux de force (simplement faire son lit, balayer les bâtiments, ratisser les feuilles en automne, nettoyer les plate-bandes au printemps, aider à planter des fleurs), une nourriture saine et abondante (encore que pas très imaginative), des compagnons agréables (qui avaient fraudé le fisc pour la plupart ou escroqué une banque), une table de ping-pong à portée de main, une télévision dans la salle commune, des promenades quotidiennes autour des bâtiments, une modeste bibliothèque, l'accès à une cantine…

Mais bon sang, c'est quoi, cette prison, allez-vous demander. Une prison très agréable. Je n'aurais pu en imaginer de meilleure, pour être juste. Enfin, à supposer qu'il soit raisonnable d'envoyer des gens en prison pour commencer, ce que je conteste, mais dans ce cas, on ne pouvait guère trouver mieux. Sinon, cette prison serait allée à l'encontre du but recherché : la punition.

Situé dans le Kentucky, cet établissement fédéral (euphémisme pour désigner ce genre de prison) était destiné aux détenus non violents, non dangereux, purgeant des peines relativement courtes. Merde, c'était ce que la plupart d'entre nous appelleraient un country-club pour criminels en col blanc. Un ancien camp de l'armée, probablement des entrepôts. De belles casernes en bois, hébergeant chacune une douzaine d'hommes dans des chambres individuelles, petites mais pas trop, et une salle commune. À l'arrivée, on nous fournissait des treillis de G.I. qui tenaient lieu d'uniforme, mais vous appreniez très vite que les responsables du camp (c'était ainsi que l'on les appelait, on n'utilisait jamais le mot prison) ne voyaient aucun inconvénient à ce que vous remplaciez ces fringues par des jeans et un vieux sweater, des chaussures de tennis, des mocassins, ce que vous vouliez (à condition que ce ne soit pas trop extravagant — pas de costumes zazous, pas de complets rayés, pas de vestes d'intérieur, s'il vous plaît).

Par la suite, après avoir pris le temps d'examiner les lieux, je ne pus m'empêcher de rire en songeant à la façon dont Beverly s'était comportée à la gare. C'était gênant. L'officier de la police fédérale refusa de m'enlever les menottes pour nos adieux et plusieurs photographes de presse prirent d'excellents clichés du « célèbre auteur de romans policiers, Goodwin Ryder, capturé ». Les yeux de Beverly étaient noyés de larmes. J'essayai de la réconforter.

— Je serai de retour avant même que tu te sois aperçue que j'étais parti, dis-je. Ce n'est pas comme si j'allais à la guerre, quand on ne sait jamais combien de temps ça va durer, ni même si on reviendra. Dix-huit mois, ce n'est rien.

— Oh, Geed, sanglota-t-elle, tu es si courageux !

Je ris et sortis une de mes meilleures répliques.

— Des courageux, j'en ai connus, petite. Rien à voir avec ça.

Et ce n'était pas une simple réplique. Je pensais à Frank.

Browning comprit, jusqu'à un certain point.

— Ça aurait pu être pire, dit-il.

Je n'étais pas tout à fait d'accord non plus avec ce point de vue. Je lui avais dit dès le début que le Sénateur et ses acolytes ne tiendraient pas à aborder l'affaire de Butte, si on en arrivait là. Ils se foutaient éperdument de Frank Little, bien entendu, mais me fustiger publiquement n'était pas bon pour leur image de marque et en outre (pour des raisons que je n'ai jamais élucidées) ils avaient renoncé à faire pression sur Beverly. Je fus coincé pour une histoire de caution : je m'étais joyeusement porté garant pour quelques gars accusés d'être des responsables du Parti Communiste des États-Unis d'Amérique. J'écopai de dix-huit mois pour outrage à la Cour parce que je refusais de dire où se trouvaient ces gredins quand ils avaient mis les bouts.

Beverly ne fut même jamais citée à comparaître, ce qui avait été convenu tacitement. Je ne sais pas si elle était au courant, mais Bev en fut très affectée, pendant cinq minutes. Je sais qu'elle avait eu une sacrée trouille. J'aurais eu la trouille, moi aussi, car ce qu'elle aurait risqué, c'était une accusation de parjure. Elle savait où ces zèbres se cachaient, j'en suis à peu près sûr. Mais je n'ai pas posé la question et elle n'a jamais rien dit. Je lui affirmai simplement que ça ne m'aiderait pas si elle se portait volontaire pour témoigner. Et ce fut le cas. C'est pour cette raison, je suppose, qu'elle me trouvait courageux. Et merde !

Comment était-ce ? Ennuyeux. Les gardes étaient d'assez braves types. L'un d'entre eux, un gros lard du nom de Tucker Cecil, me racontait sans cesse ses ennuis. Il avait épousé une beauté, une petite môme sexy qui le rendait cinglé. Elle avait quinze ans de moins que lui, à peine sortie de l'adolescence, et elle appréciait le fait qu'il faisait souvent partie de l'équipe de nuit. Assis dans ma chambre, j'étais en train de lire et Tucker se pointait et passait la tête. Nous étions censés éteindre la lumière à dix heures du soir, mais la consigne n'était pas respectée sauf dans la salle commune — les gars trimballaient même cette foutue télé dans une de leurs piaules pour regarder « Brodway Open House » ou autre connerie du même genre. Bref, Tucker entrait et commençait à se répandre en lamentations sur l'infidèle Doreen. Il savait très bien qu'elle se trouvait au Club de la Chouette, sans doute en train de danser avec ce bon à rien de Kelsey Pape. Pourquoi elle pouvait pas être fidèle, me demandait-il, sans jamais se lasser de la question.

— Bon Dieu, Tucker, je lui disais, qui peut savoir pourquoi une femme agit comme elle agit ? Une femme fait exactement ce qu'elle a envie de faire. Peu importe si elle doit se sacrifier, devenir une esclave, une pute ou une meurtrière. Elles font ce qu'elles veulent. Tu le sais.

— Mais Geed, sacré nom d'un chien, elle est si jeune et si jolie. Pourquoi gaspiller ça sur un salopard comme ce feignant de Kelsey Pape ? Doreen, il s'en fout comme de sa première liquette. Alors pourquoi qu'elle se jette comme ça…

— Nom de Dieu, Tuck, je te l'ai déjà dit.

— Je devrais lui fiche une raclée ?

Et, bien entendu, je devais le persuader de n'en rien faire.

— Ça ne servirait à rien, Tuck. C'est mauvais pour elles.

Et, pensant à Sheila, j'ajoutai :

— Et en plus, c'est dangereux. Une femme aura toujours le dernier mot, Tuck. Nc la contrarie pas. Sois heureux simplement qu'elle reste avec toi.

Ce salaud allait même jusqu'à m'emprunter de l'argent. Il me remboursait toujours, mais je n'en avais pas tellement à prêter.

Un beau jour, peu après mon incarcération, je reçus une visite. Celle de Dewey Thacker. Je suppose que les autorités lui donnèrent l'autorisation parce qu'il prétendait enquêter sur une affaire et pensait que je pouvais lui être utile. Il avait l'air gêné, triste même. J'essayai de le dérider.

— Tu sais, p'tit, me dit Dewey, t'as pas l'air tellement en forme. Je peux t'apporter quelque chose ?

Je lui affirmai que je n'avais besoin de rien.

Dewey haussa les épaules.

— Écoute, j'ai fait une petite enquête quand j'ai appris… dit-il. Passé quelques coups de fil. Tout baigne.

— Comment ça, tout baigne ?

— Mac est toujours vivant. Il a pris sa retraite depuis longtemps, bien sûr.

— Tant mieux pour lui. Où est-ce qu'il habite ?

— Tu veux vraiment le savoir ?

Je haussai les épaules. Thacker en un sens paraissait plus jeune que moi. Toute une vie de chien ne l'avait pas éprouvé.

— Mac, c'était pas un mauvais bougre, tout compte fait, reprit Dewey. Il a jamais essayé de me baiser. Il a fait ce qu'il avait à faire.

— Dewey…

Je poussai un soupir.

— Me sers pas ce genre de foutaises, ajoutai-je, essayant de ne pas laisser percer ma lassitude.

Thacker avait l'air pensif.

— Mac et moi, dit-il, on en a vu de toutes les couleurs ensemble. Je peux pas dire que j'avais de la sympathie pour lui, personnellement. Pas comme j'en avais pour toi, Goody.

Je demeurai silencieux.

— C'est vrai, tu sais. Toi et moi, on n'a pas passé tellement de temps ensemble, mais j'ai toujours eu le sentiment que j'te connaissais, même si toi tu m'connaissais pas… De toute évidence.

Il se mit à rire.

— Je te raconte pas de blagues, Goody. Je me rappelle, j'lisais tes livres et j'pensais : « Ouais, c'est bien comme ça que ça se passe. » Aucun écrivain a jamais réussi à dire vraiment comment ça s'passait. Je veux dire, ce que t'écrivais, c'était pas franchement ça non plus…

— Bon sang, Dewey, tu es devenu critique littéraire ou quoi ?

— Non, non. Ne prends pas ça mal. Mais tu sais — tu savais, jusqu'à un certain point — en quoi ça consistait, le boulot. Seulement, dans tes livres, c'était beaucoup plus chouette. Je l'aimais bien, ce Damian. J'ai jamais connu personne qui ressemble à Damian, bien sûr, il y a jamais eu de flic comme Damian Knight, ça fait pas un pli. Mais tu sais ce que j'veux dire. Rien que de lire ses aventures, ça me réconciliait avec le boulot.

Je me carrai sur ma chaise. Je savais qu'il me fallait écouter ce discours. C'est toujours agréable d'avoir un visiteur. Dewey voulait parler et tant qu'il n'aurait pas dit ce qu'il avait sur le cœur, ça ne servait à rien de le bousculer.

— Bon, alors tu aimais bien Damian. Damian, c'est de la fiction, Dewey. Il n'est pas réel. Il représente seulement un moyen de parler de quelque chose dont on ne pourrait peut-être pas parler autrement.

Dewey acquiesça d'un rapide signe de tête.

— Ouais, ouais, je comprends bien. Mais c'est plus que ça, en un sens.

Il fronça les sourcils, luttant avec ses pensées, le regard dans le vide. Pour finir, il enchaîna :

— Mais ça aide. C'est comme… un gars qui existe vraiment dans la vie, il peut pas vraiment voir ce qui se passe. Tu comprends ? Mais un gars qui était, disons, un peu dans le coup mais pas réellement, il a peut-être une meilleure approche de la situation. Ça a un sens, ce que je dis ?

— Tout à fait. Je comprends.

— C'est vrai ? Tant mieux. Parce que, des fois, je te jure, je me prenais pour Damian Knight… J'étais en train de filer un gars et je me disais : « O.K. Damian, il t'a repéré, connard. Tu l'as dans l'os. » Juste pour rigoler, tu vois ? Il y a eu un mec à L.A., une fois…

Je me raclai la gorge avec impatience.

Dewey s'en tira avec un petit rire.

— Je me suis dit, quelquefois, que tu t'étais inspiré de moi pour Damian. Mais j'ai bien compris qu'c'était pas possible. Je veux dire, tu n'savais pas qu'j'étais…

Il rit de nouveau, l'air gêné.

— Qu'est-ce qu'il est devenu, Davis ? demandai-je.

— Joe ? Joe Davis. Oh, Joe…

Dewey secoua la tête.

— Il s'est fait descendre. Je crois que c'était en 29, ou dans ce goût-là. À Panama, il me semble. Joe était un peu brutal, mais il…

— Mais McPartland vit toujours, dis-je. Qu'est-ce qu'il fait ?

— Il vit au Montana. Ça, c'est quelque chose, pas vrai ? Il a pris sa retraite. Il rajeunit pas, mais il est en bonne santé. L'Agence l'appelle de temps en temps, juste pour avoir des renseignements.

Dewey prit un air grave.

— Si je te dis où il est, qu'est-ce que tu vas faire ?

— Faire ? Qu'est-ce que je peux faire ? répliquai-je, montrant la pièce autour de moi.

— Je veux dire, quand tu sortiras.

— Je ne vois pas aussi loin.

Dewey fronça les sourcils.

— Tu sais ce que je ferais ? demanda-t-il.

— Quoi ?

Dewey tendit la main, index pointé, et plia et déplia le pouce. De ses lèvres, il prononça un « pan ! » silencieux.

Je pris une profonde inspiration, me tassai sur ma chaise. Durant un long moment, je fixai la table entre nous deux, puis demandai :

— Comment ça se passe, pour lui ?

— Mac ? Oh, je sais pas. Je l'ai pas vu depuis un bout de temps, deux ans au moins. Sa bourgeoise est morte. D'un cancer. Ils avaient une fille. Elle est mariée. Mac a un petit-fils. Il adore ce môme. Il habite près de chez eux. Il les voit tous les jours, je crois. J'ai dû passer chez lui une ou deux fois pour avoir des tuyaux, sur des mecs qu'on avait connus.

Je levai la tête.

— Il a jamais parlé de moi ?

Dewey secoua la tête.

— Et de Frank. Vous avez jamais parlé de Frank ?

— Frank ? Non. On n'était pas trop du genre à discuter de ce genre de trucs. Non, on taillait une bavette, comme ça, sur l'Agence, et qui y travaillait encore. Après, il me filait les tuyaux dont j'avais besoin, s'il se rappelait quoi que ce soit, et je repartais. Il a une jolie petite maison, il achète une nouvelle voiture tous les deux ans. Il joue un peu au golf. Il peint.

— Il peint ? Il peint quoi ?

Dewey eut un petit rire. Il agita un pinceau imaginaire.

— Des aquarelles, je crois... Surtout des paysages. Tu imagines ? Mac ?

Il secoua la tête, presque avec tendresse.

— Il parle surtout du môme. Qui s'appelle...

Dewey fronça les sourcils, puis secoua la tête de nouveau.

— Mmm, je me rappelle pas. Kenny ? Quelque chose comme ça. Ça doit être un adolescent maintenant.

Il se tut enfin, attendant que je réponde, mais je ne voyais pas ce que je pouvais dire. Pour finir, Dewey reprit :

— Peut-être que j'aurais pas dû venir. Peut-être que tu veux simplement oublier Mac.

Je levai vivement les yeux.

— Oh, non. Je suis content que tu sois venu. Oublier, c'est terminé pour moi. J'ai oublié trop vite, ou du moins je le croyais. Non, je ne peux plus oublier.

Dewey m'observa un long moment avant de dire :

— C'est comme ça, hein ? Ouais, je vois bien. Alors... qu'est-ce que tu veux ?

— Comment est-il ? Est-ce que tout ça signifie quelque chose pour lui ? demandai-je. Est-ce qu'il te paraît normal ? Peut-il être sain d'esprit ? Est-ce qu'il a pu faire tout ça...

D'un geste de la main, j'indiquai la pièce, mais je voulais montrer le monde, l'univers.

— Et ne pas en être affecté ?

Dewey leva les mains en un geste d'impuissance, paumes vers le haut.

— Je suppose, oui. Pourquoi pas ? C'était son travail.

— Son travail ? Son travail, c'était de tuer les gens ? Ce genre de travail ? Infiltrer, devenir ami, puis trahir et pour finir, assassiner ? Ce n'est pas du travail, Dewey.

Le visage de Dewey s'était fermé. Mais au bout d'un long moment, son imbattable bonne humeur reprit le dessus et il déclara :

— Oh, allez, p'tit. Lui, c'est pas toi. C'est pas moi. C'était pas dans ta nature de faire ce genre de choses. Pas dans la mienne non plus. Enfin, reconnut-il, j'étais plus dans le coup que'toi, mais même moi, je veux dire, j'aurais pas pu faire c'qu'a fait Mac. Seulement lui, il pouvait. J'dis pas que c'était pas dégueulasse. Mais Mac, il t'a poignardé dans le dos. Il aurait pas dû faire ça à un gars qui était des nôtres. Mais, ajouta Dewey avec un haussement d'épaules plein de philosophie, à mon avis, il t'a jamais considéré comme un des nôtres.

— Ah bon ?

— T'as jamais été vraiment dans l'coup, p'tit. Enfin, t'avais peut-être un doigt de pied dans l'eau, mais t'as jamais plongé. Oh, t'as avancé assez loin pour voir de quoi il retournait, mais t'as fait machine arrière, je suppose. Non, je vois bien que tu en as gros sur la patate, mais…

Il eut un haussement d'épaules fataliste.

— Mac a eu tort, dis-je. Il a mal agi. Alors, quoi, il va simplement s'la couler douce maintenant et le chœur des anges à la fin le conduira au ciel ?

— J'ignore c'que savait Mac, dit Dewey. Personne ne savait peut-être, sauf le Vieux sans doute, et y a longtemps qu'il a disparu. Alors ça, c'était un gars.

J'écartai cette idée d'un geste.

— Le Vieux ne m'intéresse pas. Je ne veux rien savoir de lui. Ça suffit bien de savoir ce que je sais sur McPartland.

— Mais tu n'sais rien d'Mac, fit remarquer Dewey, d'un ton calme et sensé. Tu n'sais même pas ce qu'je sais.

— Non, tu as raison. Mais je pourrais me renseigner.

— Comment ? se moqua Dewey. Tu trouveras que dalle. Pas assez, en tout cas.

Je me rendis compte alors que Dewey avait raison. Et dans ce cas, j'en étais où ? Était-il possible que McPartland échappât à tout châtiment ? Que l'Affaire du Mystérieux McPartland fût et demeurât un véritable mystère ? Qu'il fût impossible même de connaître jamais la vérité ? C'était trop épouvantable à envisager.

Mais je compris brusquement que c'était ainsi. Et même, que ça n'avait plus d'importance. McPartland était tel qu'il était, et l'on n'y pouvait rien changer. Ça n'avait plus grand-chose à voir, maintenant, avec moi. Mon problème, ce n'était pas McPartland, c'était moi-même. Le cas McPartland, j'en avais enfin conscience, ne me concernait pas.

C'était difficile à admettre. Je le savais d'instinct, mais je ne pouvais pas si facilement me faire à cette idée. Assis là, je luttais en silence. Il me vint à l'esprit que quelqu'un était concerné. Ou aurait dû l'être. Si je renonçais à mes propres exigences au sujet de McPartland, je ne pouvais pas parler pour les autres. Pour Frank, par exemple.

— Qu'est-ce que tu pensais de Frank ? demandai-je.

— Frank ? Oh, tu sais… Écoute, essaye pas de me mettre Frank sur le dos, p'tit. J'aimais bien Frank. C'était un sacré orateur. Un lutteur. Je n'ai rien eu à voir avec tout ça… Ou pas grand-chose, en tout cas.

— Euh, euh…

— J'faisais pas partie du groupe, p'tit. Toi si. Mais enfin, j'ai observé la scène.

— Observé ?

— De loin. Il faisait nuit, tu sais.

— Ouais, je me rappelle. Il y avait une autre voiture là-bas, ce soir-là, sous le pont. C'était McPartland, pas vrai ?

Le visage de Dewey était vide d'expression.

— Va savoir, dit-il enfin. De toute façon, ça t'avance à rien. Frank non plus. Frank ? Eh bien, Frank, c'était un type bien. Tu vois c'que j'veux dire ?

Je me demandais ce que Dewey entendait par là. Frank était un type bien, engagé sur cette route. Une route qu'il avait choisie. Il était également temps pour moi de choisir une route.

— Tu as dit que McPartland m'avait poignardé dans le dos. Qu'est-ce que tu entends par là ? J'aimerais que ce soit clair.

— Eh ben, tu vois, il t'a embringué dans un truc qui te dépassait. Et là-dessus, quand tu as paniqué et foutu le camp, il a, eh ben, je sais pas trop, il a mal réagi. Il était fou furieux. Il a dit que tu nous avais laissés tomber et qu'il allait te donner une leçon… Il voulait tout te foutre sur le dos, mais tu as réussi à filer. Ils se sont retrouvés tout seuls pour se sortir de ce merdier, faire le ménage, se débarrasser de la voiture et tout ça…

— Qui a conduit la voiture ?

— Celle que tu conduisais ? Je sais pas. Je pense que Joe a dû l'emmener dans la montagne et la foutre dans un lac, par exemple.

— En somme, ils n'avaient pas du tout besoin de moi pour conduire la voiture, hein ?

— C'est ce que Davis t'avait dit ? Non, j'pense pas qu'ils avaient besoin de toi. Mais Mac était furibard, insista Dewey.

— Il m'a piégé dès le début, Dewey. Dis-moi, demandai-je en me penchant par-dessus la table pour plonger mon regard dans ses yeux bleus, où se trouvait McPartland pendant tout ça ?

— Mais, il était avec moi, répondit Dewey. On était dans l'autre bagnole, la Packard. Mac avait peur que tu nous aies vus.

Pensif, j'acquiesçai d'un signe de tête, avant de demander :

— Et quel genre de leçon comptait-il me donner ?

Dewey réfléchit durant une bonne minute, puis haussa les épaules.

— J'sais pas, dit-il. De toute façon, t'as réussi à filer. Ça n'a pas eu de suite, hein ? J'ai entendu dire que plus tard, t'avais fait des p'tits boulots pour l'Agence, sur la côte.

— C'était un coup monté, dis-je. J'étais censé être le pigeon. Si quelque chose foirait, si les flics étaient contraints de se livrer à une véritable enquête sur le meurtre de Frank, ou, plus vraisemblablement, si Wheeler, le District Attorney, avait jamais vent de l'affaire, il n'y avait qu'un gars qu'on pouvait balancer : moi.

Dewey était un type doué d'une remarquable maîtrise de soi. Au mieux, on pourrait dire qu'il se figea sur place. Mais au bout d'un long moment, il inclina légèrement la tête en avant pour indiquer qu'il était d'accord.

— Alors, tu la veux ? demanda-t-il.

— Quoi ?

— L'adresse. L'adresse de Mac.

— Non, dis-je.

— Non ?

Je détournai les yeux.

— Laisse tomber.

— Laisser tomber ? Mais, Goody...

— Quoi ?

Dewey fronça les sourcils.

— Mais qu'aurait fait...

Il s'apprêtait à dire : Qu'aurait fait Damian Knight ? Mais Dewey savait ce qu'aurait fait Damian Knight. La question ne se posait même pas.

Je laissais Dewey assis là.

CHAPITRE 21

Épilogue

En 1951, par un jour de printemps, un homme trapu descendit du « Mainstreeter » de la Northern Pacific et prit une chambre au Northern Hotel. Dans l'après-midi, il alla faire un tour. C'était un individu d'allure ordinaire, entre deux âges, vêtu d'un complet croisé en serge bleue, avec une cravate argent rayée de noir et un feutre gris, fumant un cigare et balançant au bout d'un bras, d'un geste insouciant, une serviette en cuir. La journée était agréable et ensoleillée et il prit son temps — une demi-heure — pour atteindre une rue calme et un charmant petit bungalow, dans un quartier résidentiel. Il poussa le portail en fer forgé de la grille et se dirigea d'un pas nonchalant vers la porte. Pas de réponse à son coup de sonnette. Il s'attarda un moment sur le perron, regardant calmement tout autour de lui. Aucun signe d'activité dans la rue, mais il savait, pour avoir vu frémir des rideaux alentour, que son arrivée avait été remarquée. Peu lui importait. N'importe quel observateur l'identifierait aussitôt comme un voyageur de commerce honorable, peut-être un assureur.

Après une brève attente, il jeta un regard autour de lui, l'air déconcerté, puis haussa les épaules et descendit les marches du perron. Il gagna le coin de la rue et tourna. Alors qu'il venait de s'engager dans une allée, il s'arrêta. Au fond, une rangée de portes de garage étaient ouvertes et il aperçut l'arrière d'une voiture qui dépassait de l'une d'elles. Il avança sans se presser et jeta un coup d'œil à l'intérieur. Une odeur d'essence de térébenthine et de vernis flottait dans l'air frais du Montana. Dans le garage, au-delà d'une Packard noire étincelante de 1947, il aperçut un homme âgé, derrière un établi, en train de poncer une chaise de cuisine en bois. Une chaise semblable, déjà revernie, était posée un peu plus loin. Les portes avaient été ouvertes, et la voiture avancée, pour assurer un meilleur éclairage et une meilleure ventilation pendant la rénovation des chaises.

L'homme perçut l'ombre de son visiteur sur le pas de la porte et leva les yeux, les sourcils froncés. Bien que, vu son âge, il fût un peu voûté, il était encore de haute stature et semblait en bonne santé. Le nez chaussé de lunettes cerclées d'or, les cheveux argentés et clairsemés, il portait un vieux pantalon kaki informe et couvert de taches, un vieux cardigan par-dessus une chemise à carreaux, le tout protégé par un tablier crasseux. Lorsqu'il reconnut son visiteur, il sourit.

— Tiens, c'est toi ? dit-il. Quel bon vent t'amène ?

— Oh, toujours la même chose, monsieur. Des renseignements pris à droite et à gauche. Travail d'archives.

— D'archives ? grogna le vieil homme, avec mépris. Vous auriez dû les brûler.

— Oh non, monsieur. Impossible de nous le permettre. Qu'est-ce qu'il aurait dit, le Vieux ? Il a toujours insisté pour que nous gardions bien ces archives.

— Ridicule, dit le vieil homme, et dangereux, en plus.

— En effet, approuva le visiteur, sans réserve. Elles sont dangereuses. Il y a de quoi faire, là-dedans.

Et, sans raison précise, il se mit à brandir sa sacoche et à la secouer, comme pour confirmer ses dires.

— Avec ça, on pourrait envoyer des hommes puissants en prison. C'est une bonne raison pour les conserver, à une condition, bien sûr : c'est que nous restions maîtres de la situation. Dans ce cas, il y a moins de danger.

Ce sujet ne passionnait apparemment pas le vieil homme. Il haussa les épaules et déclara :

— Allez, entrons à la maison. Je vais faire du café... à moins que tu ne préfères de la bière.

— Un café, c'est très bien, monsieur. Tiens, je vais garer la voiture pour vous.

Le visiteur se dirigea vers la Packard, mais le vieil homme lui barra le chemin.

— Je m'en occupe, dit-il.

Et il rentra la voiture. L'autre homme attendit qu'il ferme le grand portail du garage, et s'assure que les deux verrous à fermeture automatique soient bien en place. Une fois les portes fermées, il faisait plutôt sombre à l'intérieur ; l'unique ampoule était faible, il n'y avait qu'une petite fenêtre aux vitres poussiéreuses, et la porte donnant sur la cour était à peine entrebâillée.

Le visiteur, debout dans l'embrasure, déclara alors :

— Tout compte fait, je n'ai pas le temps de boire un café. Il faut que je m'en aille.

— Mais qu'est-ce que tu voulais ?

— Eh bien, monsieur, c'était au sujet de Goodwin Ryder.

— Ryder ? Mais, Ryder est sans intérêt. C'était un vacataire. Il n'a jamais participé à grand-chose, et quand ça lui est arrivé, il a tout fait foirer.

Cette affirmation était teintée pour le moins de mépris, mais non de colère.

— De toute façon, j'ai cru comprendre qu'il était en prison. Un endroit tout indiqué pour lui.

— Il est en prison en effet, mais c'est justement là le problème. Il n'a pas témoigné sur l'Agence, ou sur Frank Little, ou sur vous ou la Compagnie. Un homme droit dans ses bottes, on pourrait dire. Seulement maintenant, il est assis et vous savez ce que c'est... Un gars reste en prison un certain temps, et voilà peut-être qu'il commence à s'apitoyer sur lui-même. Peut-être qu'il se met à parler. Ou, dans le cas de Goody, à écrire.

Le vieil homme ne parut pas prendre cette idée au sérieux.

— Pfft ! Qu'il écrive donc. Des histoires policières, non ? Qui va écouter un ivrogne au bout du rouleau comme lui ? Et d'ailleurs, quel rapport avec les archives ?

— Vous le sous-estimez. Beaucoup de gens sont prêts à lire tout ce que pourrait écrire Goodwin Ryder, déclara le visiteur. Moi par exemple. Peut-être même que ses mémoires auraient une certaine valeur. Il y a des tas de trucs qu'il vaudrait mieux ne pas remuer. Et ce type ne va rester en taule indéfiniment, vous savez. Quant aux Archives, elles contiennent quand même une sacrée quantité de renseignements sur vous. J'en ai lu pas mal.

Il ouvrit sa serviette et en sortit une paire de gants en cuir jaune qu'il enfila.

Les yeux du vieil homme se plissèrent. Il considéra son corpulent visiteur durant de longues secondes.

— De quoi tu parles ? demanda-t-il enfin. Il s'appuya, comme par hasard, contre l'établi et sa longue main tavelée se posa sur un pied-de-biche.

— L'idée est venue que Ryder serait peut-être un peu rasséréné s'il avait en main un quelconque document le dédouanant dans cette affaire de Frank Little. Et peut-être une pension.

— Une pension ? Pour ce bouffon ?

Le vieil homme ricana.

— C'est idiot, tout comme toi… Qui a eu cette idée ? Si le Vieux vivait encore, il…

— Le Vieux est mort depuis longtemps, l'interrompit le visiteur. Sans doute une bonne chose, d'ailleurs. Ce genre d'affaires, c'est terminé… ou sur le point de l'être. On dirait quand même qu'il reste pas mal de détails sordides à élucider… Ce n'est pas ça qui manque. Mais c'est plus pareil de nos jours, Mac. C'est devenu une corporation. Ils s'occupent surtout de ce qu'ils appellent la sécurité. Très lucratif, en plus, et beaucoup moins dangereux.

— Pfft ! Dangereux ! Ces *administrateurs,* prononça le vieil homme avec un mépris évident, ne savent même pas ce qu'est que le danger. Ils sont trop occupés à noircir du papier, à peaufiner leurs archives, à attifer les hommes d'uniformes fantoches…

— Eh bien, quoi que vous en disiez, ils vont proposer à Ryder une pension. Je ne suis pas sûr qu'il l'acceptera. L'important, bien sûr, c'est le document l'absolvant de toute complicité, selon leurs termes. Il en obtiendrait une copie, non signée bien entendu, mais en recevant l'assurance que la copie signée figure dans les archives. Une simple petite police d'assurance, on pourrait dire.

Le vieil homme le dévisageait.

— Et tu veux que je l'écrive.

— Que vous la signiez, en tout cas. C'était votre opération, après tout, dit l'autre.

Il ouvrit sa serviette et en sortit une liasse de feuillets.

— Tenez, jetez un coup d'œil.

Le vieil homme refusa de prendre les papiers et même de les regarder. L'air perplexe, il dévisageait toujours son visiteur, la tête penchée de côté. L'autre, secouant les papiers, l'incita de nouveau à les prendre.

— Allez, regardez, dit-il. Tout ceci vous concerne, bien entendu. Pas vraiment une lecture pour enfant de chœur. Vous avez été le responsable d'un tas de trucs qui supporteraient assez mal la lumière du jour, Mac. Durant environ soixante-cinq ans, si je lis correctement les archives. Avec pour commencer environ vingt mineurs pendus à cause de votre témoignage en 1890.

— Des mineurs ! Des fumiers d'anarchistes, tu veux dire, gronda le vieil homme. Décidés à foutre en l'air le pays. Moi, j'étais un immigrant, presque un môme…

— Ryder aussi était presque un môme, coupa le visiteur dont le visage s'était durci. Ça ne vous a pas empêché de vous servir de lui.

Le vieil homme se redressa, prenant des airs de maître d'école.

— Attention à ce que tu dis ! Et ne t'avise pas de me menacer !

— Mais ça n'est pas une menace, Mac. Il s'agit d'une sorte de compte rendu, d'une tranche d'histoire. Il y a des trucs assez croquignolets là-dedans : preuves trafiquées, témoins ou fonctionnaires achetés, et même organisation d'un ou deux crimes pour lesquels d'autres ont été pendus.

D'une voix unie, le vieil homme déclara :

— Espèce de salopard.

— Qu'est-ce que vous en pensez, Mac ? Vous préférez signer cette foutue déclaration ou passer vos dernières années en prison ? L'Agence n'a que l'embarras du choix pour vous régler votre compte, vous savez. Vous croyez que nous ne pouvons pas prouver que vous agissiez de votre propre chef ? Que nous n'avions aucune idée des combines délirantes que vous échafaudiez, moyennant des dessous-de-table ? Et n'oubliez pas, le Vieux, qui était peut-être de mèche avec vous, est mort. Nous pouvons le renier, lui aussi.

Le vieil homme était livide. Il avança d'un pas chancelant vers son visiteur.

— Tu... tu es une ordure ! Toutes mes années de loyaux services...

— Oh, allez vous faire foutre avec vos loyaux services, Mac. Vous avez pendu suffisamment d'hommes. Vous vous en êtes fourré plein les poches et vous avez serré le nœud coulant autour de trop de gorges, tout en vous disant, à vous-même et à ceux qui voulaient bien vous écouter, que c'était pour l'Agence, ou pour le pays, bordel ! J'ai entendu les discours prétentieux que vous débitiez à des mômes comme Ryder — de la merde, oui, pour vous faire mousser ! Bon Dieu, vous m'avez servi les mêmes conneries, vieille crapule. Vous vous imaginiez que vous n'auriez jamais à payer pour ça ? Que vous alliez vous la couler douce et que le chœur des anges à la fin vous conduirait au ciel ? Soyez damné ! conclut le visiteur, avec un rire presque hystérique.

Mais il reprit son sang-froid et sa voix se durcit.

— Vous feriez mieux de signer ça et même d'être heureux de le faire, vieux salaud. Sinon votre pauvre vieux cul décharné se retrouvera assis sur un banc en fer, comme celui de Goody. Alors, qu'est-ce que vous en dites ?

De nouveau, il agita les feuillets.

— Pauvre imbécile ! dit le vieil homme. Tu n'as aucune idée, aucune idée de ce qu'un homme comme moi peut te faire. Je ne signerai sûrement pas cette connerie et maintenant, tu ferais mieux de disparaître de ma vue, en espérant que je ne vais pas te faire pourchasser et fouetter comme un chien !

— Vous ne signerez pas ? dit l'autre, imperturbable devant les menaces du vieil homme. J'en avais peur. Ou plutôt, soyons honnête, je l'espérais un peu. Eh bien, oublions cette histoire de prison, d'accord ?

Il remit les documents dans sa serviette d'où il sortit autre chose. C'était une corde de chanvre, se terminant en nœud coulant à une extrémité. Il jeta la serviette d'un côté et brandit la corde.

— Voilà ma véritable proposition.

Les yeux du vieil homme s'élargirent. Il jeta un regard nerveux autour de lui et se rendit compte que son visiteur se tenait entre lui et la porte. Impossible, quasiment, de s'enfuir.

— Tu n'oserais pas !

— Je suis un homme audacieux, Mac. Vous l'avez toujours dit. Signez, ou alors…

Il agita la corde, tout comme il l'avait fait avec les documents.

— Dernière proposition. Votre réponse ?

— Qui t'a demandé de faire ça ? demanda le vieil homme. Qui a manigancé ça ?

Une expression de froide détermination se peignit sur le visage du corpulent visiteur.

— Autant vous l'avouer, Mac. L'idée est de moi. J'y ai réfléchi dans le train. J'avais simplement l'intention de vous buter, et puis je me suis dit : « Laissons-lui une dernière chance de sauver ses misérables vieilles miches ». Alors je vous ai offert cette chance. Mais vous n'en avez pas voulu.

Lorsque l'écho de cette déclaration sans équivoque se fut éteint dans l'air frisquet du garage, le vieil homme en saisit enfin l'irrévocabilité. Il fonça en avant, le marteau à la main.

Le visiteur, d'un revers de la main tenant le lourd rouleau de corde, fit jaillir le marteau de la main du vieil homme et le frappa à l'épaule, le projetant contre le capot de la Packard.

Avec un sang-froid remarquable, l'assaillant immobilisa le vieil homme contre le capot et, jetant de côté la corde, fit surgir de sa poche une paire de menottes. Il n'eut aucun mal à tordre derrière son dos les frêles bras du vieillard et à lui attacher les poignets. L'immobilisant d'un bras puissant, il saisit la corde et passa le nœud coulant par-dessus sa tête et autour de son maigre cou.

Dans le feu de l'action, il avait fait sauter de son nez les lunettes du vieil homme, mais il n'y prêta aucune attention. Prenant appui sur le dos de l'autre, il serra étroitement le nœud coulant jusqu'à ce que son adversaire cessât de décocher des coups de pied et de lutter. Le vieil homme avait perdu connaissance. L'homme corpulent relâcha alors la pression pour reprendre son souffle. Plaquant toujours sa victime contre le métal froid de la voiture en appuyant sa hanche contre lui, il regarda alentour. Pas un bruit, personne n'appellerait, personne n'entrerait pour jeter le moindre coup d'œil. Une après-midi comme les autres dans un faubourg tranquille.

Du bout du pied, il attrapa un barreau de la chaise que le vieil homme réparait, pour la traîner jusqu'à lui. Puis, travaillant à gestes rapides, il lança le bout libre de la corde par-dessus une barre transversale et tira dessus d'un coup sec. S'écartant alors du corps inerte, il se mit à le hisser à deux mains jusqu'à ce qu'il fût dressé, sur la pointe des pieds, aurait-on dit. Mais le vieux était étonnamment lourd et la corde raclait et résistait sur le chevron.

— Nom de Dieu ! jura le tueur.

Il empoigna la ceinture du vieux sur ses reins et le souleva d'une main, ignorant de son mieux le brusque déchaînement frénétique de coups de pieds chaussés de bottines noires montantes. La victime était revenue à elle, ou alors il s'agissait d'un violent spasme involontaire. Il hissait d'une main et, de l'autre, tirait étroitement sur la corde. Le vieil homme s'éleva dans les airs. La corde était tendue, mais maintenait au-dessus du sol en ciment le corps agité de soubresauts. Le pendu pivota alors, face à lui. Les yeux étaient exorbités, la langue commençait à pointer entre les lèvres. Les muscles du visage se contractaient, agités de tics.

Le tueur recula alors, tirant inexorablement sur la corde. Au bout de quelques minutes, le pendu devint inerte, le cou comme atteint d'une incroyable atrophie. De toute évidence, il était mort. Le tueur se rapprocha, hissa le corps plus haut, assez haut pour que les pieds soient à hauteur de la chaise, puis il monta lui-même sur la chaise et attacha l'extrémité de la corde à une poutre transversale. Il renversa ensuite la chaise, à proximité des pieds qui pendaient dans le vide.

Il constata alors qu'il avait marché sur les lunettes du vieil homme et les avait brisées. C'était bien dommage, mais il n'y pouvait rien. Il trouva un balai, rassembla les morceaux de verre et les montures tordues et fit glisser le tout dans sa serviette. Comme il rangeait le balai, il aperçut sur l'établi un morceau de craie bleue de charpentier. Il sourit et s'accroupit pour tracer sur le sol un mystérieux groupe de chiffres, puis il lança la craie sur l'établi.

Il se redressa alors, les mains sur les hanches, pour inspecter la scène. Il y avait beaucoup d'espace libre autour du pendu, entre l'établi et la voiture, suffisamment d'espace pour qu'un homme décidé à se suicider mais paniquant au dernier moment n'ait pas réussi à se raccrocher au capot de la voiture ou à l'établi pour essayer de se sauver. Il s'épousseta, tira sur sa veste, rectifia sa cravate, puis ramassa sa serviette et, l'air détaché, jeta un coup d'œil alentour pour s'assurer qu'il n'avait négligé aucun détail.

Une fois assuré que sa mise en scène était au point, il prit une profonde aspiration, sortit en trombe par la porte donnant sur la cour, sa serviette à la main, et courut vers la maison. Il voulait donner l'impression qu'il n'était pas en proie à la panique, mais visiblement pressé. Une fois dans la maison du vieil homme, il trouva le téléphone et appela la poste.

— Mademoiselle, dit-il d'un ton pressant, vite, passez-moi la police. Il y a eu un horrible accident !

*

Un jour, lors de l'une de ses visites mensuelles, Bev m'apporta une machine à écrire portative. (Prêter de l'argent à Tuck avait un avantage : il m'était possible d'emmener Bev dans ma chambre où nous pouvions jouir, euh, d'un peu d'intimité.) Je pensais, je suppose, que j'allais écrire un roman, ou autre chose. Mais à part des lettres… Enfin, je débutai par une ou deux nouvelles et réécrivis en partie un des scénarios de Bev. Bien qu'elle ait par la suite éliminé la totalité de ma révision, mon travail l'aida néanmoins à clarifier sa pensée. Je ne sais pas pourquoi, je n'arrivais pas à m'y mettre J'essayai au moins de noter mes impressions concernant Frank, mais je n'allai pas bien loin.

Environ six mois avant ma libération, je reçus une lettre anonyme. Je ne pense pas que notre courrier était censuré, mais je suis à peu près sûr que cette lettre avait été ouverte et lue. Le cachet de la poste sur l'enveloppe indiquait « Seattle, Wash ». L'enveloppe ne contenait qu'une coupure de presse. Pas de lettre, pas de note, aucune indication, simplement la coupure de presse.

L'ENQUÊTE JUDICIAIRE CONCLUT AU SUICIDE

BILLINGS, MONTANA. L'enquête judiciaire demandée par le médecin légiste a conclu hier que le 17 avril, John James McParland, âgé de 82 ans, s'était lui-même donné la mort.

M. McParland, qui habitait au 2213 S. Parkland Avenue depuis huit ans, a mis fin à ses jours par pendaison. Le corps a été découvert dans le garage, derrière son habitation. Mme James Malloy, âgée de 46 ans, habitant cette ville, ne paraît pas satisfaite du verdict du médecin légiste.

« Mon père n'était pas malade, il n'était pas déprimé, il n'a jamais songé au suicide » a déclaré Mme Malloy au jury. Aux journalistes, elle a laissé entendre mystérieusement que « tout ça était bien louche ». Au reporter de la *Gazette*, elle s'est plainte de ce que la police n'avait prêté aucune attention à un message inscrit à la craie sur le sol en ciment du garage, près de l'endroit où le corps de son père avait été découvert. Le message, dit-elle, était le suivant : « 3-7-77 ». Elle a affirmé que ce message n'était pas là avant la mort de son père. Elle a également remarqué que les lunettes de son père avaient disparu. « S'il avait été, comme on le suppose, en train de travailler sur des meubles, a-t-elle dit, où sont ses lunettes ? Il les portait en permanence. »

Selon le témoignage de l'inspecteur de police Kenneth Moreland, chargé de l'enquête, « absolument aucun indice ne permettait de conclure à un meurtre ». Interrogé par la suite au sujet du message à la craie, il déclara ne pas se souvenir de l'avoir vu. « Qu'est-ce que cela pourrait signifier ?, demanda le policier. Il a très bien pu l'écrire lui-même ». Quant aux lunettes, Moreland estimait qu'on allait les retrouver un jour ou l'autre. « Je ne pense pas que leur disparition soit la preuve qu'il s'agit d'un crime », a-t-il déclaré.

Une autopsie a confirmé que McParland jouissait d'une bonne santé, et que le corps ne portait aucune trace de violence, en dehors de celles découlant de ce suicide par pendaison. Le Dr Cornelius Van Wetering, pathologiste à l'hôpital des Diaconesses, qui avait procédé à l'autopsie, a témoigné qu'il avait trouvé des traces de contusion sur les poignets et les avant-bras du défunt dont les mains étaient attachées dans le dos par des menottes réglementaires dont on a montré qu'elles étaient depuis longtemps en sa possession. Le pathologiste a déclaré que les contusions étaient compatibles avec une lutte désespérée de dernière minute pour se libérer des menottes. Une chaise, faisant partie d'une série provenant de la cuisine du défunt, a été retrouvée renversée à proximité. La cause officielle du décès est « strangulation par pendaison ».

Certains jurés se sont émus de l'absence de « lettre d'adieu ». Mais un psychologue, le Dr Erving Weissmann, spécialiste bien connu de médecine légale et mandaté par la Police, a témoigné que « l'absence de lettre d'adieu lors d'un suicide n'a aucune signification. Nombre de personnes ne laissent pas de message. C'est plutôt du ressort des romans policiers ». Le Dr Weissmann, néanmoins, n'écarte pas la possibilité que M. McParland « n'ait pas eu véritablement l'intention de se suicider, mais qu'il s'était préparé avec soin à cette éventualité et, comme ce fut le cas, n'a pas réussi à faire marche arrière à l'instant fatal ». Il suggéra qu'un verdict de « mort accidentelle » était concevable, mais le jury manifestement rejeta cette idée.

M. McParland a été agent secret de la National Detective Agency durant de nombreuses années avant de prendre sa retraite, en 1946, et d'acheter une maison dans Parkland Avenue, afin de vivre auprès de sa fille et de son petit-fils.

Quelqu'un, mon correspondant anonyme sans aucun doute, s'était procuré un tampon en caoutchouc et avait inscrit, en travers de la coupure de presse « PAYÉ », à l'encre rouge.

Je fus assez malade durant un certain temps. Bien que j'eusse pratiquement cessé de fumer — pas de cigarette, pas de cigare, juste une pipe à l'occasion — je contractai une pneumonie. Je ne sais pas comment je l'attrapai. Je n'avais pas été exposé au froid cet hiver-là. Peut-être était-ce dû à une vie plus sédentaire que celle que je menais d'habitude. Mais je restai alité durant plusieurs semaines. Au bout de quelque temps, ne passant plus le plus clair de mes journées à dormir tout simplement, je me remis à lire. Je relus Jane Austen, puis Flaubert. Lorsque le printemps débarqua enfin au Kentucky, je me sentais en assez bonne forme. Le docteur de la prison était enchanté.

Un jour, revenant de ma promenade habituelle sur le terrain, je glissai une page vierge sur la petite Smith Corona et je tapai :

« Biououou-tte ! »

DU MÊME AUTEUR

Aux Éditions Gallimard

Dans la collection Série Noire

LE LIQUIDATEUR, n° 2454

GROOTKA, n° 2408

AU COCHON AVEUGLE, n° 2306

Dans la collection Super Noire

TU T'ENTÊTES, n° 108

Composition Nord Compo.
Reproduit et achevé d'imprimer sur Roto-Page
par l'Imprimerie Floch à Mayenne
le 2 mai 2001.
Dépôt légal : mai 2001.
Numéro d'imprimeur : 51526.

ISBN 2-07-049955-3 / Imprimé en France.

95518